KB053987

노을에 묻다

노을에 묻다

초판 1쇄 발행 2021년 12월 21일

지은이 정낙추
펴낸이 황규관

펴낸곳 (주)삶창
출판등록 2010년 11월 30일 제2010-000168호
주소 04149 서울시 마포구 대흥로 84-6, 302호
전화 02-848-3097
팩스 02-848-3094
전자우편 samchang06@samchang.or.kr

종이 대현지류
인쇄 스크린그래픽

ⓒ 정낙추, 2021
ISBN 978-89-6655-145-3 03810

＊이 책 내용의 전부 또는 일부를 다른 곳에 쓰려면
　반드시 지은이와 삶창 모두에게서 동의를 받아야 합니다.
＊책값은 뒤표지에 표시되어 있습니다.
＊본 도서는 충청남도, 충남문화재단의 후원으로 발간되었습니다.

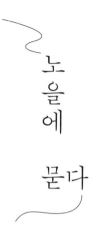

노을에
묻다

정낙추 소설

삶창

차
례

노란

종이배

✳

　막연한 기다림은 슬프다. 돌아오지 않는 사람을 하염없이 기다리는 건 언젠가 만날 수 있다는 희망 때문이리라. 다시 만날 희망이 있다면 기다림은 삶을 지탱하는 힘이 되기도 한다. 그러나 간절히 보고 싶은 사람이 지상에 존재하지 않아 영원히 만날 수 없다면… 그 기다림은 고통이다. 고통을 지우는 건 시간이다. 시간은 기다림을 슬픔으로 바꾸었다가 그리움으로 묽게 한 뒤 점점 잊게 한다. 사람들은 그렇게 한평생 기다림과 그리움을 덜어내며 산다.

　이 세상에선 다시 만날 수 없는 형을 기다리는 아이가 있다. 열한 살배기 선재다. 선재는 형을 속절없이 기다리며 그리워한다. 슬퍼하지 않으면서.

노을에도 냄새가 있다. 하늘과 맞닿은 바다를 물들인 노을
엔 그리움의 냄새가 배어 있다. 노을 속의 동그란 해는 붉지
않고 눈부시게 하얗다. 수평선으로 천천히 넘어가는 해가 주
변을 주황색으로 물들이더니 작은 파도가 거품을 펴는 바닷
가를 엷게 색칠한다. 뽀얀 선재의 얼굴이 노을에 물들어 발그
레하다. 연한 주황색 노을 속에서 선재는 종이배를 띄우는 데
만 열중이다. 종이배는 하나도 바다로 나아가지 못한다. 썰물
에 띄운 종이배는 잔물결이 밀려올 때 자갈밭으로 도로 돌아
온다. 하나, 둘, 셋, 넷… 선재가 바쁘게 종이배를 주워 다시
띄우지만, 바닷물이 물러간 자리에 도로 와 있다. 더는 종이
배를 띄울 수 없다. 선재가 자갈밭과 갯벌로 갈라지는 지점에
서 노을 속에 서 있는 할머니를 바라본다.

"할머니, 오늘도 배가 바다로 나가지 않았어."

"오냐. 우리 선재, 이젠 집에 가자."

"내일은 나갈 거야."

"그럼, 내일은 먼바다로 나갈 거다."

활처럼 휘어진 바닷가 제방엔 소나무가 듬성듬성 서 있고
그 안쪽에 논으로 변한 염전 터가 있다. 선재 할머니 현옥은

저물녘 소금밭에서 일꾼들이 천천히 소금을 모으는 풍경을 좋아했다. 하얀 소금이 노을에 불그스름하게 물들었다가 어스름에 서서히 지워질 때 소금밭에서 집으로 돌아오는 아버지와 소금밭 일꾼들의 모습을 사랑했다. 붓을 놓은 지 아득하고 염전도 사라졌지만, 옛날 감정을 그대로 살려 화폭에 담고 싶다.

수로를 따라 무리로 선 갈대가 부드러운 꽃을 피웠다. 배웅하는 듯 작별하는 듯 갈대꽃이 바람에 흔들린다. 선재가 그냥 지나칠 리 없다. 갈대꽃 하나하나를 소중한 물건 다루듯 쓰다듬는다. 손으로 갈대꽃과 대화하는 중이다. 하늘이 보라색으로 바뀌더니 어둑해진다.

선재네 가족이 이 섬으로 이사 온 지 4년이 되어간다. 이 섬은 현옥의 어린 시절 추억이 서린 고향이지만 이젠 섬이라고 부르기도 애매하다. 섬에 다리가 놓이고 외지인이 몰려들면서 한적했던 바닷가는 관광지로 변했다. 현옥도 반백 년 지나 귀향했으니 외지인과 마찬가지다. 현옥이 섬에 이사 와서 만난 고향 사람은 은순뿐이다. 은순은 옛날 아버지 염전에서 일하던 소금 일꾼의 아내다. 미술대학에 다닐 무렵 고향 집에서 잠깐씩 봤던 은순을 칠십이 넘어 만난 것이다. 염전 부잣집 외동딸 김현옥과 가난한 소금 일꾼 새색시 박은순은 둘 다 옛

모습이 가물가물 지워졌다. 늙어가는 세월은 공평하다. 사는 처지도 비슷하다. 은순도 외손녀 미호를 키우며 홀로 산다.

산모퉁이 은순의 집 창문에서 불빛이 새어 나온다. 아마 손녀딸과 저녁을 먹는 중일 거다. 현옥도 집에 들어서자마자 저녁을 준비한다. 선재는 노란 종이 뭉치를 꺼내 천천히 종이배를 접는다.

*

선재는 어려서부터 부드러운 촉감에 집착했다. 양지쪽에 돋은 여린 풀잎을, 민들레 꽃씨의 솜털을, 강아지풀꽃의 간지러운 감촉을, 무엇이든 부드러운 걸 들여다보고 만지길 좋아했다. 온종일 작은 손으로 무언가를 만지작거리고 만드는 데 골몰했다. 텔레비전을 즐겨보지 않았고 일찍 자고 일찍 일어났다. 식구들은 선재의 이런 행동에 무심했다. 별나게 생각한 건 형, 명재뿐이었다.

선재가 초등학교 입학하던 해였다. 할머니 현옥과 아빠 덕호가 어르고 달래도 선재는 완강히 등교를 거부했다. 할머니 손에 자랐어도 보채는 법이 없던 순한 아이가 갑자기 다른 아이로 돌변한 것이다. 덕호는 다른 학교를 찾아보기도 했지만,

선재는 요지부동이었다. 명재는 조금 다르게 생각했다. 유치원도 다니다 말고 사람들과 말을 섞지 않는 게 마음에 걸렸기 때문이다. 할머니나 아빠와도 '응'. '아니', '싫어', '좋아' 정도의 짧은 대화가 전부였다. 선재와 이야기를 많이 하는 건 명재였다. 아니 명재의 손이었다. 선재는 형의 부드러운 손등과 손가락을 만지면서 혼잣말을 했다.

병원에서 선재가 자폐증으로 진단받고서야 식구들은 사색이 되었다. 겉보기엔 멀쩡한 아이가 자폐증이라니. 가족들은 선재가 초등학교에 입학할 시기가 될 때까지 자폐라는 걸 전혀 몰랐다. 명재는 놀라지 않았다. 선재는 보통 아이들과 조금 다르게 태어났고 행동이 다를 뿐이라 생각했다. 잘생기고 귀여운 선재는 정상아건 자폐아건 사랑스러운 동생이었다.

'선재는 다른 아이들과 조금 다를 뿐이야. 사람들과 잘 어울리지 못하면 어때. 나와 잘 지내면 되지. 엄마와 약속대로 내가 영원히 옆에 있으면 돼.'

선재는 끝내 학교에 다니지 않았다. 섬으로 이사 오기 전에 살던 곳은 공업도시였다. 선재가 좋아하는 풀꽃이 드물었다. 선재의 관심은 온통 풀꽃과 작은 벌레와 중학교에 다니는 형의 부드러운 손이었다. 명재의 손을 만지작거리는 게 선재

에겐 가장 즐거운 시간이었다. 선재가 형의 손을 잡고는 혼자
묻고 대답했다.

"형아 손은 크다."

"선재 손은 작다."

"글씨도 써준다."

명재는 연극배우 같은 선재의 독백이 귀엽고 사랑스러웠
다. 손을 잡고 종알거리는 이야기를 통해 선재가 무슨 생각을
하는지 짐작했다. 명재 손에서 글자와 숫자가 선재의 손으로
옮겨져 써졌다. 그렇게 글자를 깨우쳤다. 중학교 3학년 형보
다 여덟 살짜리 선재 글씨가 더 예뻤다. 선재는 손재주가 뛰
어난 아이였다.

명재는 학교도 안 다니는 선재가 매캐한 도시에 갇혀 온종
일 형만 기다리는 게 안쓰러웠다. 아버지에게 선재를 위해 시
골로 이사 가자고 졸랐다. 급기야 덕호는 명재 뜻에 따라 그
들이 사는 도시에서 가까운 섬으로 이사를 했다. 다리가 놓여
육지가 된 섬⋯ 이곳은 할머니 현옥의 고향이었다. 명재의 학
교를 고려하여 이 섬으로 이사했지만, 처음에 현옥은 내키지
않았다. 피난민이었던 친정 부모가 돌아가시면서 행복했던
어린 시절의 기억만 동그마니 남은 이 섬이 싫었다. 한세상
굽이굽이 돌아 지친 몸으로 피신하듯 돌아온 것 같아 알아보

는 사람이 없기를 바라기도 했다. 그러나 세월이 한참 흘렀어도 그 옛날 김현옥을 알아보는 사람은 있었다. 바로 미호 할머니 박은순이었다.

선재는 섬으로 이사 와서 사람들에게 관심을 보이기 시작했다. 그 대상이 미호였다. 명재가 환호했다. 이런 변화는 가족들에게 커다란 사건이었다. 명재는 섬에서 도시로 먼 거리를 통학하면서도 불편한 내색은커녕 즐거워했다. 오히려 먼저 살던 도시의 가구 공방에 다니는 덕호가 힘겨워했다. 현옥은 소심한 아들 덕호와 씩씩한 손자 명재를 바라보며 한 달이 크면 한 달이 작다는 옛말을 떠올렸다. 어쩌면 세상살이라는 게 참 공평하다고 생각했다.

*

선재는 미호가 자꾸 피해도 친구가 되려고 애썼다. 명재는 그 모습이 애틋하고 기특했다. 선재의 이런 변화는 삶이 그늘진 가족들에게 마구 쏟아지는 햇빛 가루 같았다. 이따금 찾아오는 선재 고모 덕희는 기쁜 눈물을 보였다. 명재가 학교에서 돌아와 미호 이야기를 물으면 선재는 기다렸다는 듯이 형의 손을 만지며 동화 구연하는 것처럼 띄엄띄엄 조잘거렸다. 미호 이름을 부르는 순간은 눈동자가 반짝거렸다.

"미호 예뻐."

"선재가, 미호야—, 했어."

"미호가, 선재 안 쳐다봤어."

"미호가, 작은 예쁜 여자와 놀아."

명재가 끼어들었다.

"아, 미호가 공주 인형을 선재에게 보여줬구나."

선재의 눈이 동그라지더니 얼굴에 웃음이 피어났다. 말이
빨라졌다.

"인형이, 예쁜 옷을, 입었어. 미호가, 못 만지게 했어."

"선재는, 인형 만지고 싶어."

"미호가, 글씨 썼어."

"엄마, 엄마, 엄마, 썼어."

"미호, 울었어."

"선재도, 울었어."

명재가 눈물이 그렁그렁한 선재를 끌어안았다. 명재 눈에
도 물기가 돌았다. 미호는 엄마가 있어도 곁에 없고 선재는
엄마가 아예 없기 때문이었다. 선재에게 젖 한번 물리지 못한
엄마는 하늘나라에 계신다. 교통사고를 당해 뇌사상태가 된
엄마는 선재를 세상에 내보내고 눈을 감았다. 선재에게 엄마

는 애초에 없는 사람이었다. 그러니 엄마라는 존재가 어떤 의미인지 모른다. 명재 엄마나 선재 엄마나 똑같이 핏덩이를 남기고 저세상으로 간 것이다. 명재는 그게 슬펐다.

다음 날 명재는 아버지께 용돈을 타내어 미호에게 어울리는 선물을 샀다. 하늘하늘 부드러운 분홍색 원피스와 하얀 양말과 반짝이는 빨간 에나멜 구두를. 형이 건넨 원피스를 본 선재는 배시시 웃더니 미호라고 소리 질렀다. 명재가 예상한 대로였다. 선재는 밤늦도록 부드러운 분홍색 원피스를 얼굴에 대어보고 접었다 폈다 하며 즐거워했다.

며칠 후 선재가 버스 정류장이 보이는 산모퉁이에서 형을 기다렸다. 진달래꽃이 지고 막 돋은 새순을 만지면서도 선재의 시선은 버스 정류장에 있었다. 버스가 도착하고 명재가 내리자 선재가 비명을 지르며 헐레벌떡 달려갔다.

"형아 —."

어서 집으로 가자며 앞서 달리는 선재의 얼굴은 기쁨으로 가득 차 있었다. 집 앞에는 미호가 서 있었다. 분홍 원피스를 입은 미호가 고개를 까딱했다.

"형아 —. 미호, 예뻐 —. 미호, 공주님!"

선재가 숨이 찬 목소리로 크게 말했다. 미호가 웃자 선재가 좋아서 얼굴을 가리며 팔짝 뛰더니 명재에게 달려와 안겼다.

（17） 노란 종이배

집 안에 있던 할머니 두 분도 밖으로 나오면서 웃었다. 선재가 열 살 되던 해 햇볕이 간지러운 봄날이었다.

*

명재 엄마는 몹쓸 병으로 죽었다. 명재가 태어나고 반년쯤 지나서였다. 병원에서는 아이가 무사히 태어난 것이 신의 뜻이라 했다. 명재 아빠 덕호가 무너지기 시작했다. 현옥은 슬퍼할 겨를이 없었다. 슬픔의 자리에 막 웃음을 배운 어린것이 있었다. 옛날 젊은 나이에 사고로 남편을 저세상으로 먼저 보내고 덕호와 덕희를 홀로 키우던 때처럼 슬픔을 이겨내야 했다. 명재 엄마가 떠나간 뒤 덕호는 공방에 빠지는 날이 많았다. 어디에도 마음을 두지 못하고 늙은 어미와 어린 명재를 물끄러미 바라보는 것으로 나날을 보냈다. 동생 덕희가 자주 찾아와 명재 엄마 노릇을 했지만, 집안의 우울한 공기를 바꾸지는 못했다.

시간은 느리지도 빠르지도 않게 갔다. 그 시간을 엮은 세월도 같은 보폭으로 오고 갔다. 세상은 그럴듯한 이야기를 만들고 지우는 모양이다. 막 돌이 지난 명재를 빼고 슬픔이 배회하는 집에 한 여자가 드나들기 시작했다. 그녀의 이름은 한진숙이었다. 명재 엄마 친구였고 운명하는 순간 옆에 있었던 병원의 간호사였다. 명재는 진숙을 따랐고 할머니는 반겼고 덕호는 피했다. 명재가 두 살 무렵에 그녀가 속마음을 털어놓았다. 명재 엄마가 되고 싶다고 했다. 명재 엄마가 부탁했다고.

한진숙의 마음을 받지 않은 건 소심한 덕호였다. 불행은 자기 혼자 몫으로 충분하다고 그녀를 밀어냈다. 그녀는 대범했다. 명재 같은 귀여운 아이 엄마가 되는 게 쉬운 일이냐고 웃었다. 명재 아빠 마음이 돌아설 때까지 기다리겠다고 했다. 그런 세월을 2년쯤 더 보내고서야 그녀는 명재 엄마가 되어 한집에서 살게 되었다. 그녀는 명재의 좋은 엄마였고 착한 아내였고 알뜰한 며느리였고 성실한 직장인이었다.

흐르는 시간은 표 나지 않게 불행을 지웠다. 현옥과 덕호가 겪은 불행이 행복으로 자리를 바꿨다. 작은 일상도 웃음꽃으로 피어났다. 웃음꽃을 배달하는 건 명재였다. 엄마라는 말을 배우지 못했던 명재가 어느 순간부터 엄마라는 말을 입에 달고 돌아다녔다. 진숙은 엄마라는 말에 감격했다. 치마꼬리를 잡고 엄마라고 부르는 명재를 보며 좋아서 어쩔 줄 몰라 했다. 행복은 전염성이 강했다.

명재 나이 일곱 살 무렵에 행복이 두 배로 증폭되었다. 명재에게 동생이 생긴 것이다. 마흔을 넘긴 진숙이 품은 생명은 가족 각자에게 서로 다른 축복이었다. 현옥은 일찍 세상을 뜬 남편이 더는 외롭거나 슬퍼하지 말고 한세상 살다가 오라고 주는 따뜻한 선물이라 여겼고, 덕호는 죽은 명재 엄마가 미안 해하지 말라며 명재를 외롭지 않게 하려고 보낸 선물이라고 생각했다. 제일 기뻐한 건 진숙이었다. 이 나이에 생명을 품다니. 이건 친구, 명재 엄마가 아들을 잘 부탁한다며 주는 귀한 선물이라고 믿었다. 명재도 신이 나서 가끔 진숙의 배에 귀를 대고 앞으로 태어날 동생의 심장박동 소리를 들었다.

*

선재가 여느 때처럼 아침에 미호네 집에 갔다 온다. 미호는 동갑내기 선재가 어떤 아이인 줄 대충 안다. 어느 때는 선재에게 살갑다가도 어느 때는 새침하게 군다. 요즘엔 선재와 잘 놀아준다. 오늘도 미호가 다정하게 대한 모양이다. 선재 얼굴이 환하다.

"할머니, 미호가 말했어."

"뭐라고?"

"학교 같이 가자고."

"그래서 우리 선재가 뭐라고 했을까."

"선재가 싫어, 했어."

"왜 그랬을까?"

"바보라고 놀려."

"우리 선재는 바보 아닌데 왜 놀릴까?"

"미호도 바보 아니야."

"그럼."

"미호가 학교 갔다 와서 놀자고 했어."

선재도 학교에 다닌다면 미호와 같은 학년일 텐데… 현옥은 잠시 부질없는 생각을 했다. 선재나 미호나 어린것들이 안쓰럽다. 어른들이 죄인 같다. 그건 미호 할머니 은순도 마찬가지다. 초등학교 3학년 미호는 누가 봐도 예쁘고 깜찍하다. 은순은 막내딸이 맡긴 미호가 공부 잘하는 것도 짠하다.

미호는 미혼모 아이로 태어났다. 미호 엄마는 철없는 어린 엄마였다. 미호가 태어날 때 아빠는 없었다. 어려서 미호는 엄마와 살았다. 그러나 엄마가 새아빠를 만나면서 외할머니 집으로 왔다. 미호는 왜 엄마와 따로 살아야 하는지 어려서는 잘 몰랐지만 이제 어렴풋이 안다. 엄마가 데리러 온다고 약속한 날만 손꼽아 기다린다.

미호가 학교에서 돌아올 시간이다. 선재는 코스모스가 핀 마을 길에서 미호를 기다렸다. 미호가 학교 갔다 와서 놀자고 한 약속 때문이다. 멀리 길모퉁이에 미호가 보이자 선재가 소리를 지르며 달려갔다.

"미호야—."

"선재야, 나 기다렸니?"

"응."

"학교 다니면 나랑 매일 놀 수 있잖아."

"종이배 만들었다."

선재가 손가락을 접었다 펴며 엉뚱한 대답을 한다.

"열 개 만들었니?"

"응."

선재의 방엔 노란 종이배가 담긴 바구니가 있다. 선재가 종이배를 방바닥에 나란히 놓으며 자랑한다. 미호가 물끄러미 선재를 바라보다가 묻는다.

"이 종이배를 모두 바다에 띄울 거니?"

"응."

"이 배를 타고 누가 오니?"

"응."

"어떻게 사람이 종이배를 타고 오니?"

"올 거야—."

선재가 크게 소리친다. 미호는 움찔하며 선재를 가만히 쳐다본다. 선재의 커다란 눈에 물기가 돈다. 미호가 미안하다며 선재의 손을 잡았다. 미호는 선재의 형, 명재가 돌아오지 못한다는 걸 안다. 그걸 안 뒤부터 선재와 자주 놀아주기 시작했다. 선재가 노란 색종이를 꺼내 미호 손에 쥐여주며 종이배를 접으라고 한다.

"미호야, 너도 만들어."

"배 타고 올 사람 없는데."

"미호 엄마 타고 오라고 만들어."

"우리 엄마?"

"응."

미호가 놀란다. 엄마를 기다린다는 걸 선재가 알다니…. 어쩌면 선재가 형이 돌아오지 못한다는 걸 아는지도 모른다는 생각이 든다.

"선재야, 넌 엄마 없니?"

"응."

"엄마 없는 애가 어딨니?"

"없어."

"처음부터?"

"응."

미호는 눈도 맞추지 않고 공들여 종이배를 접는 선재를 한참 바라봤다.

*

2014년 4월 16일. 오전 11시 세월호 침몰.
선재가 노란 종이배를 접기 시작한 것은 그날 그 사고 후부터였다.

*

남녘은 노란 개나리꽃이 졌지만, 선재가 사는 섬엔 한창 피기 시작한 봄날이었다. 그날 진도 앞바다에서는 있을 수 없는 일이 벌어졌다. 육중한 여객선이 침몰하기 시작한 지 두어 시간 만에 거짓말같이 바닷속으로 가라앉은 것이다.
전 국민이 텔레비전을 지켜보는 가운데 천천히 가라앉은 여객선엔 제주도 수학여행에 들뜬 선재의 형, 명재도 타고 있었다. 방송에선 계속 슬로모션의 한 장면처럼 배가 가라앉는 모습을 보여주며 다급한 목소리로 속보를 알려도 선재네 가족은 그런 일이 벌어지고 있는 줄 몰랐다. 현옥은 봄나물을 뜯느라 들판에 있었다. 허둥지둥 달려온 미호 할머니 은순의 손에 이끌려 텔레비전 앞에 선 현옥은 반복해 보여주는 세월호 침몰 장면에 까무러쳤다.

덕호도 마찬가지였다. 그는 그 시각, 공방에서 기계 대패질을 하고 있었다. 명재가 탄 세월호 침몰 소식을 접한 건 동생 덕희가 사색이 되어 공방으로 달려온 뒤였다. 텔레비전 속의 진도 바다에는 축구장보다 큰 세월호가 뱃머리만 조금 남긴 채 가라앉았고 그 주위를 작은 배들이 유람선처럼 돌아다니고 있었다.

아빠, 배가 이상해.

쿵 소리 났어.

무서워.

선재야 사랑한다.

엄마, 미안해.

덕호가 서둘러 명재의 문자를 봤을 때는 배가 침몰한 뒤였다. 가슴을 치며 전화를 걸어도 명재의 전화는 불통이었다.

*

'선재야! 선재야!'

차디찬 바닷속에서 명재가 몸부림치며 선재를 부르고 있었다. 현옥은 망설이지 않고 바다에 몸을 던졌다. 한시가 급했다. 빨리 명재를 데리고 집으로 돌아와야 했다. 선재와 명재를 헤어지게 놔둘 수는 없었다.

'명재야, 가만히 있지 말고 유리창을 깨고 배 안에서 나와라! 어서! 빨리 할머니 손을 잡아라.'

점점 힘이 빠져가는 명재의 손을 잡으려고 현옥은 바다 깊숙이 더 내려갔다.

'명재야! 어디에 있니? 어서 바다로 뛰어내려라!'

배는 뿌옇게 흐린 바닷속으로 숨어버렸다. 악을 쓰며 큰 소리로 명재를 불렀다. 그러나 그 소리는 현옥 자신에게도 들리지 않았다.

'명재야! 명재야!'

혼절했다가 깨어난 현옥을 은순이 끌어안았다. 텔레비전에선 배에 탄 명재 학교의 학생들 사진을 차례로 보여줬다. 명재의 웃는 얼굴이 스쳐 지나갔다. 현옥에게 방송 화면은 아무 말도 들리지 않는 현실감 없는 영상이었다.

집으로 달려온 덕호는 산 사람의 얼굴이 아니었다. 멍한 얼굴에선 눈물이 하염없이 쏟아졌다. 할머니는 아들을 끌어안으며 대성통곡했다. 덕희가 손으로 엄마의 입을 틀어막으며 선재를 찾았다. 그제야 선재 생각이 난 현옥은 화들짝 놀라 울음을 멈추고 명재의 방으로 달려갔다. 선재는 그림을 그리다가 방바닥에 엎드린 채 잠들어 있었다. 도화지 아래쪽은 푸른 바다색을 칠했고 하늘엔 커다란 배를 그리다 만 상태였다. 현옥은 명재가 수학여행 가기 전날 밤 기억이 떠올라 털썩 주저앉았다.

"선재야, 형이 배 타고 먼 데 갔다 올 거다."

"배?"

선새는 형의 손을 조몰락거리며 시큰둥하게 대답했다.

"세 밤 자고 오니까 형아, 기다리지 마라."

"배에 사람 타? 몇 개?"

"삼백 명, 아니 오백 명…."

명재가 선재의 손가락을 꼽았다가 펴며 숫자를 가르쳐주었다. 선재는 형이 손가락을 접었다가 펴는 행동을 즐기며 물었다.

"형아, 배 커?"

"그럼."

"이만큼?"

선재가 두 팔을 벌렸다. 명재가 고개를 저었다. 눈을 깜박거리던 선재가 발딱 일어나 거실 이쪽에서 저쪽으로 달려가서 명재의 얼굴을 쳐다봤다. 명재가 고개를 흔들자 다시 저쪽에서 이쪽으로 왔다가 달려갔다. 할머니도 아버지도 명재도 선재도 모두 웃었다. 몇 번을 반복하던 선재가 형의 목을 끌어안았다.

"형이 선재 선물로 배를 사다 줄까?"

"배?"

선재의 말귀를 알아들은 명재가 도화지에 커다란 배를 그리기 시작했다. 그림 솜씨가 시원찮아 얼핏 보면 배가 아니라 아파트 같았다. 그림을 유심히 보던 선재가 크레파스를 가로챘다. 형이 그린 배를 고치기 시작했다. 제법 그럴듯했다. 명재는 손재주 좋은 선재의 작은 손을 잡고 놓아주지 않았다.

*

봄이 한창인 4월이라지만 남녘 바닷가 날씨는 을씨년스러웠다. 사고 소식을 듣고 달려온 가족들의 눈물이 팽목항을 적셨다. 가족들은 바다를 향해 아이들 이름을 부르고 있었다. 덕호는 대한민국 땅이 이렇게 넓고 남도 땅이 이렇게 멀고 자동차의 속도가 이렇게 느린지 비로소 알았다. 제정신이 아니게 달려왔지만, 그가 할 수 있는 건 아무것도 없었다. 눈물은 솟구쳤고 목이 터지라 부르는 명재의 이름은 허공에서 맴돌다 흩어졌다.

다른 가족들도 마찬가지였다. 깊은 바다에 침몰한 선실 속 한 줌의 공기… 그 공기주머니에 실낱같은 희망을 거는 것뿐이었다. 그것도 시간이 없었다. 생사의 경계에 놓인 시간을 잡아당겨 멈추고 싶었다. 그러나 시간은 째깍째깍 가차 없이 흘러갔다. 십 분… 삼십 분… 한 시간… 두 시간… 시간은 속절없이 흘러갔다.

야속한 시간은 선재네 집에서도 흘렀다. 현옥은 방에서 놀고 있는 선재 몰래 텔레비전을 켰다. 덕호에게서 좋은 소식이 올까 봐 전화기를 쥔 손에선 눈물 같은 물기가 배어났다. 소리를 줄인 텔레비전에서는 끊임없이 속보를 내보냈다. 바다에서 분주히 돌아다니는 배들과 흐린 하늘에서 배회하는 헬리콥터와 방파제에서 애태우는 가족들을 보여줬다. 현옥은 같은 장면이 반복되는 광경이 거짓말 같았다. 저 사람들 틈에서 덕호도 명재가 살아 나오길 빌고 있을 것이다. 현옥은 명재가 깊은 바닷속에 가라앉은 캄캄한 선실에서 숨을 참으며 구조되길 기다린다고 생각하니 숨이 턱 막혔다. 울음을 참으니 눈물이 더 쏟아졌다. 간신히 마음을 다잡고 선재가 있는 방 쪽으로 시선을 돌린 현옥은 흠칫했다. 선재가 방문을 연 채로 서서 물끄러미 텔레비전을 보고 있었다. 현옥은 잘못을 저지르다 들킨 것 같았다.

"우리 선재 뭘 보고 있나?"

선재는 할머니 물음에 아무 대답 없이 텔레비전만 주시했다. 한동안 무표정으로 텔레비전을 보던 선재가 조용히 방바닥에 앉았다. 현옥은 허둥지둥 방으로 들어갔다.

"우리 선재 맛있는 빵 줄까?"

선재는 할머니를 쳐다보지 않고 그리다 만 그림을 천천히 그리기 시작했다. 배가 뒤집힌 하늘을 칙칙한 회색으로 칠했다. 비가 내리는 진도 바다의 흐린 하늘 같았다. 현옥은 쓰러지려는 걸 벽을 잡고 간신히 버텼다.

*

엄마, 미안해.

덕호의 머릿속엔 명재가 보낸 마지막 문자의 끝 구절로 가득 찼다. 낳아준 엄마가 아니라 길러준 엄마, 선재 엄마에게 한 말이었다. 선재와 끝까지 함께하지 못할 것을 예감하고 약속을 못 지켜 미안하다고 했을 터였다. "명재야, 아빠가 미안하다."라는 말을 수천 번 되풀이했다. 미칠 것만 같았다.

세월호, 선체, 침몰, 진도 관제탑, 해경, 함정, 좌현, 우현, 에어포켓, 공기 주입, 구명조끼, 구조선, 인양 크레인, 잠수부, 선내 진입, 대조기, 소조기, 구조, 사망자 인양, 진도체육관, 7시간… 일상에서 사용하지 않는 단어들이 방송을 통해 나열되고 반복됐다. 모두 촌각을 아쉬워하며 발을 동동 굴렀으나 생존에 대한 기대는 멀어지고 죽음은 가까이 다가왔다. 눈물과 탄식이 범람하는 진도 바다 위를 조명탄이 환하게 비췄다. 방파제 난간에서 생존을 소망하는 가족들 마음을 아는지 모르는지 밤바다는 무심하게 번들거렸다. 거기에 덕호도 있었다.

하루, 이틀, 사흘… 구조에서 사망자 인양으로 단어가 바뀌면서 팽목항에 모인 사람들의 슬픔이 분노로 바뀌었다. 수많은 정보와 수많은 말이 쏟아졌지만, 어디서부터 잘못이 시작됐는지 무엇이 진실인지 누구의 책임인지 명확한 건 하나도 없었다. 노란 점퍼를 입은 힘 있는 사람들이 몰려와 최선을 다하겠다는 공허한 말을 쏟아냈다. 현실적인 대책 없이 무책임한 희망과 위안이 범벅된 말의 성찬이었다. 그들이 입은 노란 점퍼와 팽목항 방파제 난간에 매달린 노란 리본의 색깔은 의미가 달랐다.

소심한 덕호도 변해갔다. 팽목항 방파제 난간에 노란 띠가 점점 더 빼곡히 매달리면서 실종 학생들의 가족 주변에서 중심으로 들어가고 있었다. 덕희에게 어머니와 선재를 진도로 데려오라고 연락했다. 덕희가 성치 않은 선재를 거론하며 극구 말렸으나 덕호는 벌컥 화를 내며 명령조로 말했다. 덕희가 처음 듣는 오빠의 단호한 말투에 놀랄 정도였다.

"명재가 선재를 보고 싶어 한단 말이야! 선재에게도 형과 헤어지는 시간을 줘야 할 게 아니야. 할머니도 그렇고."

*

슬픈 여행이었다. 운전하는 덕희도 할머니도 아무 말을 하지 않았다. 태어나서 처음으로 먼 곳을 가게 된 선재는 차창 밖의 풍경만 바라봤다. 막 연둣빛 잎이 피기 시작한 나무들이 스쳐 지나갔다. "산이다… 또, 산이다…." 선재가 혼잣말했다. 덕희가 말을 걸어도 선재는 대답하지 않고 창밖의 풍경과 짧은 음절로 대화하고 있었다.

진도 날씨는 쾌청했다. 팽목항에 모인 사람들은 자식들이 갇힌 바다를 주시하며 애를 태웠다. 방파제 난간에 매달린 노란 띠들이 바다 쪽으로 나부끼고 있었다. 선재는 며칠 만에 만난 덥수룩한 아버지를 낯선 사람처럼 쳐다보다가 바다로 눈길을 돌렸다. 현옥은 선재의 눈치를 보느라 맘 놓고 울지도 못했다. 해상 크레인과 배들이 움직이는 바다를 바라보던 선재가 천천히 방파제 난간으로 다가서더니 노란 띠를 하나하나 만지기 시작했다. 덕희가 뒤따랐다. 그제야 현옥은 아들 덕호의 수척한 얼굴을 쓰다듬으며 울음을 터트렸다.

선재는 지루할 정도로 방파제 초입에서 끝에까지 걸어가면서 애절한 기원이 적힌 노란 띠를 쓰다듬었다. 현옥과 덕호가 멀찍이 뒤따르며 선재의 행동을 주시했다. 방파제에 모여 있는 사람들의 오열과 상관없이 선재의 시간은 고요했다. 긴 시간 동안 빠짐없이 노란 띠를 만진 선재의 시선이 다시 바다를 향했다. 방파제 아래 바다엔 흰 국화 몇 송이가 떠 있었다. 바다를 바라보고 있는 선재에게 덕호가 국화 한 송이를 건넸다. 할머니가 하는 대로 선재도 바다에 국화를 던졌다. 국화는 조금씩 먼바다로 떠나갔다.

해가 서쪽으로 기울면서 옅은 노을이 흐린 하늘과 바다를 희붉게 물들였다. 이제 집으로 돌아가야 할 시간이다. 팽목항에서 머무는 동안 선재는 말이 없었다. 슬픔에 젖은 낯선 사람들에게서 느끼는 이질감에 표정이 조금 굳었을 뿐이었다.

선재가 차에 타면서 아빠 얼굴을 오래 쳐다봤다. 처음 보여주는 것이나 다름없는 선재의 마음을 느끼면서도 덕호는 눈을 맞추지 못하고 외면했다. 쏟아지는 눈물을 선재가 작은 손으로 닦아주었다. 차가 출발했다. 덕호는 흐린 노을 속에서 자동차가 사라진 방향을 넋 놓고 오래도록 바라봤다.

며칠 후 명재는 시신으로 가족에게 돌아왔다.

*

봄이 서서히 지나고 있었다. 슬픔의 시간 위에 거짓의 시간이 덮어지면서 분노의 시간이 얹어지고 그 고통스러운 시간에 조롱이 손가락질했다. 선재에게는 어떤 시간도 존재하지 않았다. 형의 죽음을 아는지 모르는지… 슬픔을 모르는지 일부러 슬퍼하지 않는지 알 수 없었다. 그토록 따랐던 형이 애초에 없었던 것처럼 행동했다. 형의 이름도 입에 올리지 않았다. 옆에서 지켜보는 가족들은 그 침묵이 더 고통스러웠다. 현옥은 손자 선재를 위해 슬픔을 지우려 애썼다.

덕호는 자신도 모르게 길 위에서 통곡하며 외치는 아버지가 되어가고 있었다. 팽목항에서 나부끼던 노란 물결이 진도를 벗어났다. 명재가 다니던 학교에서 서울 한복판으로 노란 물결이 흘러갔다. 작은 움직임이 큰 기적을 이루기를 소망하는 노란 물결이 점점 커졌다. 무사 귀환과 기다림으로 상징되는 노란 물결 한가운데 덕호도 있었다. 덕호는 공방을 그만뒀고 집에 자주 들르지 않았다. 집에는 무심히 시간을 건너는 선재와 그런 손자를 애타게 지켜보는 현옥만 남았다.

선재가 할머니 손을 끌고 미호가 다니는 초등학교 앞 문구점을 찾았다. 섬으로 이사 온 뒤 처음 있는 일이다. 현옥은 선재가 학교에 다니려고 그러는가 싶어 잠시 헛된 기대를 했다. 문구점을 안을 살피던 선재가 노란 도화지 한 묶음을 집어 들었다. 할머니가 물었다.

"우리 선재가 뭐 하려고 도화지를 살까?"

"배."

"배?"

"응, 배 만들 거야."

그제야 현옥은 선재가 뭔가 알고 있다는 걸 어렴풋이 읽었다. 집에 돌아온 선재는 천천히 종이배를 접기 시작했다. 작은 손이 꼬물거리더니 노란 종이배가 하나씩 만들어졌다. 혼잣말하며 종이배를 접는 표정이 진지했다. 열 개쯤 되는 종이배를 방바닥에 나란히 놓았다가 바구니에 담은 선재가 말했다.

"할머니 바다에 가자."

처음 하는 행동이었다. 섬에 이사 와서 여태까지 바다에 가자고 한 적이 없는 아이였다. 바다는 낮은 구릉의 산을 돌아 예전 염전이었던 간척지 제방 너머에 있었다. 집에서 걸으면 20분쯤 걸리는 거리였다. 날씨는 한여름으로 치달아 무더웠다. 산과 들은 짙은 초록으로 눈부셨다. 바닷물은 제방 아래 자갈이 깔린 해변에서 찰랑댔다. 먼바다엔 커다란 화물선이 지나고 있었다. 선재가 정지한 것같이 보이는 화물선을 오랫동안 바라보다가 자갈밭으로 내려가 종이배를 띄우기 시작했다. 노란 종이배는 물결이 밀려갈 때 조금 떠나갔다가 밀려올 때 자갈밭으로 도로 돌아왔다. 한 번 띄운 종이배는 물에 젖어 더는 물에 뜨지 않았다. 땀을 뻘뻘 흘리며 종이배를 다 띄운 선재가 썰물에 멀리 물러난 바다를 보며 말했다.

"내일은 배가 바다로 나갈 거야."

내일도 다시 오겠다는 다짐이었다. 현옥은 선재가 매일 종이배를 띄울 거라는 예감이 들었다.

"선재야, 바다에 올 때는 꼭 할머니랑 오자."

"응."

*

현옥은 덕호가 단식한다는 걸 텔레비전을 통해 알았다. 텔레비전은 매일 세월호 유가족과 노란색 물결과 단식하는 날짜를 헤아려 중계하듯 전달했다. 덕호가 아들이 아닌 다른 사람으로 보였다. 놀라운 일이었다. 소심한 아들이 서울 한복판에서 사람들 주목을 받으며 한 달 넘게 단식하다니. 죽기를 작정한 것 같았다. 전화로 말리고 덕희를 보내봤지만, 덕호는 죄송하다는 말뿐이었다. 미호 할머니가 텔레비전에서 덕호가 단식하는 장면을 보고 조심스럽게 물었다.

"선재 아빠가 돈 때문에 저러는 건 아니지요?"

현옥은 대답하기도 싫었다. 선재가 볼까 봐 텔레비진을 끄고 싶었지만 이미 늦었다. 어느새 선재가 단식 중인 아빠 모습을 물끄러미 바라보고 있었다. 현옥은 선재를 방으로 들여보냈다.

"동네에서도 그러는 사람들이 더러 있더라고요. 돈을 많이 받았을 텐데 한 달 넘게 굶고 있다고…."

현옥은 은순을 미워할 수 없었다. 시간이 지나면서 침몰 사고의 진실을 밝히고 세월호를 기억해달라는 애절한 외침을, 한쪽에서는 돈을 탐하는 파렴치한으로 매도하며 목청을 높이고 있었다. 남의 슬픔은 잠깐인 게 세상인심이다. 그래도 노

란 물결이 흩어지지 않고 저렇게 모인다는 게 얼마나 고마운
가. 사람들이 다르게 생각한다고 서운하게 여기면 안 된다고
생각하며 현옥이 띄엄띄엄 대답했다.

"미호 할머니, 세상에 돈과 자식 목숨을 바꾸는 부모는 없
겠지요. 그 아이들은 아무것도 해보지 못하고 생으로 죽은 애
들이에요. 너무 불쌍하잖아요. 살아남은 가족들 심정이 어떻
겠어요. 다 키운 자식을 잃은 부모들이 앞으로 제대로 살다
죽을 수 있을까요?"

무더운 여름이 지날 무렵 덕호가 집으로 돌아왔다. 죽음
의 시간을 건너온 그는 말을 잃어버린 사람으로 변했다. 동
병상련의 유가족들 몇이 다녀간 뒤 집 안엔 다시 고요한 시간
이 흘렀다. 혼잣말하는 선재와 말문을 닫은 덕호는 가족이면
서 아닌 것 같았다. 덕호는 세상을 피하는 게 아니라 단절하
고 싶어 했다. 선재도 어머니도 보지 않는 텔레비전을 치웠
다. 찾아오는 친척도 이웃도 없는 집안엔 무거운 침묵이 켜켜
로 쌓이기 시작했다. 덕희가 자주 들려 마른 국화처럼 야위어
가는 어머니와 영혼이 빠져나가고 육신만 남은 오빠와 무심
히 종이배만 접는 조카 선재를 지켜보다가 돌아갔다. 선재에
게 형이자 엄마였던 명재의 빈자리는 무엇으로도 채울 수 없
었다. 가족이라는 울타리가 허물어져 갔다.

　선재는 온종일 혼자서 논다. 아버지가 집에 있건 없건 매일 비슷한 행동을 반복한다. 아침에는 미호네 집에 갔다가 오고 집 앞 근처에서 풀꽃이나 작은 벌레를 찾아 돌아다닌다. 맘에 맞는 대상을 만나면 오랜 시간 신기한 표정으로 바라보고 만지작거린다. 꽃을 꺾거나 벌레를 죽이진 않는다. 그냥 바라볼 뿐이다. 혼자 놀다 지루하면 집 안에서 동화책을 보며 글씨를 옮겨 쓴다. 일곱 살 터울의 형이 가르쳐준 글씨다. 제법 잘 쓰는 글씨다. 글씨를 쓰고 나면 종이배를 접어 할머니랑 바닷가에 나가 떠나가지 않는 배를 띄웠다. 현옥이 다행으로 여기는 건 바닷물이 들어오지 않는 조금 물때엔 종이배를 띄우지 않는 것이었다. 바닷물이 멀리 자갈밭 끝에만 들어왔다 나가기 때문이었다. 그런 날은 제방에 앉아 먼바다를 하염없이 바라보다가 돌아왔다.

　미호가 선재를 따라 바다에 몇 번 온 적이 있었다. 선재는 좋아했지만 미호는 달랐다. 선재의 똑같은 동작을 지켜보는 지루함을 견디지 못해서다. 현옥과 자갈밭에 나란히 앉아서 선재가 노란 종이배를 띄우는 모습을 보던 미호가 물었다.

"할머니, 선재가 왜 종이배를 띄우는지 아세요?"

"글쎄다."

"선재는 형이 집에 돌아오지 못한다는 걸 알고 있어요."

깜찍한 미호는 명재가 죽었다고 말하지 않는다.

"선재가 그러던?"

"선재가 말하지 않아도 전 알아요. 형이 보고 싶어서 종이 배를 띄우는 거예요."

"미호가 선재 형이 돌아오지 못한다고 말했니?"

"아뇨, 형이 언젠가 올 거라고 말해줬어요. 그래도 선재는 다 알고 있어요. 내가 엄마를 기다리는 것도."

현옥은 선재를 생각하는 미호가 고마워 머리를 쓰다듬었다.

"우리 할머니는 엄마를 욕하지만 나는 미워하지 않아요."

"왜?"

"나는 중학생이 되면 엄마를 만날 수 있지만 선재는 형을 만날 수 없잖아요."

어른같이 말하는 미호를 바라보며 현옥은 생각에 잠겼다. 언젠가는 미호도, 자신도, 덕호도, 덕희도, 모두 선재 곁을 떠나겠지. 그러면 선재는 어찌 될까. 할 수만 있다면 흐르는 세월을 꽉 잡고 싶었다.

우리를 잊지 마세요. 다시는 이런 일이 되풀이되지 않게 우리를 기억해주세요. 명재가 다니던 학교의 교실이 누군가의 입에서부터 '4·16기억교실'이라고 불리기 시작했다. 덕호는 단식을 끝내고 명재가 공부하던 교실을 한 번 다녀온 뒤 더는 찾지 않았다. 아이들의 책상에 친구들이 놓은 사진과 편지가 가슴을 후벼 팠기 때문이었다. 현옥은 가보고 싶어도 덕호가 못 가게 했다. 대신 덕희가 다녀와서 사진을 보여주며 말했다.

"엄마, 그 교실에 들어가면 책상마다 아이들 이름이 적힌 명패가 있어. 책상 위엔 친구들과 함께 찍은 사진이 있는데 아이들이 환하게 웃고 있어서 더 눈물이 나더라고. 얼마나 예쁘고 발랄한 모습인지. 그 아이들은 겨우 고등학교 2학년인데 그렇게 죽다니 말이 되느냐고. 어느 책상엔 생일 케이크도 놓여 있고, 미역국과 밥이 놓여 있기도 해. 아마 가족들이 갖다 놨을 테지… 사랑하는 가족과 친구들이 교실을 찾아와 얼마나 많은 눈물을 흘리고 갔을까. 명재 책상에도 친구들이 쓴 편지가 있어. 어떤 때는 누가 갖다 놨는지 시들지 않은 꽃도 있고… 명재 사진을 보고 있으면 나보고, 고모— 하고 부르는 것 같아. 그러면 나는 속으로 이렇게 말해. 명재야, 선재가 말은 않지만 형이 보고 싶어서 매일 바다에 나가 종이배를 띄운단다. 그러니 선재 꿈에 노란 종이배를 타고 딱 한 번만이라도 돌아와 주렴… 선생님 교탁엔 더 많은 꽃과 편지들이 놓여 있어. 살아남은 학생들이 갖다 놨을 거야. 편지는 떨려서 못 읽겠더라고요. 책상마다 명패가 놓인 그 교실에 들어서면 바닷속같이 고요해서 숨이 제대로 쉬어지지 않아. 엄마, 세월이 가면 살아남은 학생들은 졸업하고 대학 가고 연애하고 결혼하고 어른이 되겠지만, 명재와 같은 아이들은 영원히 2학년생으로 남아 있겠지? 엄마도 선재와 같이 한 번은 그 교실에 가봐야 할 텐데… 오빠는 왜 못 가게 할까."

"글쎄다. 선재 아비는 어서 잊게 하려고 그러는 것 같더라. 저도 지나간 시간을 없었던 것으로 만들고 싶을 거야. 사람이 늙어 죽는 거야 당연한 일이지만, 너희 오빠는 무슨 팔자여서 이런 일을 거듭 당한다니… 말문을 닫았어도 저렇게 살아 있는 게 나는 참으로 고맙다. 덕희야, 나는 염치없지만 아주 오래 살란다. 선재처럼 명재가 언젠가 우리 곁에 돌아올 거라고 믿으면서."

　세월은 기쁨과 슬픔과 분노를 지우며 흘러간다. 세월호 1주기가 되자 다시 노란 물결이 그날의 바다, 항구에서 펄럭였다. 진실을 밝히고 다시는 이런 일이 일어나지 않아야 한다는 반성과 다짐의 이야기가 잠시 거론되다 사라졌다. 모두 맞는 말이지만 세상은 조금도 변하지 않았다. 그렇게 봄이 가고 여름이 지날 무렵 칩거하던 덕호가 섬을 떠나겠다는 결심을 밝혔다. 어머니와 선재를 두고 어디든 깊은 산속에 들어가 살아보겠다는 것이다. 심약한 그가 눈만 뜨면 보이는 바다와 세상으로부터 도망치는 선택을 한 것이었다. 현옥은 덕호를 말리지 않았다. 살아 있는 사람들은 언젠가 만날 수 있기 때문이었다.

　선재는 아빠가 떠나는지 어쩌는지 관심이 없었다. 덕호가 간단한 짐을 챙겨 이사 가는 날에도 노란 종이배 바구니를 들고 울먹이는 아빠를 물끄러미 바라봤다. 그 모습을 옆에서 지켜보는 할머니와 덕희는 억장이 무너져 내렸다. 덕호는 한 달에 한두 번 섬에 들러 몸만 자라고 행동은 변함없는 선재와 갈대꽃처럼 하얗게 늙어가는 어머니를 바라보다가 돌아갔다.

*

　끝자락 가을이다. 이맘때 서해는 바람이 제법 부는데 요 며
칠은 잔잔하다. 물때는 사리여서 바닷물은 제방까지 들어왔
다 빠지기 시작했다. 1년 넘게 종이배를 띄운 선재는 이제 조
금 물때와 사리 물때를 제법 가늠한다. 노란 종이배 바구니를
든 선재와 현옥이 황금색 솔잎이 떨어지는 산길을 돌아 바닷
가로 나선다. 속사정을 모르는 사람들이 보면 가을날 손자와
할머니가 한가하게 산책하는 모습이다.

　가을 바다는 유난히 짙은 청람색이다. 바닷가에 이르자 선
재가 쪼르르 달려가 종이배를 띄우기 시작했다. 잔물결이 조
금 밀려왔다 조금 더 뒤로 물러난다. 물 위에 띄운 노란 종이
배는 멀리 나아가지 못하고 물결 따라 흔들리다가 자갈밭으
로 도로 돌아온다. 선재는 밀려온 종이배를 띄우느라 정신없
이 자갈밭 이쪽에서 저쪽으로 달려갔다 달려왔다 한다.

　현옥은 선재를 바라보며 자신도 모르게 쏟아지는 눈물을
훔쳤다. 얼마나 형이 보고 싶으면 저럴까. 선재의 간절한 기
다림은 절대 끝나지 않을 것이다. 흐르는 세월도 선재가 형을
그리워하는 마음을 지우지 못하리라. 선재가 띄우는 종이배
는 먼바다로 나가지 못해도 마음은 물결을 타고 서해를 돌아

진도 바다에 당도할 것이다. 명재가 가라앉는 배의 선실에서 다급하게 문자로 "선재야, 사랑한다."라고 썼던 그 마음에 닿을 것이다.

바다에 노을이 물들기 시작했다. 물에 젖은 종이배가 더는 물에 뜨지 않자 선재가 현옥을 돌아봤다. 얼굴에 땀방울이 맺혔다.

"할머니, 내일은 배가 바다로 나갈 거야."

"우리 선재가 종이배를 왜 띄울까?

"…."

할머니가 넌지시 묻자 선재가 대답 대신 고개를 바다 쪽으로 돌리고 한동안 바라봤다.

"선재야, 이제 집에 갈까?"

"응. 할머니, 내일은 배가 바다로 나갈 거야."

현옥과 선재가 바다를 등지고 제방에 올라섰다. 희망과 절망의 동행이다. 노을이 두 그림자를 점점 길게 키웠다. 선재가 형을 하염없이 기다리는 두 번째 가을이 깊어갔다.

※

노
을
에

묻다

＊

　버스에서 내리자 바다 냄새가 물큰 풍겼다. 미금포 500미
터. 해수욕장과 포구를 안내하는 이정표가 눈에 들어온다. 이
정표 옆 구멍가게 주인 여자가 풋콩 까는 걸 보고 지금이 초
가을이라는 게 실감 난다. 소주 세 병과 마른안주, 종이컵을
주문했다가 쓸모없다는 생각에 안주와 종이컵은 취소했다.

　"요즘은 해수욕장을 찾는 사람이 드문데 혼자 오셨우? 우
리 집도 민박하는데… 해변 왼쪽이 미금포구니 안주는 거기
서 회를 떠서 포장해달라고 하시우. 지금은 바닷물이 들어와
서 물이 빠져야 포구로 건너갈 수 있지만."

　눈썹 문신이 유난히 도드라진 여자가 묻지 않는 설명을 했
다. 나는 건성으로 고맙다는 말을 하고 가게를 나왔다. 마당
에 트랙터를 세워놓은 농가와 통발과 그물이 쌓인 어가들 주

변에 민박집과 펜션이 들어선 동네는 한적했다. 해수욕장 뒤편의 이 마을도 피서철엔 제법 번다했을 것이다. 해송이 방풍림 노릇을 하는 솔밭을 지나면 바다라고 생각하니 마음이 흔들린다.

겁내지 마. 해가 지는 순간 쉽게 끝날 거야. 그 순간 너를 위해 노을이 하늘과 바다를 아름답게 물들일 거야. 너는 온갖 노력을 다했어. 더는 지탱할 힘이 없잖아. 그 누구에게도 미안해하지 마.

작년에 어머니의 장례를 치른 뒤 몸이 성치 않은 아버지를 고향에 홀로 남겨두고 서울로 올라오면서 나는 완전히 무너졌다. 당장 가족에게 아무것도 해줄 수 없는 초라한 나 자신이 정말 싫었다. 하루하루를 살아 넘기는 게 치욕이었지만, 끊임없이 내 목을 조르던 학자금 대출과 어머니의 병원비 대출을 갚을 때까지만 견디자고 다짐하며 악착같이 버텼다. 나 아닌 누군가가 갚아야 할 빚은 남겨두고 싶지 않았기 때문이다. 그러나 발목을 단단히 잡은 사채는 나를 쉽게 놔주지 않았다. 도저히 빚의 올가미를 벗어날 수 없었다.

목적지를 바다로 정하고 나서야 이 나이 먹도록 내가 바다를 가본 게 몇 번 안 된다는 걸 알았다. 조금 비참한 생각이 들면서 빨리 바다로 가야겠다고 스스로를 재촉했다.

해가 지는 서쪽 바다로 가자. 초가을 한적한 바닷가에서 지는 해를 바라보며 나를 지우자. 고시촌 방을 빼는 날 몸만 나오면 된다. 계획을 실행하면 그 뒤는 돌아볼 것도, 돌아볼 수도 없을 테니 오히려 홀가분할 것이다. 서해를 향해 가장 멀리 뻗어 있는 땅으로 가자. 거기까지만 생각하자. 생각이 많으면 마음이 흔들리니까. 그렇게 다짐하고 서울을 떠난 게 오늘 아침이다.

서울을 벗어나는 데도 한참이나 걸렸다. 내 청춘을 고스란히 탕진한 이 거대한 도시는 지금도 팽창 중이다. 가난한 산골 촌놈이 서울에 있는 대학에 입학했다는 것만으로 서울대학교에 합격했다는 우스갯소리를 들으며 대학에 들어갔을 때는 '열심히만 하면' 이 도시에 뿌리를 내릴 수 있다고 생각했다. 나는 물론 평생 남의 집 품팔이에 찌든 부모님도. 그러나 그건 희망 사항일 뿐 뿌리는 고사하고 접목조차 쉽지 않았다. 이 특별한 도시에서 안락한 삶을 누리는 사람들은 특별해 보였다. 애초부터 그들에겐 경쟁 상대가 없었다. 경쟁은 늘 중간 아니면 밑바닥들만 했다. 마흔 가까운 나이에 아직도 고시촌과 학원가를 전전하다가 아예 터줏대감이 된 늙은 취업 준비생이 도인처럼 말했다.

"개천이 썩어 미꾸라지도 살지 못하는데 어찌 용이 난단 말인가. 학교? 공부? 취업? 결국, 항아리가 문제야. 항아리를 봐. 위와 아래는 좁고 중간은 배가 부르잖아. 중간은 들러리로 존재하는 족속들이라고. 항아리 중간은 깨지기가 쉽지. 못난 것들끼리 대가리 터지게 치고받으니까. 차라리 밑바닥은 희망을 버렸으므로 마음이나 편하지만."

가난한 지방 출신이 감히 특별한 도시에 정착하여 성공하겠다고 덤벼든 심보가 무엄하고 어리석었는지 모른다. 휴학과 복학을 거듭하며 겨우 마친 대학. 취업은 만만치 않았다. 몇 번의 취업 실패를 거쳐 비정규직으로 떠돌다가 오기가 발동하여 다시 고시촌으로, 학원가로, 수십 가지 아르바이트로 쫓기듯 보낸 세월이 10여 년이다. '나'는 사라지고 도시의 부속품으로 보낸 세월이다. 그 부속품은 쪼그라든 자신감에 무능력이 덧칠된 일회용 소모품이었다.

태안 읍내 터미널에 도착한 건 점심때가 조금 지나서다. 터미널 관광 안내도에 해수욕장과 포구가 여럿 표시되어 있다. 김밥 한 줄을 사서 목구멍으로 밀어 넣었다. 김밥은 내가 먹은 밥 중에서 가장 많이 먹은 밥이다. 습관은 언제나 친근하고 익숙하다. 어디로 갈까. 망설이다가 미금포를 목적지로 정했다. 그곳 가을 바다는 인적이 드물 것 같고 해 질 무렵에 마지막 시골 버스가 미금포를 경유한다는 게 마음에 든다.

솔밭을 지나자 넓은 백사장과 바다가 펼쳐졌다. 만조다. 바닷물이 밀려올 수 있는 한계까지 들어와 찰랑댄다. 바다와 육지의 경계에는 사구식물의 잔뿌리들이 바닷물에 잠시 잠겼다가 드러났다. 어린 시절, 나는 그림을 그릴 때 하늘과 바다의 색깔을 한 가지 파란색으로 비슷하게 칠했다. 바다를 직접 보지 못해 파란색을 확실히 구분하지 못했기 때문이다. 기억이 가물가물한 친구의 말이 떠오른다.

'대기가 건조한 날 가을 바다를 가봐. 특히, 바다와 하늘이 선명하게 나뉜 가을 바다야말로 수평선이라는 말이 가장 잘 어울리는 최고의 바다야.'

그 말이 실감 난다. 도화지에 자를 대고 일직선으로 그은 것 같은 수평선에 바다는 짙푸른 청람색으로 하늘은 연푸른 색으로 선명하게 나뉘었다. 수평선을 바라보며 모래톱에 앉았다. 발밑에서 찰랑대던 바닷물이 조금씩 물러나기 시작했다. 수평선에서 서너 발쯤 위에 걸린 석양을 바라보며 배낭에서 소주병을 꺼내 한 모금 마셨다. 몹시 쓰다. 눈을 질끈 감고 몇 모금을 거푸 마셨다. 술의 힘을 빌려야 한다. 그러지 않고는 결심이 흐트러질 수 있다. 두 병째 소주를 마시기 시작할 때 하늘이 붉은색으로 변하고 있었다. 노을에 물든 수평선을 빠져나온 몇 척의 어선이 미금포구 쪽으로 향하고 있다.

거푸 마신 소주에 얼굴이 화끈거린다. 해는 수평선에 반쯤 걸렸다. 하늘을 붉게 물들인 노을이 급기야 바다에 붉은 물감을 풀었다. 나는 서둘러 두 병째 소주를 바닥냈다. 마음이 조급하다. 이제 끝장내야 한다. 휴대전화를 꺼냈다. 통화하면 똑같은 말이 반복될 것이다. "아버지는 잘 지내고 있다, 걱정하지 마라, 나는 너를 믿는다, 열심히 해라." 수없이 들은 말이다. 문자를 보낸다. 아버지, 마지막으로 절에 가서 공부해보려고요. 전화하지 않을 테니 그런 줄 아세요. 다음은 동생이다. 전화하면 대뜸 짜증 섞인 대꾸가 튀어나올 것이다. "오빠, 왜 전화했어? 전화라면 넌더리 나니까 문자를 보내." 동생의 하루는 "네 — 고객님으로 시작하여 고객님 사랑합니다."를 반복하는 감정노동이다. 퇴근하면 회사에서 받은 스트레스를 풀기 위해 제일 먼저 벽에 베개를 던지고 소리를 지른다며 쓸쓸히 웃던 모습이 떠오른다. 현숙아, 오빠 절집에 들어간다. 문자를 띄우고 번호를 삭제한다.

휴대전화에 저장된 번호를 차례로 검색했다. 입사원서를 넣었던 회사들, 고시촌, 학원, 편의점, 주유소, 세차장, 통닭집, 호프집, 당구장, 피시방, 택배회사… 초라한 생애가 말갛게 드러난다. 이름만 있고 얼굴 없는 번호를 하나씩 지운다. 대학 친구들 전화번호는 별로 없다. 그들이 나를 잊기 전에 내가 먼저 그들을 잊어주었다. 언제 통화했는지 모르는 고향 친구들 번호가 족보에 올린 이름처럼 아득하다. '전부 삭제할까요?'라는 질문에 망설임 없이 '예'를 누른다. 한순간에 보잘것없는 세월이 삭제된다.

이제 전화번호는 하나 남았다. 연희. 아홉 달 전에 헤어졌는데 왜 아직 그 번호를 삭제하지 않았을까. 그동안 몇 번 맹물 같은 연애를 하고 헤어질 때마다 내가 먼저 전화번호를 삭제했는데… 내가 정말 연희를 사랑했던 것은 아닐까. 내 연애사는 늘 같았다. 내가 다가서면 상대가 피하고 상대가 다가서면 내가 피하고. 내일이 불안한 남자와 여자는 그렇게 만났다 헤어졌다. 연희는 노량진 학원 컵밥을 3년 먹고서야 고향 면사무소로 금의환향했다. 우리는 루저 동지야. 누가 먼저 루저 딱지를 뗄까. 그 딱지를 먼저 뗀 사람이 이별을 통보하지 하지 않으면 우리 끝까지 가자. 웃지 않고 농담을 했다. 연희는 이별을 통보하지 않는 대신 전화를 받지 않았다. 슬프지 않았다. 노량진 학원가에서는 이런 연애가 흔하다. 슬픔과 불안을 털어내듯 격렬한 밤을 보내고 모텔을 나오면서 주머니 걱정을 하던 구질구질한 기억이 잠깐 떠올랐다. 연희의 전화번호를 삭제한다. 이제 휴대전화는 걸 일도 받을 일도 없는 쓸모없는 기계가 됐다. 휴대전화를 바다에 멀리 던졌다.

다음은 서른여섯 내 삶을 숫자로 표기한 것들을 버릴 차례다. 지갑을 꺼내 제대로 써먹지 못한 신용카드를 차례로 분질렀다. 이걸 만들 땐 언젠가는 근사한 백화점이나 고급호텔에서 사랑하는 사람들과 품위 있게 사용하리라는 계획이 있었을 거다. 그러나 그런 기회는 오지 않았다. 늘 잔액에 조바심 나게 하는 괴물이었을 뿐이다. 이사를 할 적마다 만든 도서관 회원증도 버렸다. 이제 남은 건 운전면허증과 주민등록증이다. 멋진 내 차를 몰고 다니는 꿈을 꿨던 불쌍한 운전면허증을 가차 없이 꺾어버렸다. 주민등록증을 오래 들여다본다. 내가 봐도 동정이 가지 않는 지겨운 얼굴과 이름과 주소를 한참 들여다보다가 생각을 바꿨다. 나를 찾느라 누군가를 고생시키지 말고 이건 남겨두자. 이제 모든 걸 정리했다. 마지막 일만 남았다. 세 병째 소주를 마신다. 취기가 용기를 준다. 제대로 가누지 못하는 몸으로 배낭을 끌어당겨 약을 꺼냈다. 몇군데 약국을 전전하며 모은 약이다. 치사량을 한꺼번에 털어넣으면 된다. 술기운이 빨리, 영원히, 깨우지 않고 잠재울 것이다.

해가 수평선에 거의 잠겼다. 이상하다. 하늘과 바다를 붉게 물들인 해가 붉은색이 아니라 하얀색이라니. 저 해가 수평선에서 완전히 사라질 때 나도 같이 사라져야 한다. 저 해가 붉

은 노을만 남기고 수평선에서 자취를 감추는 순간에… 주황
색 물감을 엎질러 놓은 것 같은 노을이 수평선을 지운다. 장
엄한 풍경이다. 누군가 아름다운 노을을 한 번 더 보고 끝내
도 늦지 않다고 속삭인다. 쓰러지려는 몸을 간신히 지탱하며
주위를 둘러본다. 아무도 없다. 솔밭 사이로 삽삽한 가을바
람이 지나갈 뿐이다. 드디어 해가 바다에 완전히 잠겨 세상이
온통 붉은 노을빛이다. 그 노을빛이 자꾸 계획을 내일로 미루
라고 말을 걸어온다. 나는 귀를 막고 고개를 흔들며 약을 손
바닥에 쏟았다.

"아냐. 나는 지쳤어. 더 버틸 힘이 없어. 오늘 끝장낼 거야.
저, 저깟 노을이 뭔데…."

*

심한 갈증으로 눈을 떴다. 여기가 어디지? 둘러보니 낯선
방 안이다. 내가 왜 여기 누워 있지? 이게 아닌데… 띵한 머릿
속이 뒤죽박죽이다. 컨테이너를 개조한 방 안엔 나 혼자다.
메모지가 눈에 들어왔다.

'현수야, 일어나거든 속 풀어라. 싱크대에 라면 있다. 내일
도 노을이 좋다. 내가 돌아올 때까지 기다려라. 오후 6시쯤 돌

아오마. 화장실은 컨테이너 옆 세탁실에 있다.'

나는 소스라쳤다. 어제 일을 기억해내려 안간힘을 썼다. 해변에서 노을을 바라보며 소주를 마시고 그다음엔… 거기까지다. 토막토막 끊어진 기억이 도무지 연결되지 않는다. 이 방의 주인은 누군데 내 이름과 계획을 알았을까. 재빨리 배낭을 뒤져 지갑을 꺼냈다. 주민등록증과 현금 천칠백 원이 드러난다. 갈증을 잊은 채 방 안을 살폈다. 가구라곤 작은 싱크대와 소형 냉장고, 낡은 옷장과 접이식 밥상에 놓인 14인치 텔레비전이 전부다. 이런 살림이라면 누군가 혼자 사는 게 분명하다. 옷장을 뒤졌다. 여러 벌의 작업복과 속옷, 양말이 정돈되어 있다. 냉장고에는 소주뿐이다. 이 방의 주인이 남자라는 걸 확인한다. 작은 창문으로 밖을 내다봤다.

컨테이너 주변에 통발과 녹슨 닻이 어지럽게 널려 있다. 방광이 터질 것 같아 조심스레 방문을 열고 밖으로 나왔다. 비릿한 갯내음이 풍기는 게 바다가 가까운 것 같다. 화장실엔 낡은 세탁기와 녹슨 샤워 꼭지가 동그마니 매달려 있다. 오줌 색깔이 샛노랗다. 현기증이 나고 속이 메스껍다. 머리에 찬물을 쏟아붓고 도망치듯 방 안으로 들어왔다. 지금이 몇 시일까. 밥상 위에 놓인 탁상시계 바늘이 오전 11시를 가리키고 있다. 천 원짜리 지폐 한 장과 동전 일곱 개를 맥없이 만지작거린다. 이러지도 저러지도 못하게 갇힌 느낌이다. 지금 내겐 선택의 여지가 없는 게 아닌가. 일곱 시간만 지나면 이 방의 주인이 돌아온다. 누군지 모르는 그가 돌아오는 저녁 6시까지 기다려볼 수밖에. 마음을 그렇게 작정하니 시간이 더욱 느리게 간다.

*

밖에서 두런거리는 말소리가 들린다. 나는 안절부절못하고 일어서서 컨테이너 방문이 열리기를 기다렸다. 어떤 사람이 방문을 열고 들어올까. 드디어 방문이 벌컥 열리고 한 사내가 들어섰다. 얼핏 보니 육십 대 초반의 얼굴이다. 얼굴색은 검었으나 인상은 그리 나쁘지 않아 보인다. 사내가 엉거주춤 서 있는 나를 무심하게 훑고 자리에 앉으라고 눈짓했다. 눈을 맞추지 못하는 내게 사내가 천천히 말을 건넸다.

"속은 풀었니? 기회는 많다. 내일도 이맘때까지 이 방에 있으면 나랑 같이 일하는 거로 알겠다. 싫으면 떠나면 되고."

사내는 짧은 음절로 자기 말만 하고 다시 밖으로 나갔다. 저 사내가 지금 무슨 소리를 하는 건지 혼란스럽다. 나는 멍하니 사내가 나간 문을 주시했다. 잠시 후 쟁반에 밥을 들고 사내가 나타났다.

"밥 먹어라."

한마디 던지고 사내가 얼굴을 씻고 들어왔다.

"밥 먹으라니까. 죽기 전에는 안 먹고 못 배긴다."

사내가 주저하는 내 손에 숟가락을 쥐여주며 재촉한다. 내가 밥을 먹는 걸 보고서야 사내는 냉장고에서 소주병을 꺼내 맥주잔에 소주를 그득 채우고 천천히 음미하듯이 마셨다. 방 안이 물속처럼 고요하다. 나는 밥그릇을 비우고 사내는 술병을 비웠다.

"인제 그만 자자. 불 꺼라."

사내는 이불을 펴고 드러누웠다. 말할 틈을 주지 않는다. 나도 마지못해 옆자리 이부자리에 누웠다. 사내는 이내 잠이 들었지만 나는 불안에 싸여 잠이 오지 않는다. 아무리 생각해도 뭐가 뭔지 모르겠다.

따르릉 ─. 탁상시계가 요란하게 울렸다. 일어나려다가 자는 척 그대로 누웠다. 사내가 일어나 주섬주섬 옷을 입고 밖으로 나갔다. 시곗바늘이 밤 2시를 가리켰다.

*

어젯밤 한숨도 못 잤지만 졸리지 않다. 온종일 방 안에 틀어박혀 온갖 상상을 했다. 내가 납치된 게 아닐까. 아니다. 지금이라도 나는 이 방 안을 벗어날 수 있다. 그러나 내 수중엔 단돈 천칠백 원밖에 없다. 꼼짝달싹할 수 없다. 이 방의 주인 사내가 궁금하여 방 안을 다시 이 잡듯이 뒤져본다. 그가 누구인지, 뭐 하는 사람인지 그 어떤 단서도 없다. 안 먹고는 못 배긴다는 사내의 말을 떠올리자 배가 고프다. 라면을 끓였다.

*

밖에서 발소리가 들리고, 사내가 어제처럼 쟁반에 밥을 가져왔고, 나는 바보처럼 밥을 먹었다. 어제처럼 소주를 한 병 마신 사내가 쟁반을 들고 밖으로 나갔다. 한참 있다가 사내가 비슷한 연배의 남자와 여자를 데리고 방에 들어섰다.

"인사해라. 이분은 선장님이고 이분은 부인되신다."

얼떨결에 초등학생처럼 꾸벅 인사를 했다.

"대학 다니다가 휴학했다고? 그놈의 공부가 뭔지. 경험 쌓는 거로 생각하고 타봐. 어려운 일은 아니니까. 김 씨가 소개했으니 믿고 자시고 할 것도 없지."

"착하게 생겼네. 우리 아들도 대학생이여. 엄마라고 여기고 잘 지내보자. 모르는 게 있으면 물어보고 배우면 돼."

선장과 그의 아내가 번갈아 가며 스스럼없이 말했다. 선장의 말투로 봐서 컨테이너 방에서 지내는 사내의 성이 김 씨인 것 같다. 검게 그을렸으나 얼굴이 후덕하게 생긴 선장이 웃으며 내 손을 잡고 흔들었다. 솥뚜껑처럼 큰 손바닥의 딱딱한 못과 악마디가 굵은 손가락이 평생 어부로 살았다는 걸 알려주었다. 뜬금없이 휴학생이 된 나는 김 씨의 소개로 취업한 꼴이 됐다. 직장은 꽃게잡이 어선이고 또 임시직이다. 선장 내외가 돌아가고 김 씨가 어제와 똑같이 말했다.

"인제 그만 자자. 불 꺼라."

＊

탁상시계가 요란하게 울렸다. 새벽 2시다. 김 씨는 기계처럼 일어나 주민등록증을 챙기라는 말을 던지고 내게 작업복을 한 벌 내줬다. 밖으로 나오니 초가을 밤하늘엔 별이 쏟아질 듯 영롱하다. 컨테이너 뒤에서 어둠을 가르며 트럭의 불빛이 나타났다. 선장 내외가 손짓했고 김 씨를 따라 트럭에 올라탔다. 트럭은 마을을 지나 솔밭 사잇길로 접어들더니 이내 포구에 도착했다. 바다 냄새가 진하게 풍겼다. 선착장엔 불을 환히 밝힌 20여 척의 어선들이 출항을 서두르고 있었다. 여기 저기서 출항 준비에 바쁜 선장과 선원, 아낙들이 분주하게 움직였다. 선장 부인이 스스럼없이 내 이름을 불렀다.

"현수야, 나를 따라와라."

머뭇대며 따라나선다. 선장 부인은 해안 경찰파출소 해경에게 오늘부터 '광명호'를 타는 선원이라며 나를 소개하고 출항 카드를 작성했다. 젊은 해경이 졸린 눈을 비비며 힐끗 쳐다본다. 파출소에는 출항 신고를 하려는 선원들로 붐볐다.

"현수야, 내일부터 이 일은 네가 해라. 알겠지?"

"광명호 선원 새로 왔네. 어디서 구했어? 직업소개소에서?"

"아니, 김 선생이 아는 젊은이라고 소개했어. 휴학생이야."

아낙들이 나를 바라보며 이야기를 주고받는다. 나는 김 씨가 포구의 아낙들에겐 김 선생으로 불린다는 것과 내가 탈 배가 '광명호'라는 걸 알았다. 선장 부인은 나를 데리고 서둘러 광명호에 올랐다. 포구에는 시동을 건 어선들의 요란한 엔진 소리와 선원들의 큰 목소리가 섞여 시끌벅적하다. 드디어 어선들이 꼬리를 물고 포구를 빠져나가기 시작했다. 갑판에 1,500와트 전등불을 환하게 밝힌 어선들이 캄캄한 밤바다에 갑자기 피어난 꽃송이 같다. 딱히 어찌할 바를 몰라 갑판의 뱃전에 걸터앉았다. 초가을 바다의 비릿한 밤바람이 뺨을 스쳤다. 얼떨결에 꽃게잡이 선원이 된 불안한 내 맘을 아랑곳하지 않고 광명호는 속도를 높였다.

"걱정할 것 없다. 커피 마셔라."

김 씨가 커피를 건네며 안심시켰다.

"제가 어떻게 여기에…."

기어들어 가는 목소리로 김 씨에게 물었다.

"나중에 말해주마."

김 씨는 짧게 대답하고 바다를 바라봤다. 불빛이 반사된 바다가 마치 검은 비단 폭처럼 주름이 잡혔다 펴지며 일렁거렸다.

*

광명호에 승선한 지 보름째다. 가을 밤바다가 싸늘하다. 작업복을 입고 모자를 쓰고 우비를 입고 장화를 신고 토시와 고무장갑을 끼고… 초보 뱃놈이 서툴게 작업 준비를 한다. 김 씨는 간단한 심부름을 시키는 것 말고는 배에서나 숙소에서나 별말이 없다. 그저 나를 바라보는 것이 전부다. 내게 일의 요령을 가르쳐주는 사람은 선장과 선장 부인이었다. 선장은 내가 멀미하지 않는다고 좋아하며 통발을 놓고 건져 올리는 방법을 알려주었고 선장 부인은 배에서는 몸조심이 우선이라며 이것저것 깨알같이 챙겨주었다. 그들은 툭하면 "현수야, 현수야" 장난삼아 내 이름을 부른다. 싫지 않다. 동글납작한 선장 부인의 얼굴에서 어머니의 목소리가 묻어났다. 어느 때는 내가 어린 시절로 돌아간 것 같다.

미금포구에서 통발로 꽃게잡이 하는 어선은 20여 척이었다. 유리섬유를 보강한 플라스틱(FRP)으로 만든 어선들은 5톤 정도로 작지만, 기관실 위에 조타실과 작은 선원실, 조리실이 있고 자동항법장치와 어군탐지기, 무전기 등 웬만한 전자 장비는 다 갖춰 항해하는 데 불편이 없어 보였다. 꽃게잡이는 금어기가 해제되는 8월 하순부터 시작하여 11월 중순이면 끝난다고 했다. 작업은 단순하지만, 매일 열여섯 시간씩 서른 틀의 통발을 건져 올려 꽃게를 꺼내는 힘든 노동이다.

통발 한 틀은 500미터 길이의 밧줄 양쪽에 닻과 부표와 깃발을 매단 망대를 고정하고 7미터 간격으로 70여 개의 통발을 매달았다. 꽃게잡이 배는 대부분 선주인 선장과 선장 부인, 선원 두 명을 포함하여 네 명이 작업했다. 어장은 미금포구에서 두어 시간 정도 항해하는 거리에 있었다. 선장들은 어두운 밤에도 정확하게 자기 어장으로 이동하여 망대의 깃발을 찾아냈다. 깃발에는 어선 명, 어선 번호, 통발 허가 번호,

선주 이름, 입출항 항구명이 적혀 있다.

새벽 4시쯤 되어 어장에 도착한 선장은 광명호 깃발을 표시한 망대를 확인하고 통발을 건져 올리는 작업을 시작했다. 선장은 항해할 때만 조타실에 앉아 있을 뿐 갑판에서 선원들과 같이 작업했다. 밥 짓는 일을 도맡은 선장 부인도 마찬가지였다. 어장 한가운데 배를 정박시킨 선장이 긴 장대의 갈고리로 한쪽 통발 밧줄 끝을 끌어당겨 양승기에 건다. 양승기가 돌아가면서 통발이 하나씩 올라온다. 김 씨는 올라온 통발의 입구를 잽싸게 열어 꽃게를 갑판에 쏟고 선장은 빈 통발을 이물 갑판에 쌓았다. 선장 부인과 나는 꽃게의 집게발 중 한쪽을 절단하는 작업을 했다. 꽃게 발을 절단하는 선장 부인의 손놀림은 기계처럼 빨랐다. 거기에 비하면 나는 나무늘보 같다. 집게발을 세운 성난 꽃게를 잡고 낑낑대는 나를 선장 부인이 놀려댔다.

"아이고, 꽃게가 우리 현수 손가락을 자르려고 하네."

선장이 너털웃음을 터트렸다. 양승기에서는 똑같은 속도로 통발이 올라오고 갑판엔 점점 꽃게가 쌓였다. 20여 분 작업 끝에 통발 한 틀을 전부 건져 올렸다. 선장과 김 씨도 꽃게 발 절단 작업을 거들었다. 선장 부인은 아직 살이 오르지 않은 물렁 꽃게를 골라 바다에 던지고 죽은 꽃게는 따로 상자에

담았다. 살아 있는 꽃게는 구멍 뚫린 플라스틱 상자에 30킬로 그램씩 담아 배 밑의 물간으로 옮겼다.

멀리 어두운 바다에는 드문드문 꽃게잡이 어선들의 환한 불빛이 흔들리고 있었다. 배 안은 항해할 때나 정박할 때나 공용 주파수를 이용하는 무전기를 항상 크게 틀어놔서 소란 했다. 무전기에선 선장들이 주고받는 어장 상황과 농담이 생 생하게 들렸다. 마치 바다 한가운데 사랑방이 있어 어부들이 모여 이야기하는 것 같았다. 건져 올린 통발을 다시 놓을 차 례다. 이물에 쌓아놓은 통발을 바다에 던질 순서대로 갑판에 늘어놓고 통발 속의 주머니에 미리 준비한 미끼를 넣었다. 미 끼는 네 토막 낸 냉동 고등어를 이용했다. 미끼 작업을 끝낸 뒤 선장은 조타실로 올라가 10노트의 속도로 배를 항해하며 김 씨에게 통발 투하 지시를 내렸다. 김 씨가 망대를 바다에 던지자 배가 나가는 속도에 따라 밧줄에 매달은 통발이 스르 르 바닷속으로 가라앉았다. 배가 속도를 멈추고 마지막 통발 과 망대를 바다에 던지는 것으로 통발 한 틀 놓는 작업이 끝 났다. 쉴 틈 없이 통발을 건져 올리고, 던지는 작업은 날이 밝 도록 계속됐다.

동쪽 하늘이 부옇게 밝아오기 시작했다. 멀리 육지의 산마 루에서 솟은 아침 해가 하늘을 보라색으로 물들이고 있었다.

바람은 부드럽고 물결은 그지없이 잔잔했다. 선장 부인이 아침을 준비하러 조리실로 들어간 뒤에도 작업은 계속됐다. 열틀의 통발을 건져 올린 뒤에야 갑판에서 아침 식사가 시작되었다. 꽃게와 함께 잡힌 광어로 끓인 매운탕과 꽃게찜이 오른 아침상은 진수성찬이 따로 없었다.

"현수야, 대통령도 우리같이 이렇게 금방 잡은 생선은 못 먹는단다."

"현수야, 많이 먹어둬라. 언제 이런 걸 실컷 먹어보겠니."

선장 내외는 아직도 서먹하고 일이 서툰 내게 우스갯소리를 하며 살갑게 대해주었다. 처음엔 그런 말이 어색하여 어쩔 줄 몰랐는데 어느 순간부터 나도 모르게 "현수야" 부르면 "예" 하고 큰 소리로 대답하고 있었다. 경직되었던 마음이 나도 모르게 조금씩 묽어졌다. 과묵한 김 씨가 그런 내 모습을 보곤 희미하게 미소를 지었다.

서둘러 아침을 먹고 커피를 마신 뒤 작업이 시작됐다. 통발을 건지고 미끼를 넣고, 다시 통발을 던지는 작업은 쉴 새 없이 점심때까지 계속됐다. 오전엔 열두 틀의 통발을 건졌다. 오후에 건질 통발은 여덟 틀이다. 무전기에선 수협공판장과 일반 상인들의 꽃게값을 비교하며 선장들의 불만이 터져 나오기도 하고, '만선호'가 선원을 구하니 소개해달라는 부탁까지, 별별 말이 다 쏟아졌다. 바다 한가운데서도 마을 소식과 이웃의 일상이 고스란히 전달된다. 뱃사람들의 언어는 특별했다. 통발 건져 올리는 것을 '물 본다', 선원은 '뱃동서', 죽은 꽃게는 '아가리', 통발 입구는 '아구리', 미끼는 '이깝', 밥하는 선원은 '화장'이라고 자기들만의 말을 사용했다. 무전기에서 나누는 대화를 듣고 있으면 심심하지 않았다. 점심을 먹고도 똑같은 방식으로 작업은 반복됐다. 저녁 6시 전에 포구에 입항해 꽃게를 공판장에서 경매하려면 오후 작업은 더욱 서둘러야 했다. 무전기만 혼자 떠들 뿐 아무도 말하지 않고 맡은 일에 열중이다. 말하는 입은 퇴화하고 일하는 손만 진화한 사람들 같았다. 좁은 공간에서 매일 같은 일을 하니 할 말이 없을 터였다. 선장 내외는 그런 분위기를 바꾸려고 애송이 선원인 내 이름을 부르며 말을 시켰다.

"현수야, 꽃게잡이 재미있지. 김 씨처럼 계속 우리 배 탈래?"

"현수야, 배 타지 마라. 장가 못 간다. 뱃놈한테 누가 시집오겠니."

마지막 통발 물을 보니 오후 4시. 스무 틀의 통발에서 잡은 꽃게가 물간 가득 찼다. 선장은 흡족해하며 미금포구를 향해 뱃머리를 돌리고 김 씨와 나는 갑판 뒷정리를 했다. 다른 배들도 서로 무전을 주고받으며 노을을 등지고 포구로 향했다.

덧없이 짧은 가을 해가 서쪽으로 기울면서 하늘이 노을에 물들기 시작했다. 하루 중에 포구로 입항하는 이 순간이 제일 한가한 시간이다. 나는 커피를 들고 고물 뱃전에 걸터앉아 바다를 바라봤다. 빠르게 달리는 배의 스크루가 하얀 거품을 토해내고 그 포말이 사라진 아득한 저쪽 수평선의 노을이 하늘과 바다를 붉게 물들인다. 육지에서 바라보면 지금 내가 탄 배도 노을 속에 있겠지. 미금포 해변에서 바라본 그날처럼….

배가 항구로 이동하는 동안 저녁 식사를 했다. 배가 포구에 입항하자마자 노조의 인부들이 꽃게 상자를 하역했다. 김 씨와 선장 부인은 어판장으로 가고, 나는 입항신고를 하러 해양파출소로 향했다. 선장은 주유한 배를 선착장에 정박시키고서야 하선했다. 다른 배의 선원들도 광명호처럼 바쁘게 움직였다. 경매가 끝나자 명세표를 받은 선장이 트럭에 오르라고 손짓했다. 땅거미가 스며든 포구에는 가로등이 하나둘 켜지기 시작했다. 숙소에 돌아와 간단히 씻고 나니 저녁 7시다. 길고 긴 고단한 하루가 끝났다. 김 씨는 하던 대로 소주 한 병을 약처럼 마신 뒤 똑같은 말을 하고 잠자리에 들었다.

"그만 자자. 불 꺼라."

나는 김 씨가 궁금해 죽겠는데 그는 나를 궁금해하지 않는다. 나는 그게 더 궁금했다.

*

추석엔 사흘 동안 쉬었다. 타지에서 흘러온 선원들은 추석 전날 썰물처럼 모두 미금포구를 떠났다가 추석 뒷날 밀물처럼 돌아왔다. 추석에 미금포구를 지킨 타향 사람은 김 씨와 나, 그리고 동남아에서 온 몇몇 외국 선원들뿐이었다. 대신 타향에서 미금포구를 찾은 사람들은 많았다. 대부분 객지에서 직장을 다니거나 공부하는 자식들이었다. 선장네 두 아들도 다녀갔다. 대학생과 취업 준비생이었다. 멀끔하게 생긴 그들 모습에 내가 겹쳐졌다. 추석 동안 선장 부인은 맛있는 음식을 컨테이너로 계속 날랐고 김 씨는 죽은 듯이 잠만 잤다. 나처럼 전화 한 통 걸지 않았고 밤엔 경건한 의식을 치르듯 소주를 마셨다. 심심했다. 간신히 금단현상을 극복한 컴퓨터와 휴대전화 생각이 간절했다.

*

꽃게잡이는 조금 물때와 사리 물때 관계없이 계속됐다. 10월로 접어들자 바다는 물결이 거칠고 날씨도 고르지 않았다. 가을비가 내리고 나면 한 이틀은 서북풍이 불어 파도가 몹시 쳤다. 풍랑주의보에 배가 출항하지 못하면 뱃사람들은 파손된 통발을 손질하거나 고등어 미끼를 토막 내어 냉동고에 보관하는 작업으로 하루를 보냈다. 김 씨는 가끔 선장들에게 불려가서 전자 장비의 사용법을 가르쳐주는 일도 했다. 선장 부인들이 김 씨를 두고 김 선생이라고 호칭하는 이유를 알 만했다. 나는 할 일이 없는 날엔 포구의 방파제에서 파도가 하얗게 뒤집히는 바다를 하염없이 바라보며 내가 왜 여기에 있는지, 앞으로 어떻게 할지, 골똘히 생각했지만 답은 없었다. '나중에 말해주마'라고 한 김 씨는 아직도 아무 말이 없다. 몇 번 물어봤지만 김 씨는 같은 말만 반복했다. 언제까지 입을 다물고 있을까. 궁금증이 슬그머니 오기로 바뀌었다. 다시 바다가 잔잔해지자 어선들은 약속이나 한 듯 출항하여 통발 물을 보고 입항했다.

늦가을 밤바다는 몹시 춥다. 옷을 두껍게 입으니 움직임이 둔하다. 꽃게는 덜 잡혔으나 대신 살이 쪄서 값이 좋았다. 이젠 일이 서툴 뿐이지 작업 순서와 요령을 제법 익혔다. 항상 떠드는 무전기 소리와 선주 내외의 놀림에도 익숙해졌다. 어느 때는 이런 삶이 행복이라는 생각도 들었다. 미금포구에서 배를 부리는 선장들은 경쟁 대신 서로 도우며 사는 방법을 몸으로 터득한 사람들 같았다. 그들은 꽃게가 잘 잡히는 어장의 정보를 주고받으며 공생했다. 나는 그게 궁금하여 꽃게가 잘 잡히는 어장에 다른 배가 통발을 놓으면 손해 아니냐고 물었더니, 선장은 껄껄 웃으며 거침없이 대답한다.

"현수야, 언제 죽을지 모르는 바다에서 혼자는 못 산다. 바다의 꽃게는 임자가 없으니 서로 나눠 잡으면 되고 이웃이 잘 살아야 내 마음도 편한 거란다."

나는 할 말을 잃었다. 세상엔 옳게 살면서도 성공하는 방법이 넘쳐났다. 그러나 그렇게 행동하는 사람은 드물었다. 경쟁의 물살에서 허우적거린 나는 상대를 이기는 방법에 몰두하며 뒤로 밀릴 때마다 못남을 자학했을 뿐 더불어 사는 방법을 까마득하게 잊고 지냈다. 한때 지친 나를 위로받고 싶어 고달픈 청춘들을 치유해준다는 강연을 들으러 다닌 적이 있었다. 성공한 유명 강사는 꿈을 키워라, 세상을 멀리 봐라, 조급해하지 마라, 지금을 즐기라며 힘이 되는 좋은 말만 하면서 웃음을 안기고 감동을 줬다. 하지만 강연장을 나온 순간 나는 될 놈은 되고 안 될 놈은 죽어도 안 된다는 걸 깨달았다. 사회 구조보다 개인이 문제라는 말에 동의할 수 없기 때문이었다.

선장은 매일 말 대신 몸으로 최고의 강연을 했다. 10월은 날씨 탓에 조업을 20일밖에 못 했다.

*

11월 중순이다. 빗방울이 눈발로 바뀌더니 며칠째 바람이 드세다. 파도가 바다를 하얗게 뒤집었다. 포구에 정박한 어선들은 밧줄로 연결된 채 흔들리고 뱃사람들은 바람이 잠잠해지기를 기다렸다. 선장은 사흘 이내에 통발 물을 못 보면 갇힌 꽃게가 죽는다며 아쉬워했다. 무료한 날이 계속됐다. 밤에 김 씨가 소주를 마시며 꽃게잡이가 끝물이라 말했다. 내게 뭣을 하라는 명령 외에 처음 거는 말이다. 나는 이때다 싶어 내가 어떻게 이 방에 오게 됐는지 다그치듯 물었다. 김 씨는 꽃게잡이가 끝나는 날 '자세히 말해주겠다.'며 잠자리에 누웠다.

"그만 자자. 불 꺼라."

나는 매일 밤, 같은 말을 반복하는 김 씨를 바라보며 전등불을 껐다.

바람이 잔 뒤 통발 물을 보고 난 선장이 꽃게잡이를 끝내야겠다고 말했다. 미금포구의 다른 꽃게잡이 어선들도 어장 철수 준비를 했다. 나는 김 씨가 할 '자세한 말'이 궁금하여 하루가 어떻게 지나가는지 몰랐다. 어장 철수 작업은 이틀이 걸렸다. 배가 작아 한꺼번에 이천여 개의 통발을 싣지 못해서다. 첫날은 서른 틀의 통발 물을 보고 마지막에 건져 올린 열 틀의 통발 칠백 개를 싣고 입항했다. 겨울 날씨치고 바다는 잔잔했고 쾌청했다. 내일은 미끼를 넣지 않고 바다에 던진 빈 통발 천사백 개를 두 번에 나눠 싣고 들어오면 된다.

저녁에 드디어 김 씨와 내가 마주 앉았다. 나는 김 씨의 입에서 무슨 말이 나올까 뚫어져라 쳐다봤다. 김 씨가 혼자 소주 한 병을 천천히 비우더니 말을 꺼냈다.

"현수야, 고통 없는 삶은 없단다. 누군가가 기다린다는 것은 살아야 할 충분한 이유가 된다. 살다 보면 죽는 날은 저절로 온다."

김 씨는 책 읽듯이 빤한 말을 하고 냉장고에서 또 소주병을 꺼내 내게 한 잔 건넨 뒤 나머지를 술잔에 따랐다. 처음이다. 내게 술을 따라준 것도, 소주 두 병을 마시는 것도. 김 씨의 얼굴을 자세히 쳐다봤다. 얼굴색이 유난히 검다. 다음 말을 기다렸다. 김 씨의 억양 없는 말이 이어졌다.

"세상의 모든 자식은 태어나 재롱을 부릴 때 이미 평생 해야 할 효도를 다 했다. 부담 가질 필요 없다. 부모를 생각하고 슬퍼하는 마음이면 됐다. 네게 해줄 말은 이게 전부다."

나는 헛심이 빠졌다. 김 씨가 들고 있는 소주병을 빼앗으며, 내가 죽지 않고 어떻게 여기에 왔느냐고 소리쳤다. 김 씨는 술병 뺏긴 손을 약간 떨면서 조용히 대답했다.

"노을이 너를 살렸다. 너는 살고 싶었다. 아버지, 죄송하다며 우는 너를 내가 데려왔다."

나는 견딜 수 없는 자괴감에 문을 박차고 나와 포구로 달렸다. 방파제를 따라 줄지어 선 가로등 불빛에 검은 바다가 번들거렸다. 겨우 그깟 노을을 보며 울려고 그 많은 시간을 벼르고 또 다짐했단 말인가. 나 자신에게 화가 치밀었다. 끊어진 그날의 기억이 흐릿하게 연결되었다. 밤이 이슥해서야 터덜터덜 컨테이너로 돌아왔다. 김 씨는 여느 때처럼 잠들어 있었다. 슬픔이 밴 것 같은 검은 얼굴이 평온해 보였다.

*

통발을 철수하는 마지막 날이다. 꽃게잡이 3개월 동안 처음 오밤중이 아닌 아침 출항이다. 미금포구를 뒤로 밀어내며 광명호는 쏜살같이 바다로 나갔다. 빈 통발만 건지기 때문에 선장 부인은 배에 오르지 않았다. 오전에 통발 칠백 개를 건져 싣고 포구에 입항하여 선착장에 풀었다. 김 씨와 나는 모르는 사람처럼 외면하고 일에만 열중했다. 식당에서 점심으로 국밥을 주문한 선장이 김 씨를 돌아보며 물었다.

"김 씨, 소주 한잔하겠소?"

김 씨가 말없이 고개를 끄덕였다. 배에서는 금주이기도 하지만 김 씨가 낮술을 마시는 건 처음 본다. 술을 즐기지 않는 선장이 한 잔 마시고 국밥을 께적거리던 김 씨가 나머지를 비웠다.

"김 씨, 괜찮죠?"

김 씨는 또 고개를 끄덕였다. 배가 어장으로 출발했다. 무전기에선 어장을 철수하는 다른 배 선장들의 농담이 들려왔고 이따금 광명호 선장도 끼어들었다. 해 질 무렵까지 열 틀의 통발 칠백 개를 모두 건져 이물 갑판에 층층이 쌓았다. 망대와 부표, 통발 닻 스무 개는 고물 뱃전에 걸쳐놓았다. 겨울답지 않게 노을이 곱게 물든 바다에서 배가 포구를 향해 서서히 속도를 높였다. 이제 바다와 어부들은 잠시 헤어질 시간이다. 겨울 동안 바다는 살아남은 꽃게를 살찌우고 어부들은 내년 봄에야 다시 바다의 품에 안길 것이다. 그들은 그렇게 바다와 함께 살아왔고 살아갈 것이다. 이런 걸 두고 희망이라고 하리라.

고물 갑판에 혼자 앉아서 노을에 물든 바다를 바라보던 김 씨가 나를 불렀다. 퉁명스럽게 다가선 내 손을 잡아 옆에 앉힌 김 씨가 뜬금없이 말했다.

"현수야, 지나고 보면 모든 시간이 다 소중하단다. 그러니…."

나는 말을 끊고 자리에서 일어났다. 김 씨에게 화난 게 아니라 나 자신이 부끄럽고 짜증이 나서였다. 김 씨가 커피 한 잔을 부탁했다. 나는 대답 없이 조리실로 향했다.

*

"아저씨!"

커피를 들고 가니 김 씨가 없다. 고물 양쪽 뱃전을 살펴봐도, 화장실을 열어봐도 없다.

"아저씨!"

이물 갑판을 둘러봐도 김 씨가 없다. 갑자기 이상한 생각이 들었다. 조타실로 달려가 선장에게 소리쳤다. 선장이 배를 멈추고 후다닥 뛰어내렸다. 나는 다리가 후들거렸다. 선장은 내 말을 듣고 고물 쪽으로 달려갔다. 선장이 배 주변을 살펴보라며 소리쳤다. 노을이 붉게 물든 바다는 스크루가 토해낸 하얀 거품만 출렁거릴 뿐 아무것도 보이지 않았다.

"현수야, 김 씨가 사라진 지 얼마나 됐니?"

물을 끓여서 커피를 탔으니까, 5분 정도. 선장은 내 말을 듣자마자 조타실로 올라가 배를 돌리며 비상 주파수와 공용 주파수로 선원 실종을 알렸다. 곧바로 무전기에서 사고지점 좌표가 전달되고 주변 어선 선장들의 다급한 목소리가 터져 나왔다. 5분. 선장은 그 5분의 거리를 계산하여 배를 되돌리더니 사고지점 부근을 수색하기 시작했다.

"현수야, 주위를 잘 살펴봐라. 김 씨가 솟구쳐 오를지 모르니까."

순식간에 광명호 주변으로 몇 척의 어선들이 다가왔다. 무전기에서는 광명호 선원 실종 소식과 좌표가 계속 흘러나왔다. 점점 많은 어선이 몰려와 주변을 수색했다. 얼마 후 요란한 사이렌 소리와 함께 해경 경비정이 도착했다. 막 해가 떨어져 노을에 휩싸인 바다는 어선들의 엔진 소리로 뒤덮였다. 어둠이 바다를 삼키자 어선들이 불을 밝혔다. 검은 바다에 불 밝힌 어선들이 흡사 반딧불이처럼 돌아다녔다. 시간이 자꾸 흐르면서 김 씨는 점점 생존에서 멀어져 갔다. 무전기에서 시체라는 말이 튀어나오기 시작했다. 내일부터 사리 물때라서 물살이 빠르니 지금 시체를 찾지 못하면 어렵다는 공론이 돌았다. 밤이 깊어서야 수색을 포기한 배들이 철수를 결정하고

뱃머리를 미금포구로 돌렸다. 나는 안 하던 멀미를 했다. 뱃
전을 부딪치는 물결 너머 어디선가 '살다 보면 죽는 날은 저절
로 온다' 던 김 씨의 담담한 목소리가 들리는 것 같았다. 포구
에 도착하자마자 선장과 나는 해경에서 사고 조사를 받았다.
나는 벌벌 떨었지만, 선장은 덤덤했다.

"현수야, 아는 대로만 대답하면 된다."

해경이 김 씨의 가족관계와 주소를 물었다. 선장은 3년 같
이 지냈지만, 자세히 모른다며 해경파출소에 등록된 주민등
록번호를 조회해서 어디 사는지 가족이 누군지 알아봐 달라
고 했다. 해경이 한심한 표정으로 선장을 바라봤다. 해경파출
소에 모인 뱃사람들은 모두 자기가 겪은 일처럼 김 씨의 실종
을 안타까워했고 선장 부인은 김 씨가 불쌍하다며 슬퍼했다.

사고 이튿날 해경에서 김 씨 가족의 소재를 파악했다며 연
락이 왔다. 가족은 남동생과 여동생, 그리고 아들 하나, 이혼
한 부인이 있다고 했다. 닷새 동안 수색을 했지만 끝내 김 씨
의 시체를 찾지 못했다. 눈발이 날리고 거센 바람이 불어 결
국 사고 열흘 만에 수색을 포기했다. 김 씨의 사고 소식을 전
했어도 열흘이 넘도록 가족들은 나타나지 않았다. 선장 부인
을 비롯해 뱃사람들은 얼굴도 모르는 김 씨 가족을 비난했으
나 선장은 곧 그들이 올 거라고 장담했다.

선장은 김 씨와 내가 지내던 컨테이너에 시신도 없고 가족조차 찾아오지 않는 빈소를 마련하고 작은 밥상에 주민등록증 사진을 확대한 영정을 놓았다. 하도 오래된 사진이라 김 씨의 영정 사진은 다른 사람 같았다. 선장이 맥주잔에 소주를 그득 따르며 말했다. 해경에겐 김 씨에 대해 아무것도 모른다더니 뭔가 알고 있는 것 같았다.

"김 씨, 이제 술을 약처럼 먹지 말고 맘껏 마셔요. 고마웠어요. 그리고 너무 슬퍼하지 마시오. 약속은 꼭 지키리다. 곧 동생들과 아들이 올 거요."

선장 부인이 눈물을 찍어냈다. 뱃사람들은 자주 컨테이너를 찾아와 술을 마시며 김 씨의 됨됨이를 이야기했다. 선장은 잠도 나와 같이 컨테이너에서 잤다. 나는 방 귀퉁이에 앉아 김 씨의 영정 사진을 바라보다가 벽에 걸린 달력을 보고 화들짝 놀랐다. 처음 이 방에 왔던 날, 조금과 사리 물때표가 적혀 있는 날짜마다 동그라미가 그려져 몹시 궁금히 여겼던 달력이다. 달력엔 꽃게잡이가 끝나가는 11월 중순부터 가위표가 그려져 있었다. 그제야 김 씨의 죽음에 감이 잡혔다. 그러면서 김 씨가 내게 한 말이 사실은 자기에게 한 말이라는 걸 깨달았다. 김 씨를 받아들이지 못한 가슴이 저렸다. 이틀이 지나고 선장의 예언처럼 김 씨의 가족들이 찾아왔다.

"현수야, 김 씨 가족이 해경파출소에 왔다는구나. 같이 가
자."

*

선장은 김 씨의 가족들을 컨테이너로 안내했다. 김 씨를 닮
은 남동생과 여동생은 막일하며 사는 것으로 뵈지 않았지만,
어딘가 궁색한 티가 났다. 서른쯤으로 보이는 아들은 인물이
헌칠한 편이었다. 그들은 서로 모르는 사람들같이 행동했다.
김 씨의 영정을 보자 여동생이 잠시 모깃소리 같은 울음으로
자신이 동기간이라는 표시를 냈고 남동생은 무표정했다. 선
장이 멀뚱히 서 있는 아들에게 절을 하라고 명령하듯 말했다.
나는 선장의 그런 모습이 낯설어 보였다. 얼굴이 붉어지도록
당황한 아들이 쫓기듯 절을 하자 선장은 그들을 자리에 앉히
고 잠시 밖으로 나갔다. 세상에서 가장 가까운 사람들이 아득
하게 외면하고 있었다. 어색한 침묵이 방안을 가득 채웠다.
김 씨 가족이 왔다는 소식에 뱃사람들과 아낙 몇이 삐죽 문을
열어보고 밖에서 수군댔다. 한참 만에 선장은 두툼한 봉투를,
선장 부인은 간단한 다과를 들고 왔다. 선장이 자신을 소개하
고 지극히 사무적으로 말하기 시작했다. 평소와 다르게 화난

사람처럼 보였다.

"김 씨를 직업소개소에서 만났는데 노숙자처럼 몰골이 측은했습니다. 다른 선장들은 김 씨를 거들떠보지 않았는데 인연이 되려고 그랬는지… 내가 뿌리치지 못했어요. 그게 3년 전 일입니다. 김 씨는 예전에 죽은 사람이나 마찬가지입니다. 김 씨가 내게 부탁했습니다. 자기는 오갈 데 없는 신용불량자니 품삯을 내 이름으로 예금해달라고요. 그러면서 혹시 자기에게 무슨 사고가 나면 돈을 동생들과 아들에게 똑같이 나눠주라고 당부하며 덧붙입디다. 두 분 동생에게 힘들게 해서 미안하다고. 특히 아들에게는 아버지 노릇 제대로 못 해서 정말 미안하다며 아버지를 잊고 씩씩하게 살았으면 좋겠다고 했습니다."

선장은 봉투 속에서 세 다발의 돈뭉치를 꺼내 두 동생과 아들 앞에 놓으며 말을 이었다. 목소리가 조금씩 커졌다.

"이 돈은 김 씨가 3년 동안 선원 생활하며 모은 돈입니다. 1년에 천팔백만 원씩 3년 모은 돈에 이자가 포함됐습니다. 나는 김 씨가 어떤 세월을 살았는지 잘 모릅니다. 다만 사랑하는 사람들을 만나지 못하고 피해 다니는 신세라는 건 알고 있었습니다. 김 씨같이 사람을 버린 세상은 뭔가 잘못된 세상입니다. 나는 그런 세상을 만든 건 돈밖에 모르는 사람들이라고 생각합니다. 당연히 모르시겠지만, 김 씨는 간경화증을 앓고 있었습니다. 그러나 병원 갈 처지가 못 됐고 일부러 약도 먹지 않았습니다."

세 사람은 고개를 푹 숙였다. 나는 김 씨가 알코올중독이 아닐까 생각했지만 간경화증인 줄은 몰랐다. 그 모든 것을 알면서도 김 씨를 배려한 선장이 커다란 산같이 느껴졌다. 말을 멈추고 한동안 김 씨의 영정을 바라보던 선장이 커다란 손으로 눈가를 훔쳤다.

"김 씨는 현재 법적으로 실종 상태입니다. 시신을 찾지 못하면 1년쯤 지나야 사망 처리될 것입니다. 김 씨 앞으로 1년짜리 수산인 안전공제를 들어놨는데 공제금은 법적으로 사망이 확인된 뒤에 지급됩니다. 공제금 이천오백만 원은 김 씨의 뜻대로 아드님에게 드리겠습니다. 연락처를 남겨두고 가십시오."

그들은 아무 말이 없었다. 선장이 일어서 밖으로 나가자 그들은 제 몫의 돈을 얼른 챙겨 주머니에 넣고 엉거주춤 따라 일어섰다. 어서 이 분위기에서 벗어나고 싶은 표정이 역력해 보였다. 나는 그들을 배웅하지 않았다. 밖에서 한두 마디 인사 같은 소리가 들리고 선장이 방으로 들어왔다.

"현수야, 돈이 사람 목숨보다 귀한 더러운 세상이다. 술 한

잔 따라봐라. 김 씨하고 마지막 먹는 술이다. 너도 한잔 받아라."

나는 선장이 시키는 대로 술잔을 받았다. 영정 속의 김 씨가 우리를 물끄러미 바라보고 있었다. 김 씨는 선장이 고마웠을 것이다. 그리고 얼마 만인지 모르지만, 사랑하는 사람들을 만났으니 겨울 바닷속에서도 춥거나 외롭지 않을 것 같았다. 선장이 김 씨의 영정과 유품이랄 것도 없는 물건을 치우자고 했다. 나는 내가 미금포구를 떠나는 날 정리하고 싶었다. 선장이 내 어깨를 다독이더니 혼잣말을 하며 방을 나갔다.

"김 씨는 통발 닻 한 개와 함께 사라졌다. 그러니 시신은 영원히 찾지 못할 것이다."

내 짐작대로다. 한 잔, 두 잔… 혼자 소주를 마셨다. 못 먹는 술이지만 오늘은 마시고 싶었다. 세상이 김 씨를 버린 게 아니라 김 씨가 매정한 세상을 버렸다. 김 씨가 이겼다. 김 씨가 죽기 전날 밤 툭툭 던진 말이 생각났다. 내게 하고 싶은 말이 많았을 것이다. 그러나 그는 끝내 말을 아꼈다. 아마 나처럼 결심이 흔들릴까 그랬는지 모른다. 영정의 김 씨에게 물었다.

"아저씨, 노을이 말리지 않았나요? 죽는 게 살기보다 어렵다면서요. 나처럼 울었으면 이번엔 제가 잡을 수 있었잖아요.

누군가를 기다리는 것도 살아야 할 이유잖아요…."

*

김 씨의 영정과 비린내가 밴 몇 벌 작업복을 태웠다. 비로소 김 씨는 어떤 흔적도 남기지 않고 고통 없는 세상으로 갔다. 포구에 나가 한동안 김 씨가 사라진 바다를 바라보았다. 흐린 하늘에 노을 대신 곪은 것 같은 허연 해가 바다로 떨어지고 있었다. 내일 미금포구를 떠나야겠다는 결심을 했다.

선장은 석 달 치 품삯 사백오십만 원에 오십만 원을 더 얹어주며 고생했다, 열심히 공부하라는 말을 거듭했다. 아버지한테 자주 들었던 말이다. 선장 부인은 언제든지 놀러 오라며 등을 토닥였다. 언제 놀러 올 수 있을까. 앞이 막막하고 가슴이 먹먹했다.

미금포구를 떠나는 날 아침 하늘은 금방 눈이라도 올 것 같이 찌푸렸다. 선장은 기어이 나를 트럭에 태워 읍내 버스터미널까지 데려다주었다. 터미널은 한산했다.

석 달 전 태안에 올 땐 목적이 있었지만, 떠나는 지금은 아무 계획이 없다. 나는 시외버스 시간표 앞에 서서 어디로 가야 할지 한참 망설였다. 선장 부인이 지상에 없는 줄도 모르고 엄마 갖다 드리라며 건넨 꽃게 상자가 자꾸 눈에 밟혔다.

말코

엄마

＊

＊

　　아내가 가출했다. 보름이 넘도록 전화조차 받지 않는다. 딸
네 집에 있는 것 같은데 딸도 모르쇠다. 화가 단단히 난 모양
이다. 결혼생활 삼십여 년 동안 이런 난감한 일은 처음이다.
조금만 참을걸. 생각할수록 후회막급이다. 어쩌다 내가 아내
에게 '음탕'이라는 말을 입에 올렸을까. 처음에는 화를 참지
못해 잠시 집을 나간 거려니 생각했는데 그게 아니다. 아내가
집을 나가면서 자기는 나무토막이 아니라는 걸 분명히 알라
고 한 말이 마음에 걸린다.

　　나는 아내를 사랑한다. 예전에도 그랬고 지금도 그렇고 앞
으로도 그럴 것이다. 결혼하여 가정을 꾸려본 사람들은 절대
믿지 않겠지만, 나는 결혼하여 아이 둘을 낳고 키우는 동안
아무리 화가 나도 말다툼이나 폭력을 쓰지 않았다. 서로 존댓

말을 했고 집 안에서나 밖에서나 상스러운 말은 입 밖에 꺼내
본 적이 없다. 아내와 나는 금슬이 죽고 못 살도록 좋은 사이
는 아니지만 그렇다고 부부애가 없는 것도 아니다. 부부관계
도 원만했다. 조금 속된 말이지만 기본은 하고 산 셈이다. 그
렇듯 성직자 같은 삶을 살아왔다고 자부하는 내가 아내에게
음탕이라는 말을 한 건 순전히 그놈의 '말코' 때문이다.

　시골 공무원 생활을 정년으로 퇴임한 뒤 바로 아내와 함께
유럽 여행을 다녀왔다. 공로 연수 제도 덕에 큰 부담 없이 홀
가분하게 다녀온 여행이었다. 신혼여행 하는 기분으로 유럽
몇 나라를 여행하는 동안 나는 지극히 모범적인 가정생활을
한 것에 대해 자족하며 기분 좋게 귀국했다. 그게 한 달 전쯤
이다. 아내와 틀어지게 된 계기는 여행에서 돌아온 며칠 뒤에
발생했다. 여행 사진을 정리하는 내 옆에서 말참견하던 아내
가 조용하여 돌아봤다. 아내는 텔레비전에 정신이 팔려있었
다. 텔레비전 카메라는 제주도의 푸른 초원을 배경으로 미끈
한 말들을 훑고 지나가더니 이십 대의 앳된 여자 리포터에 고
정됐다. 리포터는 눈을 동그랗게 뜨고 목장을 뛰노는 말들을
지목하며 종알댔다.

　"여기 나란히 서 있는 말들은 모두 암말인데요, 곧 차례로
신방을 차릴 예정이라고 합니다. 신부들과 합방할 신랑은 저

기, 서 있는 수말로 경주마에서 은퇴한 말입니다. 정말 늠름하게 생겼죠? 저 수말이 종마(種馬)인데요, 혈통 좋고 경주에서 우승한 경력이 많을수록 가격이 수억 원에서부터 수십억원이 넘기도 합니다. 말 한 마리 가격이 아파트 몇 채 값이 되니 그야말로 귀하신 몸입니다. 종마는 특별한 관리를 받는데 원목으로 지은 마구간에서 살며, 전담 수의사를 두고 기력을 보충하기 위해 영양제를 맞히는가 하면 보양식으로 홍삼을 먹이기도 한답니다."

"우와 —."

텔레비전에서는 탄성과 웃음이 과장되게 배합된 이십여 명의 여자들 목소리가 일정한 간격으로 터져 나왔다. 연출자의 지시에 따라 묘한 소리를 내는 듯싶었다. 화면이 다시 초원으로 바뀌고 리포터는 말 가까이 다가서서 연신 떠들어댔다. 엄선된 암말이 종마의 간택을 받기 위해서는 제비뽑기를 하여 기다린다, 교배료가 천만 원을 호가한다, 간택된 암말의 주인은 로또복권 당첨된 거나 마찬가지다, 아빠 잘 만난 망아지도 집 한 채 값이다, 농가 수입원으로 말 산업이 주목받고 있다는 둥 장광설을 늘어놓더니 수말과 암말의 교배 장면을 보여주겠다며 상기된 표정을 지었다. 한껏 부끄러운 몸짓을 했지만, 표정은 호기심이 가득해 보였다. 스튜디오에 앉은 여자들의 탄성도 높아졌다. 저런 걸 방송으로 내보내는 것도 그렇고, 출연료 몇 푼 받자고 아침부터 주부들이 방송국 스튜디오에 나가 이상한 괴성을 질러대며 웃는 게 못마땅했다. 아내 역시 텔레비전에서 눈을 떼지 못하고 있다. 채널을 돌리라는 말은 차마 못 하고 불쾌한 심정을 삭이며 외면하는 순간 다시 탄성이 터졌다.

"우와 —."

화면은 말이 교미하려는 장면으로 바뀌었다. 리포터는 흥분된 목소리로 떠들어댔다.

"종마와 교미를 하기 위해서는 먼저 일반 수말이 암말을 애무하여 흥분시키는데, 이런 역할을 하는 말을 시정마(始精馬)라고 한답니다. 시정마가 암말을 한껏 흥분시켜놓으면 종마가 위풍당당하게 입장하여 교미하는 것이죠. 아, 드디어 종마가 등장하는군요. 교미는 수태율을 높이기 위해 하루에 3~4회 실시한다고 합니다."

카메라는 짓궂게 스튜디오의 주부들 표정을 훑고 다시 교미하려는 종마에게 고정됐다. 모자이크 처리를 했다고는 하나 뒷다리 사이로 빨랫방망이 같은 물건이 보이는 듯싶더니 두 명의 남자 도우미가 거드는 가운데 수말이 암말을 향해 껑충 뛰어올라 '히히힝' 소리를 질렀다. 잠깐 교미를 하는 동안 방송국 스튜디오에서는 주부들이 묘한 교성을 질러댔다. 그때였다. 여태까지 잠자코 텔레비전을 보던 아내가 호들갑을 떨며 말했다.

"어머머. 저, 말코 좀 봐. 말코! 호호호."

순간 나도 모르게 큰소리가 터져 나왔다.

"테레비 꺼요!"

아내가 놀란 눈으로 나를 쳐다보았다. 텔레비전 속에서는 막 교미를 끝낸 종마가 코를 벌름거리며 울음인지 웃음인지 모를 묘한 소리를 내고 있었다. 커다란 이빨과 잇몸을 드러낸 채.

"빨리 테레비 끄란 말이야. 여자가 음탕하게 저런 거나 좋아하고."

'음탕'이라는 말에 얼굴이 백지장처럼 하얗게 질린 아내가 더듬더듬 말대꾸하면서 부부싸움이 시작됐다. 서로의 감정을 건드리는 지경에 이르러서는 막말이 쏟아졌다. 아내는 음탕이라는 말을 집요하게 물고 늘어졌다. 나는 할 말을 잃고 도망치듯 방으로 피했다. 내가 왜 아내에게 '음탕하다'라는 말을 하게 됐는지 설명할 수 없어서였다. 음탕이라는 말이 갑자기 튀어나온 건 어떤 여자 때문이었다.

한 뼘이 넘는 넓은 이마에 짙은 눈썹 밑의 큼직한 눈을 끔벅이던 여자. 납작한 긴 코끝에 뻥 뚫린 커다란 콧구멍을 벌름거리던 여자. 쭉 째진 입에 어울리는 두툼한 입술과 웃으면 활짝 드러나는 뻘건 잇몸에 박힌 커다란 대문니가 뻐드러진 여자. 칙칙한 갈색의 살결에 머리카락마저 말의 갈기처럼 뻣뻣한 여자. 말 대가리를 닮은 그 여자를 두고 사람들은 모두 '말코'라고 불렀다.

생각하고 싶지도 않고 생각하지 않으려 애썼던 여자. 잊으려고 애썼고 잊었다고 믿었던 그 여자는 내 아버지라는 인간과 몇 해를 산 여자다.

동네 사람들은 아버지를 대놓고 종모우(種牡牛)라고 불렀다. 아버지는 그 별명을 싫어하지 않았다. 종모라는 별명이 언제 종마(種馬)로 바뀌었는지 모르지만 아버지는 그 별명도 즐겼다. 아버지가 종모나 종마라는 별명으로 불린 데는 다 이유가 있었다. 숱한 여성 편력 때문이었다. 아버지는 아내라는 이름으로 여러 명의 여자를 집안에 들였다. 정식으로 아내가 됐다가 나간 여자도 있었고, 슬그머니 들어왔다 나간 애 딸린 과부도 있었고, 술주정하여 할머니를 기겁하게 한 술집 여자도 있었다. 일 년 살다 나간 여자, 몇 달을 살다 나간 여자, 며칠 만에 사라진 여자도 있었다. 그 여자들은 모두 스스로 보따리를 쌌다. 연유는 아버지의 바람기 때문이었다. 그러니 아버지를 거쳐 간 여자, 아니 아버지가 거친 여자가 몇 명인지는 아무도 모른다. 아버지 당신밖에는.

내가 아버지와 아버지의 별명을 죽기보다 싫어한 것은 종모우가 씨황소, 종마가 씨말이라는 뜻을 알기 시작한 초등학교 때부터다. 동네 어른들은 나를 보면 다정한 척 말을 걸고 시시덕거렸다.

"응모야, 느이 아베 종마넌 워디 갔니?"

"오늘은 종마가 괴춤이다 손 능구 읍내 쇠전거리 쪽으루 가든걸."

"암내를 맡은 모냥이여."

"허허, 종마가 그 쇠전거리 색싯집이서 또 배꼽 치게 생겼네그랴."

동네 아저씨들만 놀리는 게 아니었다. 아낙들도 나를 보면 자기들끼리 소곤대며 입을 가리고 웃었다. 어린 시절 나는 식구 말고 다른 사람을 만나는 게 끔찍했다. 그들이 무슨 말로 나를 놀릴까 겁났기 때문이다. 걸을 땐 땅만 쳐다봤고 말할 땐 상대방과 눈을 맞추지 못했다. 그럴 때마다 나는 아버지가 어머니처럼 죽어 세상에서 없어지길 바랐다.

아버지는 젊어서도 나이 들어서도 죽을 때까지 변함없는

난봉꾼이었다. 동네 사람들이 짐승 취급해도 화내기는커녕 오히려 네깟 것들은 평생을 살아도 나처럼 살지 못할 거라며 우쭐대는 태도를 보였다. 종모니, 종마니 놀리면서도 동네 사람들이 아버지를 싫어하지 않은 건 아버지가 부자답지 않게 가난한 사람들과 잘 어울렸기 때문이었다. 삼백 석지기 농토와 방앗간을 소유한 아버지는 동네에서 제일 부자였다. 외아들인 아버지는 할아버지가 물려준 재산을 평생 난봉으로 알뜰히 탕진한 사람이었다.

나는 어머니에 대한 기억이 전혀 없다. 고모나 외삼촌이 아주 오래된 흑백사진 속 단정하게 생긴 어떤 젊은 여자를 두고 내 어머니라고 했지만, 사진 속의 젊은 여자와 어머니가 연결되지 않았다. 어머니는 나를 살려서 세상에 내보내고 당신이 죽었다고 한다. 해산하다 난산으로 죽은 모양이다. 그 말이 사실이라면 내가 세상에 태어나서 처음 터트린 울음은 어쩌면 어머니의 죽음을 애도하는 곡소리가 아니었을까.

세상의 모든 자식은 여자의 손에서 자란다는 말처럼 나는 할머니와 셋이나 되는 고모들 손에서 자랐다. 할머니는 난봉꾼 아들을 끔찍이 여긴 것처럼 나도 금이야 옥이야 키웠다. 할머니에게 소중한 자식은 딸이 아니라 아들이라는 지독한 편견 때문이었다. 딸년은 키워봐야 남 좋은 일이나 한다는 소리를 듣고 자란 고모들은 할머니를 빈정거렸지만, 나에 대한 애틋한 사랑은 할머니 못지않았다. 고모들은 어미 얼굴도 모르고 암죽을 먹고 자란 나를 불쌍히 여기는 마음에다 내 어머니가 죽지 않았다면 그들의 오빠인 내 아버지가 난봉꾼이 되지 않았을 거라는 안타까움에 그러는 것 같았다. 고모들이 추억하는 어머니는 옛날 이야기책에 나오는 현모양처로 온화하고 후덕한 인품에 부모에게 효도하고 남편을 공경하며 자신을 완벽하게 희생하는 여자였다. 세상의 모든 남자가 원하는 여자였고 세상의 모든 여자가 싫어하는 여자인 셈이었다.

아버지는 어머니와 동갑내기로 결혼하여 서른이 넘도록 자식을 보지 못했어도 어머니를 탓하지 않을 정도로 금실이 좋았다고 한다. 고모들은 아버지가 집안 살림을 팽개치고 주색잡기에 빠져든 것은 첫아들인 내가 태어나고 어머니가 죽은 뒤부터라고 하는데 나는 그 말이 제일 싫었다. 그게 사실이라면 내가 아버지의 인생을 망친 자식이 되기 때문이다. 나는 아버지가 술과 잡기와 여자를 탐하는 것은 외삼촌의 말대로 타고난 성품 탓이라고 여겼다.

아버지에게 여자가 자주 바뀌듯이 내겐 엄마라고 부르지 않은 엄마가 자주 바뀌었다. 그 여자 중에 더러는 내게 정을 붙이려는 이도 있었지만 나는 한사코 엄마라는 말을 입 밖에 내지 않았다. 언제 그 여자가 도깨비처럼 홀연히 자취를 감출지 몰라서였다. 내가 아버지의 여자를 소 닭 보듯 하는 것처럼 이웃 동네로 시집가서 자주 친정에 들락거리는 고모들도 마찬가지였다. 할머니는 조금 달랐다. 계절이 바뀌듯이 며느리 같지 않은 며느리가 바뀔 때마다 속으로 흉을 볼지언정 겉으로는 반겼다. 이번에 들어온 여자를 끝으로 아들의 난봉질이 멈추기를 기대해서였다. 그러나 아버지는 번번이 할머니의 기대를 무너트렸다. 아버지는 여자 후리는 재주를 어디서 배워오는지 꾸준히 여자들을 집으로 데려왔고 여자들은 놀러온 것처럼 우리 집에서 머물다가 사라졌다. 어느 때는 집에 여자가 있는데도 아버지가 또 다른 여자를 데리고 와서 서로 머리끄덩이를 잡게 했다. 싸움은 우리 집에 먼저 들어온 여자가 걸었다.

"아, 워떤 년인지 참말루 뻔뻔두 허다. 첩년 주제에 넘부끄러운 줄두 물르구 뻘건 대낮이 쌍판대기 처들구 대문 문턱을 넘어오다니…."

"그럼 밤중이 오랴? 건방지게 누구보구 첩년이니 뭐니 아가리를 놀려. 니년이 조강지처여? 지 년이나 내나 똑같은 처지면서 벨 유세를 다 떨구 자빠졌네."

"야, 이년아 조강지처년 아니어두 니년보다 먼저 이 집 소

당깨를 잡았으니 조강지처나 진배없다. 왜, 배 아프냐?"

"아이고, 조강지처가 다 얼어 뒈진 모냥이네. 재산 넘겨다 보구 기어들어 온 년이."

"뭣이 워쩌구 워째? 똥 낀 년이 승질낸다구 한몫 잡으려구 꼬리 친 년이 터진 입이라구 함부루 주뎅이질허네. 저년이…."

이런 짓거리가 벌어지면 동네 사람들이 몰려와 신나게 구경하며 말참견을 하였다.

"낭중이 온 여자 인물이 먼저 온 여자보덤 조금 반반허네."

"사납기넌 먼저 온 여자가 훨씬 사납구."

"사나운 여자넌 읍내 쇠전거리서 국밥을 말던 여자구, 얼굴 반반헌 여자넌 풍류옥에 새루 온 술집 기생 출신이라든디."

"그런디 응모 아베넌 왜 말래에 글터앉어 빙긋이 웃구 있대요?"

"참으루 속을 모를 사람이네. 저게 사람이 헐 짓이여? 어린 자식이 보구 있넌디 넘부끄러운 줄두 물르구."

낯선 여자들이 치고받은 날은 아버지를 뺀 식구들 모두 창피해서 얼굴을 들고 밖에 나가지 못했다. 고모들은 짐승만도 못한 오라비 덕분에 시집에서 쫓겨나게 생겼다고 푸념을 했고 할머니는 아버지의 여자들이 나가떨어질 때마다 죽나는 재산 때문에 발을 동동 굴렀다. 재산 불리는 사람 따로 있고 덜어내는 놈 따로 있다는 말을 아버지는 용케도 잘 지켰다. 앉은자리 풀도 나지 않는다는 인색한 소리를 들어가며 할아버지와 할머니가 모은 재산을 아버지는 곶감 빼먹듯 여자들 치마폭 속으로 쏙쏙 밀어 넣었다.

아버지는 끊임없이 여자만 만든 게 아니라 자식들도 만든 모양이었다. 아버지와 잠시 살았던 여자 중에 이 집 자식이라며 더러 어린애를 데리고 온 적이 있었는데 그때마다 할머니와 아버지는 그 애를 받아들이지 않고 어찌어찌 돈으로 해결했다. 그 애 중에 유일하게 자식으로 받아들인 사내아이가 제모다. 제모는 나보다 두 살 아래로 내가 일곱 살쯤부터 같이 살았다. 제 엄마 손에서 자라다가 다섯 살 때 우리 집으로 왔는데 아버지를 빼다 박은 얼굴에 성격마저 닮아 넉살이 좋았다. 그 애는 나를 '형아'라고 부르며 잘 따랐고 나는 그 애를 잔심부름시키며 동무 삼아 외로움을 달랬다.

아버지는 죽을 때까지 집안 살림엔 관심이 없었다. 방앗간에서 일하는 기술자와 머슴이 있었고 살림은 할머니가 관장했다. 아버지가 살아오면서 한 일은 여자를 집에 들이든가 아니면 밖에 살림을 차렸다가 재산 한 귀퉁이를 떼서 내보내는 것이었다. 자식에게도 관심이 없었다. 내게도 제모에게도 칭찬이나 꾸지람을 하지 않았다. 그런 아버지를 두고 일가 어른들이나 종마라고 놀리던 동네 사람들마저 나중에는 여자를 밝히는 몹쓸 병자로 취급하기 시작했다. 여자관계에 대해서는 남의 이목을 개의치 않고 여자를 갈아치우던 아버지가 여태까지 해오던 짐승 같은 짓거리를 딱 멈춘 건 어떤 여자 때문이었다. 살림이 많이 기울어 돈으로 마구 여자를 후리기가 쉽지 않을 무렵에 한 여자가 아버지 앞에 나타났다.

말코. 그 여자는 여태까지 아버지가 섭렵한 숱한 여자 중에 가장 못생긴 여자였다. 내가 그 여자를 처음 본 건 버들잎이 막 피기 시작한 봄날 삼거리 주막에서다. 다섯 칸짜리 초가 주막은 우리 집에서 조금 떨어진 학교와 읍내로 나가는 산모롱이에 있었다. 마당에 아름드리 능수버들이 있어 사람들은 버드나무집이라고 불렀다. 학교에서 돌아오는 길에 제모가 싸리 울타리 틈으로 주막 안마당을 훔쳐보며 속삭였다.

"형아, 저기 말래에 앉아 있넌 여자 좀 봐. 말이 치마저구리를 입구 앉아 있넌 것 같어. 킥킥."

제모가 이끄는 바람에 얼떨결에 안을 들여다본 나는 질겁했다. 제모 말대로 마루에 앉은 여자가 말상이어서 그러기도 했지만, 더 놀란 건 아버지가 그 옆에 앉아 있어서였다. 나는 얼른 고개를 돌렸다. 그때였다. 주막에서 '따당' 하는 장구 소리와 함께 아버지의 노랫가락이 들렸다. 나는 어서 도망치고 싶은 마음에 제모의 팔을 재빨리 잡아당겼다.

"형아, 가만있어봐. 방 안이서 망아지 새끼가 하나 튀어나와서 뭐라구 쫑알거리구 있어."

제모는 집으로 오는 내내 암말이니 망아지니 하며 낄낄거렸다. 나는 제모에게 절대 할머니한테는 이르지 마라고 으름장을 놨다. 그때 제모는 초등학교 2학년이고 나는 4학년이었다. 제모를 입단속을 한 건 허사가 되었다. 말코가 어찌 삼거리 주막집으로 흘러왔는지는 모르지만, 오자마자 금방 동네에 소문이 쫙 퍼져서였다. 이유는 간단했다. 장사가 시원찮아 몇 달을 비워둔 주막에 주모라고 버티고 앉은 여자의 몰골이 말상이었고, 그 말같이 생긴 여자를 아버지가 데려왔기 때문이었다.

"여보게, 삼거리 주막에 새루 온 과부 여편네 얼굴 봤능가?"

"보구말구. 세상이 그게 사람의 쌍판대기여? 말 대가리지."

"어린 지지배두 하나 딸렸넌디 영락읎넌 망아지 새끼처럼 생겼더구먼."

"웅모 아베가 데려왔다넌디, 여자럴 하두 밝히더니 인제 눈깔이 삔 모냥이여. 워디서 그런 여편네럴 데려오구."

"누가 아니랴. 웅모 아벤 비위짱이 엄청 좋은가 벼. 그런 말 대가리허구 한 이불을 덮넌 걸 보닝께. 나넌 그런 여자가 덤벼들면 물건이 다 쪼그라들 것 같은디. 킥킥."

"누가 알어. 말 대가리가 남자럴 홀리넌 무슨 방술을 부리넌지."

동네 사람들은 말코 이야기로 해가 뜨고 해가 졌다. 남정네들은 일부러 말 대가리를 구경하러 주막에 들러서 잔술을 한 잔 걸치고 오는가 하면 아낙네들도 무슨 핑계를 대고 주막에 들러 말 대가리의 얼굴을 짯짯이 뜯어봤다. 그들은 말 대가리를 닮은 여자를 보고 단박에 말코라고 별명을 붙이며 웃어댔다. 남자들은 주막집 여자가 말 대가리를 닮아서 실망했고 아낙들은 말 대가리를 닮은 게 안심이 되었다. 동네 사람들이 그러거나 말거나 말코는 코를 벌름거리며 뻘건 잇몸을 드러내고 잘도 웃었다. 사람들이 대놓고 말코라고 불러도 낯빛 하나 변하지 않고 척척 받아넘겼다. 아버지는 낮이나 밤이나 주막에서 살다시피 했다. 아버지의 호색에 진절머리를 낸 할머니와 고모들은 말코든 돼지코든 무관심했다. 나만 창피해서 고개를 푹 숙이고 다녔을 뿐이다.

보릿고개를 힘들게 넘기던 60년대 초반. 동네 사람들이 모두 가난한 농사꾼이라 주막은 장날에 장꾼들을 상대로 국밥 몇 그릇 팔고 파리만 날렸는데 말코가 오면서 사정이 달라졌다. 말코는 음식 솜씨가 좋고 장사 수완이 뛰어난 여자였다. 장날에는 안마당에 커다란 가마솥을 걸고 선짓국을 설설 끓여 누린 것에 걸걸대는 동네 사람들에게 거저 비슷하게 퍼주었고, 대신 풍로에 숯불로 너비아니 굽는 냄새를 풍겨 돈푼이나 있는 소 장수나 건어물 장사치들을 홀렸다. 얻어먹은 입에서 인심 나온다더니 몇 달 안 가서 동네 사람들은 인물 하나 빼고는 버릴 게 없는 여자라고 말코를 두둔하기 시작했다. 또한, 말코의 음식 솜씨와 장구 장단과 소리는 읍내에까지 소문이 퍼져 장날엔 일부러 오는 사람들마저 생겼다. 돈푼깨나 있는 아버지 친구와 장사치들이었다.

닷새마다 여는 장날은 말코가 신명을 푸는 날이었다. 말갈기처럼 뻣뻣한 머리털에 동백기름을 발라 쪽을 찐 뒤 어울리지 않게 초록색 공단 저고리와 붉은 치마를 입고 하얀 옥양목 앞치마를 두른 말코가 술꾼들과 함께 소리를 하고 장구를 두드리는 모습은 가관이었다. 장구채를 신나게 때리다가 추임새를 넣으며 고개를 꺼떡거릴 때는 영락없이 말 대가리가 추썩거리는 것 같았다.

아버지는 말코와 살면서 종마라는 별명이 더한층 어울리게 되었지만, 나는 동네 사람들이 아버지 없는 데서 흉을 볼 때마다 쥐구멍에라도 들어가 숨고 싶었다.

"여보게, 엊저녁이 말코네 주막이서 말 우넌 소리 들었능가?"

"암만, 밤새 히히힝 허면서 숨넘어가넌 소리가 들리더구먼. 종마허구 말코의 속궁합이 제대루 맞은 모냥일세."

"그러게. 어제 낮이넌 종마허구 말코가 살림을 때려 부수며 대판 싸웠넌디 하룻밤 자구 나서 멀쩡허게 살림을 정돈해놓구 붙어 앉어 있넌 걸 보닝께 천생연분 같으네."

"두 사람 몸뗑이가 다식판 암늠 숫늠처럼 꼭 맞으닝께 응모 아베가 말코럴 인물 타박허지 않구 죽구 뭇 사넌 거 아니겠능가."

동네 사람들의 아버지에 대한 화제는 모두 음란한 성에 대한 것뿐이었다. 그들은 내가 듣거나 말거나 남자와 여자의 성기와 야한 성교 이야기에 꼭 아버지를 끼워 넣었다. 나는 그게 죽기보다 싫었다. 어느 때는 내가 어른이 되면 아버지처럼 될까 봐 겁이 나기까지 했다. 그래서 내가 크는 게 기쁘지 않았고 오줌을 눌 때도 일부러 눈을 감고 눴다. 그런 내게 말코는 떼어내고 싶은 혹이었다. 아이들의 놀림도 어른들과 별반 다르지 않았다.

"응모야, 말코가 느의 친옴마 아니지?"

"말코 딸, 미희가 느의 아버지 친딸이냐?"

"얼러리 꼴러리, 말코넌 말 자지럴 좋아헌대요."

"얼러리 꼴러리, 웅모 아버진 숫말이래요. 그래서 말코랑 같이 산대요."

나는 학교를 오갈 때를 빼고는 주막 근처엔 얼씬도 하지 않았고 지나갈 때는 비호처럼 달렸다. 말코가 싫었고 말코와 사는 아버지는 더 싫었다. 말코가 아버지와 살았던 다른 여자들처럼 도망가든가 급살을 맞으라고 속으로 빌었다. 그러나 말코는 죽지도 도망가지도 않았다. 오히려 며느리 아닌 며느리 노릇을 했다. 할아버지 제삿날엔 주막에 손님을 받지 않고 쇠고기 산적에 갖가지 전, 고명을 얹은 어물, 채, 떡과 탕을 정성껏 만들어 아버지와 제모의 손에 들려 보내 할머니를 놀라게 했다. 저런 몰골도 사람이냐고 타박을 하던 할머니는 제수를 만들어 보낸 말코를 범절 있는 여편네라고 역성들기 시작했다.

할머니는 아버지가 더는 여자들을 집으로 데려오지 않는 것도 말코 덕이라 생각하고 은근히 집에 드나들기를 바랐지만, 말코는 단 한 번도 우리 집에 오지 않았다. 그럴수록 나는 말코가 미웠다. 제모는 나와 달랐다. 말코를 엄마라고 부르며 주막을 들랑거려 주전부리를 챙기고 말코 소식을 내게 전했다. 그때마다 나는 제모에게 꿀밤을 먹이며 말코를 입에 올리지 마라고 윽박질렀다. 그렇게 말코는 나와 상관없는 사람이라고 밀쳐냈지만 내 바람과는 반대로 말코는 점점 내게로 다가왔다.

말코 딸, 미희가 화근이었다. 제 어미 말코를 빼다 박은 미희는 제모와 동갑내기였고 같은 학년 한 반이었다. 망아지를 닮은 단발머리 계집애 미희는 전학 오자마자 하루 만에 전교에서 모르는 아이가 없을 정도로 유명해졌다. 아이들은 우르르 몰려가 미희를 무슨 이상한 짐승 보듯 바라보았고 선생님들도 키득거리며 미희에게 말을 시켜보았다. 미희는 태연했다. 오히려 자기를 바라보는 선생님 얼굴이 녹아내리도록 뚫어지게 바라봐서 당황하게 했다. 놀림을 대처하는 데 이골이 난 아이 같았다. 짓궂은 사내아이들이 말처럼 울어보라고 골려도 기죽지 않고 '히히힝' 하고 말 우는 흉내를 내며 다시 놀리면 그냥 두지 않겠다고 으름장을 놨다. 실제로 자꾸 골리는 아이의 볼을 물어뜯은 적도 있었다. 당돌한 미희는 싹싹한 성격에 공부도 제법 잘했다. 아이들은 점점 미희 앞에서 함부로 골리지 못하고 뒤에서 쑥덕거리는 대신 나를 놀려댔다.

나는 학교에서나 길에서나 못생겨서 유명한 미희와 마주칠까 두려웠다. 미희는 나를 보면 '응모 오빠―' 하고 부르며 달려왔다. 나는 그럴 때마다 눈을 흘기며 피했다. 할 수만 있

다면 오빠라고 부르는 망아지 주둥이를 꿰매고 싶었다. 미희
는 내가 피할수록 더 집요하게 오빠라고 부르며 쫓아다녔다.
나를 가족이라 여겨 친하게 지내고 싶어서 하는 행동 같았다.
그러거나 말거나 나는 중학교에 갈 때까지 단 한 번도 미희와
말을 주고받지 않았다.

한번은 학교에서 이런 일도 있었다. 4교시가 끝나고 막 점
심 도시락을 먹으려고 교실로 가는데 미희가 내 앞을 가로막
으며 자그마한 보퉁이를 내밀었다. 나는 도끼눈을 뜨고 미희
를 노려봤다. 미희는 머뭇거리며 얼굴과 어울리지 않는 왕방
울만 한 눈에 눈물을 가득 담고 애원하는 목소리로 말했다.

"응모 오빠—. 이거 벤또… 옴마가 싸줬어. 반찬은 소게기
장조림이여."

재빨리 주위를 살폈다. 아이들이 몰려와 망아지 같은 미희
와 나를 바라보고 있었다. 나는 성난 표정을 지으며 도시락
보퉁이를 낚아채서 땅바닥에 내동댕이쳤다. 뚜껑이 열리며
하얀 쌀밥과 먹음직스러운 소고기 장조림이 흙 위에 흩어졌
다. 나는 뒤도 돌아보지 않고 교실로 향했다. 미희의 울음소
리는 들리지 않았다. 대신 아이들의 웅성거림 속에 어디서 나
타났는지 제모의 허풍 섞인 목소리가 귓속을 파고들었다.

"소게기 장조림이여. 먹구 싶은 사람 있으면 주워서 흙 떨

어내구 먹어. 아주 맛있어. 우리 집은 이런 소게기럴 맨날 먹는다."

내게 말코네 모녀는 있어도 없는 존재였다. 그렇게 생각하고 싶었고 그렇게 행동했다. 아무런 정도 존경심도 없는 아버지 역시 마찬가지였다. 고학년이 되면서 나는 점점 더 놀림의 대상이 되었다. 막 사춘기로 접어든 아이들의 성적 호기심은 어른들 입에서 흘러나온 아버지와 말코의 음탕한 이야기에 나를 끼워 넣었다. 중학교에 다니는 동네 형들은 말의 커다란 생식기를 거론하다가 내 아랫도리를 바라보며 킥킥대는가 하면 제모 이름까지 음담패설에 동원하였다.

"웅모야, 너 음모 났니?"

"웅모가 6학년이닝께 음모가 나기 시작했을 겨."

"음모가 너무 무성허면 제모해라."

한자를 배운 중학생 형들은 내 이름, 웅모를 음모(陰毛)로 바꿔 부르는 것도 모자라 동생 제모의 이름마저 제모(除毛)로 둔갑시켰다. 어른들이나 아이들이나 모두 나에 관한 이야기는 아버지와 말코, 그리고 음란한 성적 농담뿐이었다. 나는 부끄러웠고 사람들이 무서웠다. 이성에 관심을 가질 나이임에도 여학생들 앞에서는 말을 걸기는커녕 고개를 들지 못했다. 친한 친구도 없고 만들고 싶지도 않았다. 친구가 없으니 어울릴 구실도 없고 놀러 갈 곳도 없었다.

　학교와 집을 오가는 것을 빼고는 울적할 때 들르는 곳이라
야 이웃 동네에 있는 외갓집이 유일했다. 말 상대도 한정되었
다. 식구인 할머니와 제모와 고모들 그리고 외삼촌뿐이었다.
마음속에 울타리를 쳤고 그 안에서 생존하는 법을 터득했다.
어떻게 해서라도 놀림감이 되고 싶지 않았다. 나는 과묵해지
려 노력했다. 절대로 경망스럽게 나서거나 대답을 먼저 하지
않았고 말 한마디도 진중하게 생각한 뒤 했다. 이런 태도는
어느 정도 효과를 봤다. 시간이 지나면서 나를 놀리던 아이들
이나 어른들은 아버지를 흉보는 것처럼 함부로 대하지 않았
다. 그러나 겉으로만 나를 그렇게 대할 뿐이지 사람들 속마음
에 나는 여전히 말코와 사는 짐승 같은 난봉꾼의 아들이었다.
아버지라는 인간이 여전히 수말 노릇을 하고 말코가 주막에
버티고 있는 한 성적인 수치심에 사로잡힌 주눅 들린 아이였
다.

　시간은 공평하게 흘러갔다. 놀림을 당하고도 당당한 아버
지에게나, 괴로워하는 나에게나, 대수롭지 않게 여기는 제모
에게나, 무심한 말코에게나, 외모에 부쩍 신경 쓰는 미희에게
나 똑같은 보폭으로 지나갔다. 어른들은 조금씩 늙어가고 아

이들은 조금씩 성장했다.

막 장마가 시작되고 여름방학을 며칠 앞둔 어느 날, 제모와 학교에서 돌아오는데 주막 싸리 울타리 앞에서 기다리고 있던 말코가 손짓했다. 나는 그때까지 주막 안을 들어가 보지 않았고 말코와 직접 마주한 적도 없었다. 망설이는 내게 말코는 다정하면서도 근엄한 말투로 들어오라고 재촉했다. 주막을 자주 들랑거린 제모는 스스럼없이 안으로 들어서며 내 손을 잡아끌었다. 나는 얼떨결에 주막 툇마루에 걸터앉았다. 주막엔 손님도 아버지도 없었다. 인기척에 미희가 방문을 톡 열고 나와 말코 옆에 앉았다. 볼품없는 얼굴엔 반가운 기색이 역력했다. 하늘은 금방이라도 비가 쏟아질 것같이 잔뜩 흐렸고 마당의 커다란 능수버들 휘늘어진 가지는 바람에 이리저리 흔들렸다. 말코가 목을 가다듬고 물었다.

"웅모야, 미희가 그렇게두 싫으냐? 한번만이라두 미희가 전해주넌 도시락을 받을 수넌 읎겠니? 고맙다넌 말은 안 해두 된다."

나는 대답하지 않고 곁눈질로 말코의 옆얼굴을 자세히 살펴봤다. 정말 말의 형상을 한 괴이하게 생긴 얼굴이었다. 말할 때마다 코가 벌름거렸다. 내가 끝내 대답하지 않자 미희가 말코에게 응석 반 투정 반으로 종알거렸다.

"그거 봐, 웅모 오빠가 대답을 안 허잖어. 내가 뭇 생겨서 그런단 말이여. 이게 다 나를 망아지같이 낳은 옴마 탓이여. 히힝."

"이년아, 그게 왜 내 탓이냐. 타구난 니년 사주팔자지. 히힝."

"히힝, 옴마 닮은꼴루 낳었으니 옴마가 책임지란 말이여."

"나두 니가 망아지 새끼처럼 나를 빼다 박을 줄은 물렀다. 느이 애비럴 닮았다면 인물이 괜찮었을 텐디 고약허게두 나를 닮은 게 삐져나올 줄 누가 알었겄니? 히힝."

말코는 남의 얘기 하듯 웃기까지 하며 심드렁하게 대답했다. 미희는 나와 제모를 흘끔거리면서 어리광을 부렸다. 말코와 미희는 서로 만담하며 즐기는 것 같았다.

"히힝, 죽구 싶단 말이여. 사람덜이 모두 나를 망아지라구 놀리넌디 살어서 뭣 혀."

"죽구 싶으면 죽으려무나. 그런 몰굴루 한시상 구박받으며 사느니 일찌감치 죽넌 것두 현명헌 생각이다. 히힝."

"그래두 죽넌 건 무섭단 말이여. 히힝."

"이 가난, 저 가난 중에 인물가난이 제일 스럽다구 했넌디, 태생이 그러니 쌍판때기를 뜯어고칠 수넌 읎넌 노릇이구… 죽지 않구 살려면 참으야지 워쩌겄니. 쌍판대기 팔어먹구 사

넌 년이나, 몸뗑이 팔어먹구 사넌 년이나, 재주나 솜씨 팔어
먹구 사는 년이나, 다 그게 그거다. 너넌 공부 잘허넌 재주가
있으니 그거나 열심히 해라. 히힝."

"공부만 잘허면 뭣 혀? 히힝."

"히힝. 앞으루넌 얼굴 뭇생긴 여자라두 한 가지 재주만 뛰
어나면 무시당허지 않넌 세상이 올 거다. 이 에미럴 봐라. 모
두 말코라구 놀리지만 남정네덜은 음식 솜씨와 장구 소리에
끔뻑 죽구, 까막눈인 여편네덜은 글을 아넌 나를 깔보지 뭇허
잖니? 나를 무시했다가넌 군대 간 즤 아들이 핀지를 보내두
읽어줄 사람이 읎으닝께. 이런 게 살어가넌 디 필요헌 밑천
이다. 미희야, 너넌 인물가난이 심허니 공부를 잘허넌 수뱍이
읎다. 알겠지?"

"히잉, 그래두 난 싫어. 얼굴은 말 대가리에 이름까지 이상
해서 애덜이 더 놀린단 말이여."

"이름이 워때서? 아름다울 미(美)에 계집 희(姬). 얼굴이 말
대가리면 이름이라두 이뻐야지. 그럼 '말자'라구 지으랴? '말
순'이라구 지으랴? 누가 뭐래두 나넌 우리 딸 미희가 세상이
서 제일 곱다. 히잉."

"그럼요, 미희는 이름두 이쁘구 공부두 잘해서 애덜이 좋아
해요."

"이늠아, 입이 발린 소리 허지두 마라."

제모가 맘에 없는 말로 끼어들자 말코는 단박에 말을 자르고 나를 쳐다보며 물었다.

"웅모야, 죽구 싶도룩 아버지가 밉지? 그래서 나두, 미희두 죽도룩 싫지? 챙피해서 핵교두 가기 싫지? 사람덜이 뭬라구 놀릴까 뵈 그게 겁나지?"

"⋯."

말코는 내 속에 들어왔다 나간 것같이 말했다. 나는 대답하지 않고 툇마루 아래 토방만 바라봤다. 마침 빗방울이 하나둘 떨어지기 시작했다.

"느이 아버지넌 절대루 닮지 말거라. 그리구 주눅 들지 말구 살거라, 누구나 가슴에 서러운 것 하나씩 품구 살다가 죽넌 게 인생이란다. 사람덜이 놀리넌 건 한순간이다. 시간이 지나면 모든 게 잊히게 마련이다. 언젠가넌 니가 바라넌 대루 느이 아버지두 죽구 나두 읎어질 테니 걱정허지 마라. 너넌 지금 니가 헐 일만 열심히 허면 된다."

말코가 말하는 사이 빗줄기가 굵어졌다. 나는 가끔 말코를 쳐다봤다. 미희와 시시덕거리며 말할 때와는 다른 표정이었다. 조곤조곤 타이르는 것 같은 말에 처음으로 엄마도 살았으면 이런 말을 할까 하는 생각이 들었다. 비가 제법 내려 처마

밑에 떨어진 물이 토방 위로 튀어 올랐다. 툇마루에 나란히 앉은 네 사람은 한동안 말없이 비에 젖는 먼 산을 바라봤다.

"웅모야. 너넌 커서 뭣이 되구 싶으냐?"

나는 쉽게 대답하지 못했다. 6학년이 되도록 무엇이 되고 싶다는, 하겠다는 꿈을 가져본 적이 없었다. 어서 자라서 아버지가 없는 어딘가로 도망가고 싶다는 생각만 했기 때문이다. 내가 대답을 못 하자 말코는 빙그레 웃으며 말을 이어갔다.

"웅모, 너넌 민서기 같은 공무원이나 허거라. 정직허구 성실허니 공무원이 맞춤이다. 느이 집이 부자라구 해두 어채피 너넌 재산을 물려받을 팔자넌 뭇 된다. 그렇다구 비위짱 좋게 장사를 허거나 막일을 헐 승질두 아니구… 공무원이 되면 나라서 월급을 주니 평생 밥은 굶지 않구 살 거다. 회사두, 부자두, 장사꾼두, 망허면 그지 비렝이가 된다. 그러나 나라가 망해두 공무원덜은 비렝이가 되지 않넌단다. 왜늠덜이 망해서 쫓겨갔어두 그 밑이서 일허든 민서기나 군청서기덜은 도루 그 자리에 있지 않드냐. 월급이 즉어두 참구 전디면 좋은 시절이 올 거다. 내 말 명심허거라."

아버지한테서도 듣지 못한 말이었다. 말코는 친엄마처럼 정색하고 말했다. 그때 공무원이나 선생들은 월급이 쥐꼬리만큼 적어 인기가 없었다. 나라에서는 기술자가 최고라며 공부 잘하는 아이들을 모두 기술고등학교로 보내던 시절이었다. 말코가 이런 말을 할 줄 알다니. 나는 속으로 놀라면서도 겉으로는 티를 내지 않았다. 그때, 말코가 내 얘기만 해서 심통이 난 제모가 부어터진 목소리로 끼어들었다.

"나넌 커서 뭐가 되면 좋을까요?"

"너넌 생긴 대루 살어라. 니 속에 느이 애비가 서넛 들었다."

말코가 화난 것도 아니고 비웃는 것도 아닌 묘한 표정으로 제모의 질문에 짧고 단호하게 답했다. 제모는 말코의 말이 무슨 뜻인지 잘 몰라 어리둥절했다. 나는 의아한 생각이 들었다. 왜 말코는 미희에게 못되게 굴면서 뻣뻣한 내겐 자상하고 엄마라고 부르며 간살 떠는 제모에겐 냉담할까 이해가 되지 않았다.

어느새 비가 그치고 있었다. 어떻게 하면 이 자리를 벗어날까 궁리를 하는데 마침 말코가 밀전병을 해주겠다며 부엌으로 들어갔다. 나는 이때다 싶어 제모의 허벅지를 꼬집었다. 밀전병 소리에 마루에서 뭉그적대던 제모가 마지못해 따라나섰다. 나는 도망치듯이 주막을 빠져나오면서 돌아봤다. 주막 굴뚝에서는 연기가 하늘로 곧게 오르고 미희는 마루에서 까

치발로 서서 우리를 쳐다보고 있었다.

　말코가 바람처럼 사라진 것은 내가 중학교를 졸업하던 봄
이었다. 아버지에게 올 때도 어디서 살다 왔는지 아무도 모르
게 오더니 갈 때도 마찬가지였다. 아버지는 물론 동네 사람
그 누구도 말코의 행방을 아는 사람이 없었다. 삼거리 주막의
세간을 그대로 놔둔 채 홀연히 몸만 빠져나간 것이다. 제법
자란 망아지 새끼 미희를 데리고서. 그즈음 미희는 중학교 1
학년으로 그 못난 말상에 여드름까지 나서 가관이었다.

　능수버들이 바람에 출렁이던 삼거리 주막 마루에서 처음
말코와 대면한 뒤로 나는 단 한 번도 말코와 마주하지 않았
다. 말코는 몇 차례 제모를 통해 삼거리 주막으로 오라고 했
지만 나는 번번이 거절했다. 이유는 그들이 그냥 싫었기 때문
이다. 그들 중에는 당연히 아버지도 끼어 있었다.

　나는 말코가 사라진 게 매우 기뻤지만 겉으론 내색하지 않
았다. 못생긴 말코가 아버지의 바람기를 잠시 잡았다고 믿은
할머니는 시원섭섭한 표정이었고 주전부리를 얻어먹던 제
모는 아쉬운 표정이 역력했다. 아버지는 말코가 사라지자 눈
이 뒤집혀 읍내를 샅샅이 뒤지는 것도 모자라 백방으로 수소
문하고 다녔는데 말코는 그 어디에도 없었다. 맥이 빠진 아

버지는 술에 절어 나날을 보냈다. 어떤 날은 넋이 나간 것처럼 주막 툇마루에 홀로 걸터앉아 하염없이 먼산바라기를 하는가 하면 어떤 날은 술에 취해 동네방네 돌아다니면서 말코가 내 재산과 골을 다 빼먹고 도망쳤다고 고래고래 소리를 질러댔다. 흡사 미친 사람 같았다. 그때 우리 집 살림은 거의 거덜 난 상태였다. 아버지가 땅문서를 잡히고 조기잡이 배를 부리며 선주 노릇을 했는데 풍랑에 배가 파손되고 선원이 죽게 되자 방앗간까지 남의 손에 넘어가게 된 것이다. 돈 아까운 줄 모르고 난봉이나 피우던 아버지가 남의 말만 듣고 욕심을 부린 게 화근이었다. 동네 사람들은 실성한 것 같은 아버지를 두고 뒤꽁무니에서 키득거리며 조롱했다.

"말코가 쌍판떼기넌 밉상이지만 거기넌 곱상이었든가 뵈. 그러니께 웅모 아베가 저리 안달복달이지."

"혹시 말코가 여수 그걸 차구 댕긴 건 아닐까?"

"그럴지두 물르지. 쌍판떼기가 말 대가리인디두 불구허구 웅모 아베뿐만 아니라 읍내 멀쩡헌 늠덜이 풀 방구리 쥐 드나들듯이 주막을 출입헌 걸 보면."

"그런 거보다두 웅모 아베넌 오갈 디가 읎어서 그러넌 거여. 지금 사넌 집두 곧 빚으루 넘어간다넌 소문이 있더구먼."

"말코가 여간내기가 아니네. 웅모 아베한티 단물을 쪽 빨어

먹구 망해가니께 연기처럼 사라진 걸 보닝께."

"재산은 모으기보다 지키넌 게 어려운 법인디 웅모 아베넌 지가 천년만년 부자루 살 줄 알았든가 뵈."

동네 소문은 사실이었다. 말코가 사라진 뒤 우리 집 가세는 급격히 기울었고 아버지는 폐인이 되어갔다. 할머니와 고모들은 얼마 안 되는 재산을 지키려고 안달할 때마다 말코를 들먹였다. 인물 못난 년이 제대로 인물값을 했다고 더 분통을 터트렸다. 집안이 망해가는 꼴을 지켜보는 나 또한 겁이 나고 말코가 미웠다. 그런 날엔 외갓집을 찾았다. 아버지와는 정반대로 도덕군자 같은 외삼촌은 엉뚱하게 '사필귀정'이라는 문자를 쓰며 우리 집이 망하는 게 당연하다는 투로 말했다.

외삼촌은 아버지를 짐승은 고만두고 벌레만도 못한 인간으로 취급했었다.

"웅모야, 너넌 역생(逆生)을 허야 헌다. 느이 애비처럼 살지 마란 뜻이다. 아무리 싫어두 네 맘 속 워딘가에 느이 애비 닮은 디가 있게 마련이다. 습관은 바꿀 수 있어두 타고난 성품은 바꿀 수 읎다넌 말이 있다. 피는 바꿀 수 읎다넌 말이다. 그러나 바꿀 수 읎넌 성품두 도덕을 중시허구 노력허면 어느 정도넌 바꿀 수 있다. 특히 너넌 음심(淫心)을 경계허구 몸가짐을 잘 정돈허야 헌다. 인간 종자 중에 남녀를 불문허구 유난히 음심이 많은 종자가 있다. 느이 애비가 그런 화상이다. 앞으루 너넌 음심 많은 여자를 절대 만나서넌 안 될 것이다. 역생이 무슨 말인지 알겠지?"

외삼촌은 말코와 똑같이 아버지를 닮지 마라 당부했다. 어릴 적부터 귀에 딱지가 앉도록 들은 말이다. 아버지가 말코와 살면서부터 외삼촌의 점잖은 입에서 '미친 지랄병'이라는 말이 심심찮게 등장했다. 외삼촌의 훈육으로 정숙한 티를 내는 외숙모가 혹시 말코 친아버지가 진짜 말이 아닐까? 하며 비웃을 때는 동조하며 크게 웃기까지 했다. 그런 외삼촌이 달라진 건 말코가 사라지기 즈음해서다. 평소에는 말코를 몹쓸 역병 취급했는데 슬며시 두둔하기 시작했다. 사람을 외모로 판단해서는 안 된다는 것이다. 외모는 거죽에 불과한 것이고 심성이 그 사람의 본모습이라면서 말코는 괜찮은 사람이라고 치켜세웠다. 사람의 도리를 아는 말코야말로 아버지에게 '과분한 여자'라고 못 박았다. 나는 외삼촌의 그런 태도가 몹시 궁금하여 몇 번 묻다가 포기했다. 외삼촌이 대답 대신 도덕적인 장광설을 늘어놓았기 때문이다. 궁금증은 세월이 한참 흐른 훗날에 풀렸다. 외삼촌은 내가 가정을 꾸리고 그런대로 사는 걸 보고 지나가는 말로 한마디 했다.

"말코는 지혜로운 여자였다. 느이 애비에게서 얼마쯤 재산을 빼돌려 내게 맡겼다."

한 해가 다 지나가도록 말코의 소식은커녕 사라진 그들에
대한 그 어떤 소문도 없었다. 말코에 대한 수많은 놀림거리와
이야기도 짚불 사그라지듯 잦아들었다. 삼백 석지기 재산을
술과 여자로 탕진한 아버지는 자신의 몸뚱이마저 소진하여
죽을 날을 기다리고 있었다. 대를 이어 살던 커다란 집을 빚
으로 넘겨주고 말코가 살던 주막으로 이사한 할머니는 당신
이 금쪽같이 여기던 병든 불알쟁이 아들을 뒷바라지하고 있
었다.

외삼촌 덕으로 소도시에서 하숙하며 고등학교에 다니던 나
는 집에 가는 게 싫었다. 망한 살림살이를 눈으로 확인하는
것도 싫고 학교를 때려치우고 빈둥거리는 제모 보기도 미안
했지만, 무엇보다 송장이 다 된 아버지 입에서 튀어나오는 말
코 때문이었다. 말코의 그 무엇이 죽음을 앞둔 한 남자를 저
리 애끓게 만드는지 알 수 없었다. 아니 알고 싶지 않았다. 그
때마다 나는 아버지가 빨리 죽기를 소망했다. 그러나 아버지
는 내가 어려서부터 품었던 소망을 끝내 무시하다가 고등학
교를 마칠 무렵 겨울에 죽었다.

잎을 다 떨어트린 능수버들 가지가 바람에 쇳소리를 내던
몹시 추운 날 아버지는 상여를 탔다. 집안 어른들과 동네 사

람들 몇이 썰렁한 장례를 치렀다. 눈물을 흘리는 건 할머니뿐이었다. 고모들은 눈물 대신 재산을 다 말아먹은 오라비를 욕하며 너무 늦게 죽었다고 한탄했다. 나도 고모들과 같은 맘이었다. 아무 슬픔도 없고 번거롭기만 한 장례가 어서 끝나기를 바랐고 제모도 남의 일처럼 시큰둥했다. 외삼촌은 아버지의 장례에 들르지 않은 대신 독설로 부조했다.

"상여 타기두 아까운 짐승이다."

할머니는 아버지가 죽은 후 애면글면하다가 몇 년 뒤에 돌아가셨다. 내가 막 공무원이 된 해였다. 나는 세상에 홀로 남은 신세가 됐다. 고모들이나 외삼촌이 있었지만 어디까지나 친척일 뿐이었다. 아버지를 빼다 박은 배다른 동생 제모와도 가족의 경계에 선 타인처럼 지냈다. 아버지 같지 않은 아버지는 있어도 그만, 없어도 그만이었지만, 할머니가 안 계신 건 가슴 한구석이 빈 것 같았다.

내게도 가족이라는 게 생길까. 첫 직장인 시골 면사무소 공무원으로 셋방살이하면서 스스로 가장 많이 던진 질문이다. 가족을 만든다면 첫째로 아내가 생겨야 할 터였다. 아내는 분명 여자일 텐데… 여자에서 가슴이 턱 막혔다. 아버지와 아버지의 여자들과 음담패설과 성적인 놀림과 말코가 떠올랐다.

나는 가족을 만들고 싶지 않았다. 머릿속엔 아물지 않은 상처가 너무 많기 때문이었다. 그 상처 속으로 한 여자가 들어왔다. 외삼촌이 여자를 소개하며 덧붙였다.

"네 어미 같은 여자다."

현모양처 감이라는 말이었다. 뒤집어 말하면 음심(淫心)이 없는, 내게 딱 맞는 여자라는 뜻이었다. 그 여자가 아내다. 누구보다 나를 잘 아는 외삼촌다운 처신이었다. 그때까지 나는 여자들 앞에서 제대로 얼굴을 쳐들지 못하는 숫보기였다. 한창 피 끓는 청춘이라 어쩔 수 없이 온갖 상상을 하다가도 막상 여자 앞에 서면 말코가 생각나서 쩔쩔매는 나를 구원한 게 아내다.

아이들이 생기면서 아버지와 아버지의 여자들과 성적인 놀림과 음담패설의 기억은 점점 희미해졌다. 우스운 말이지만 말코와 외삼촌의 말씀대로 역생(逆生)을 하려고 무진장 노력한 덕분이었다. 성적인 농담은 듣지도 입에 올리지도 않고 살려고 애를 썼다. 직원들이 회식 자리에서 질펀하게 음담패설을 벌이면 슬그머니 자리를 피했다. 그런 성적인 음담을 듣는 순간 아버지의 삶이 눈앞에서 어른거렸기 때문이다. 직장 동료들이 뭐라 하든 말든 내 방식대로 살았다. 그런 노력으로 아버지를 어느 정도 지울 수 있었다. 그러나 나이가 들면서 불현듯이 떠오르는 얼굴이 있었다. 말코였다.

　말코가 어느 순간 툭 튀어나와도 옛날처럼 미움의 대상은 아니었다. 그건 내 삶의 어느 부분이 말코의 예상대로 흘러갔기 때문이다. 말코의 예언은 그런대로 적중했다. 집안이 망해 내가 재산을 물려받지 못한 것도, 공무원이 되어 소시민으로 살아가는 것도, 제모가 아버지와 똑같은 삶을 사는 것도, 시간이 지나면 모든 게 잊히기 마련이라는 말도… 예언 중에 안 맞은 게 딱 하나 있긴 하다. 그건 인물가난이란 말이다. 미희에게 얼굴은 뜯어고치지 못하니 공부나 잘하라고 말했었는데 그땐 얼굴을 맘대로 뜯어고치는 세상이 올지 몰랐던 것 같다. 말코가 살아 있다면 망아지를 닮은 미희 얼굴을 사람의 얼굴로 바꿔줬을까. 가끔 그게 궁금하긴 했다.

　말의 형상을 한 괴이하게 생긴 여자. 음식 솜씨 좋고 장구를 두드리며 신명 나게 소리 한 자락을 뽑던 여자. 가난한 사람들의 심정을 알아주던 여자. 외삼촌이 지혜로운 사람이라고 치켜세웠던 여자… 어쩌면 말코는 어린 시절 내 앞날을 유일하게 걱정해준 엄마 비슷한 여자였는지 모른다. 그런데도 나는 한사코 말코를 기억 속에서 송두리째 지우려고 노력했다. 말코를 지워야 수치스러운 아버지의 호색과 고개 숙이고 도망 다니던 초라한 내 어린 시절을 지울 수 있어서였다.

아내가 '말코'라고 한 건 진짜 말의 코를 두고 한 말이다. 내가 아는 말코가 아니다. 그런데도 아내의 말코라는 말에 음탕 어쩌고 하며 격렬하게 반응한 것은 지웠다고 하면서도 가슴 한구석에 그 옛날 아버지와 살았던 말코를 간직하고 있었기 때문인지 모른다. 미움의 대상이 아니라 나 자신과 똑같은 연민의 대상으로 말이다.

나는 아내에게 말코를 설명할 길이 없다. 아니, 설명하고 싶지 않다. 아내가 쉽게 돌아오지 않을 것 같은 예감이 자꾸 든다.

사람의

결

*

＊

    자정이 넘어 전화벨이 울린다. 누구의 전화인지 짐작하며 망설이다가 전화를 받는다. 평생 농사로 늙어가는 박동길에게 이 시간에 전화를 걸 사람은 김 선생밖에 없다. 지난겨울 서울시청 광장에서 우연히… 정말 우연히 만나고 난 뒤부터 두 달째 일주일에 한두 번꼴로 밤에만 오는 전화다. 전화를 받지 않으려 해도 어쩔 수 없이 받게 된다. 한밤중에 전화벨이 계속 울리게 둘 수도 없을뿐더러 혹여 받지 않으면 받을 때까지 몇 번이고 오기 때문이다. 박동길에게 이건 지독한 고문이다.

    "작목반장님, 자다가 전화받은 건 아니죠? 허허허. 서울은 난리인데 태안은 안녕하시죠? 허허허."

    자기 멋대로다. 오밤중에 전화 걸고도 미안한 마음이 전혀 없다.

"그건 그렇고, 저기, 읍내 태안식육점 '김추자'는 어떻게 지내나요? 태안 최고의 미인도 이젠 늙었겠죠? 햐ㅡ. 그 미모와 몸매, 패션 감각까지 타고난 여자가 식육점에서 고깃덩어리를 만지다니. 허허허. 나는 그 여자가 김추자 헤어스타일을 하고 돼지 불알을 칼질하는 걸 보고 세상에 이보다 섹시한 여자는 없다고 생각했다니까요. 아직도 그 모습이 눈에 선하네요. 도톰한 이마와 요염한 눈빛, 그리고 붉은 입술과 긴 목을 감싼 풀어헤친 머리칼… 풍만한 젖가슴 고랑이 훤히 보이도록 과감하게 파인 꽃무늬 블라우스를 입은… 그때 한번 먹었어야 했는데… 그건 그렇고."

김 선생이 태안에서 사는 동안 수백 번 들은 말이다. 이야기는 끝도 없이 이어진다. 도중에 '그건 그렇고' 하며 능숙하게 화제를 다른 데로 돌리는 말투도 여전하다.

"그건 그렇고, 그림 그리는 최 화백은 어찌 살고 있나요. 아직도 애들 상대로 미술학원을 하나요? 밥벌이에 아까운 재주를 썩히고 있군요. 예술가는 배고픈 걸 참아야 하는데 그걸 못 참고 쯧쯧…."

박동길은 김 선생이 밥벌이니 예술가니 하는 소리에 피식 웃음이 나왔다. 그는 자칭 소설가라는데 그의 글을 한 편도

본 적이 없어서다. 웃음소리를 그도 들은 모양이다.

"내 말이 맞으니까 반장님도 웃음으로 동의하는군요. 그건 그렇고, 땅 부자 길수 아우는 아직도 농사일밖에 모르는 빙충이 노릇을 하지요? 혼자 살 테면 연애라도 실컷 하지. 신부도 아니고 스님도 아니고… 그 많은 재산은 어디다 쓰려고…."

박동길이 큰 소리로 하품하지 않았으면 아마 통화는 두어 시간 더 이어졌을 것이다. 하품 소리에 김 선생이 먼저 전화를 끊자고 한다. 눈치는 빠른 사람이다. 전화 내용은 늘 비슷했다. 자기가 묻고 자기가 대답하는 식이다. 태안에서 5년 동안 살며 친분 있던 사람들의 안부를 빠트리지 않고 물은 뒤에 그들의 삶을 평하는데 칭찬하는 듯하다가 슬쩍 칼을 댄다. 그런데 흉보는 게 밉지 않게 들린다. 그건 과장과 비유가 범벅이 된 그의 독특한 어투와 장단처럼 규칙적으로 터트리는 호탕한 웃음 때문일 거라고 박동길은 생각한다. 세상에 자기가 말을 하고 자기가 먼저 크게 웃는 사람은 아마 김 선생밖에 없을 것이다. 한 시간이 다 되도록 자기가 아는 태안 사람들을 『삼국지』 등장인물처럼 길게 훑은 다음 드디어 본론으로 들어간다. 오밤중에 박동길에게 전화를 한 이유는 여기에 있다.

김 선생의 전화 내용을 네 글자로 요약하면 '우국충정'이다.

하늘에 닿도록 나랏일이 근심된다는 말이다. 이대로 가다가는 세상은 촛불을 들고나온 좌파들 세상이 되고 까딱하면 3대째 세습하는 북한의 어린것에게 나라를 통째로 바치게 될 거라며 분노와 낙심천만한 성토가 전화기 너머에서 폭포수처럼 쏟아진다. 언제쯤 전화를 끊을까. 박동길은 그걸 궁리하는 게 버릇이 됐다. 전화기에 대고 큰 소리로 하품하여 김 선생이 전화를 끊게 하는 방법은 며칠 전에 고안한 비결이다.

그날 서울시청 광장에 가게 된 건 이장 딸 결혼식 전날 동네 사람 몇이 모인 게 발단이 됐다. 이장은 노처녀 딸을 시집보내는 걸 큰 벼슬처럼 기뻐하며 연신 음식과 술을 권했다. 그러면서 한가한 겨울이니 결혼식 대절 버스에 동승하여 서울 사돈이 깔보지 않게 머릿수를 채워달라고 부탁했다. 몇몇이 술을 마시며 이야기꽃을 피우다가 뉴스를 방송하는 텔레비전으로 시선을 돌렸다. 텔레비전 화면은 서울시청 광장에서 광화문까지 촛불을 든 수많은 인파를 보여주고 있었다. 그들은 대통령 탄핵이라는 구호를 반복해서 외쳤다. 두어 달째 귀에 딱지가 붙게 들은 말이다.
어느 방송을 틀어도 다 비슷했다. 이 나라에서 공부깨나 한 사람들은 다 텔레비전에 나오는 것 같았다. 아버지가 오랫동안 대통령을 한 자식으로서… 대통령이 된… 그것도 최초의 여자 대통령이 일개 강남 아줌마에게 휘둘렸느니, 얼굴에 무슨 주사를 놨느니, 민간인을 사찰했느니, 재벌에게 돈을 받았느니, 끝도 없이 새로운 말들을 쏟아냈다. 그들은 권력을 나눠야 하고 법과 제도를 고쳐 다시는 이런 불행한 일이 발생하지 않게 해야 한다며 청산유수로 정치 평론을 했다. 권력을 쥔 국회의원들도 청문회니 뭐니 하는 자리마다 나와 호통치며 저마다 말솜씨를 뽐내고 있었다. 그걸 보던 누군가 느려터진 어투로 참견을 했다. 참견은 꼬리에 꼬리를 물고 이어졌다.

"대통령이구 뭣이구 잘못했으면 자리를 내놔야지. 안 그려?"

"설마 그랬을까. 테레비서 허넌 말이 사실이 아닐지두 물르잖어."

"이 얼빠진 사람 좀 보게나. 온 나라가 대통령 잘못으루 들썩거리구 서울 한복판이 촛불루 뒤덮였넌디 뉴스를 믿지 않으면 뭘 믿어? 대통령 자리가 워떤 자린디 내쫓넌다는 말이 나오겄어."

"테레비 뉴스를 워치게 다 믿넌디야?"

"우덜이 맨날 보넌 테레비를 안 믿으면 뭘 믿어?"

"저 촛불 든 수많은 사람이 증말 서울 한복판이 모였넌지 아닌지넌 눈으루 확인해야 알 것이네. 요새넌 하두 기술이 좋아서 저런 사진 만들기넌 식은 죽 먹기보다 쉬운 시상이닝께"

방 안에 모인 사람들이 뉴스를 믿느냐 안 믿느냐로 나뉜다. 사람들은 안방에서 텔레비전을 통해 세상을 보며 자기가 직접 본 것같이 생각한다. 시골 동네 사람들은 그게 더 심하다. 태안의 산후리 동네 사람들도 마찬가지다. 믿고 안 믿고는 서로 다르겠지만 뉴스를 보며 세상을 다 아는 것같이 착각하는 건 똑같다. 박동길은 잠자코 옆 사람 말을 들으면서도 눈은 텔레비전에서 떼지 못했다. 국회의 대통령 탄핵 의결을 앞두고 촛불 인파가 점점 더 커져 백만여 명 가깝게 집결했다는 뉴스가 거듭됐다. 뉴스의 신뢰를 거론하던 화제가 정치 토론으로 바뀐다.

"쓰짤데기읎넌 국회의원덜이 이번엔 밥값을 허넌 모냥이네. 어서 탄핵해서 저런 대통령은 당장 끌어내야지."

"사실인지 아닌지 밝혀지지 않었넌디 워찌 내쫓넌단 말인가? 그리구 박근혜 대통령이 누군가. 박정희 대통령의 영애란 말이여. 우덜이 요만큼 살게 된 게 누구 덕인디. 박정희 대통령이 새마을운동을 잘해서 우리 산후리 같은 토끼 발 막어사넌 산골 둥네두 신작로가 생기구 버스두 다니넌 게 아닌감.

그런 은공두 생각해야지. 안 그려? 나넌 저늠의 뉴스 안 믿네, 대통령이 남편이 있능가, 자식이 있능가, 여자 혼자서 받넌 월급두 다 뭇 쓸 텐디 뭣 땜이 구린 둔을 받겄나."

"대통령이 법을 어긴 것두 잘뭇이지만 그, 최… 뭣이라는 일개 여편네가 나라를 주물럭거리게 헌 것이 더 큰 문제란 말이여."

드디어 패가 갈린다. 탄핵을 찬성하는 사람은 야당 쪽을 지지하는 정치꾼이고 반대하는 사람은 집권당을 지지하는 정치꾼이다. 선거라면 먹던 밥숟가락을 놓고 돌아다니는 사람들이다. 시골 동네에도 한두 사람 정도 이런 부류들이 있다. 공통점은 입심이 좋다는 것이다.

"야, 이 사람아. 대통령 월급을 누가 주능가? 우덜이 세금으루 주넌 것이여. 그런디 개인회사두 아니구 세금으루 월급 받넌 대통령이 출근을 안 허구 방구석에 있으면 자네넌 그게 용서가 되겠능가? 민서기루 댕기넌 자네 아들이 민사무소 출근을 안 허구 집구석에서 업무를 봤다면 아마 당장 모가지가 짤릴걸."

"아니, 왜 우리 아들은 물구 늘어지넌 겨? 청와대넌 집허구 사무실이 한 울타리 안이 있으닝께 그랬겄지."

"자네 청와대 가봤능가?"

"가보지 않았어두 맨날 테레비서 청와대를 보구 있네."

"하이구, 옛말이 서울 안 가본 늠이 큰소리친다더니 그 짝이네."

"그럼 자네넌 청와대 가봤능가?"

정치판 이야기가 감정싸움으로 번지자 이장이 말리면서 자리가 파했다. 이장은 내일 서울 예식장 갈 사람은 아침 8시까지 마을회관 앞으로 나오라고 다시 당부했다. 대통령 탄핵으로 씩씩대던 사람들은 인사도 없이 서둘러 집으로 갔다. 그들의 뒷모습을 바라보던 박동길의 절친 송경섭이 피식 웃으며 내일 서울 예식장이나 가자고 권했다. 걸음을 옮기는 박동길의 입에서도 웃음이 새어 나왔다. 그들은 내일 만나면 언제 언쟁을 했느냐는 듯이 까마득히 잊고 평소처럼 지낼 게 뻔하기 때문이었다. 12월 초순, 맑게 언 하늘엔 별들이 촛불처럼 총총했다.

"해당화 작목반장님!"

사람 물결에 떠밀려 서울시청 앞 광장에서 도로 쪽으로 걸음을 옮길 때 등 뒤에서 누가 큰 소리로 불렀다. 박동길은 무의식적으로 고개를 돌렸다. 아주 오래된 호칭이지만 몸이 기억을 되살려 반응을 한 것이다. 박동길을 두고 '해당화 작목반장님'이라고 부를 사람은 세상에 김병대 단 한 사람뿐이다. 20여 년 전 서울로 이사 간 그를 박동길은 김 선생이라고 부르며 무척 따랐었다. 그가 지금 박동길 주위 어디엔가 있는 게 틀림없다. 해당화 작목반장이라고 분명 들었는데 김 선생의 모습이 보이지 않는다.

박동길에게 '해당화 작목반장'이라는 별명을 붙인 사람이 김 선생이다. 그가 태안에서 거주할 때 박동길은 농업기술센터의 해당화 묘목 재배 시범 농가로 선정되어 500평의 문전옥토에 씨앗을 뿌린 적이 있었다. 해당화 뿌리가 관절염에 좋다는 소문이 돌면서 농가소득을 올리기 위한 한약재 재배 목적으로 농업기술센터에서 예산을 세워 재배 신청을 받았으나 아무도 응하지 않자 어찌어찌하여 건실한 농사꾼으로 인정받는 박동길이 시범 농가가 된 것이다. 묘목을 키우면 전부 수매하고 500평에서 생산하는 육쪽마늘의 소득에 해당하는 수익을 보전한다는 조건이었다. 박동길은 소득만 높다면야 해당화면 어떻고, 할미꽃이면 어떠하랴 싶었다. 그때 김 선생이 가끔 들러 일을 도와주면서 박동길에게 '해당화 작목반장'이라는 별명을 붙인 것이다. 김 선생과 가까워진 것도 해당화 묘목 시범사업을 통해서다.

박동길은 해당화 묘목을 잘 키웠다. 지역신문에 태안의 바닷가 농촌에 새로운 소득 작목으로 해당화를 개발했다며 농업기술센터 소장과 박동길의 사진이 대문짝만하게 실리기도 했다. 그러나 시범사업은 이상한 방향으로 흘러갔다. 박동길이 묘목을 생산하면 관심 있는 농가에 일부 보조금을 주며 분양하려 했는데 탁상행정이 된 것이다. 어떤 농가도 해당화를 재배하겠다고 나서지 않아서였다. 1년 안에 묘목을 처분해주겠다며 자주 사진 찍으러 오던 공무원들도 묘목이 분양되지 않고 다음 해로 넘어가자 아예 발걸음을 끊었다. 박동길이 전화하면 농업기술센터 직원은 곧 분양할 거라는 말만 되풀이했다. 2년 동안 육쪽마늘을 심어 팔면 얼마 금액이 생기는 걸잘 아는 박동길은 속으로만 끙끙 앓았다. 이유는 그가 농업기술센터에 가서 따지고 대거리를 할 배짱이 없는 순둥이 농사꾼이어서였다.

박동길을 놀리기라도 하듯 6월이 되자 옥토에서 자란 해당화는 연분홍 꽃을 활짝 피워 오가는 사람들의 눈을 호강시켰다. 박동길은 가시가 사나운 해당화를 파내려고 해도 굴삭기를 동원해야 하니 그 비용도 만만치 않을 일이었다. 그런 사정을 누구보다 잘 아는 김 선생까지 소주를 권하면서 '해당화 작목반장님'이라고 너스레를 떨다가 '해당화 피고 지는…' 하며 〈섬마을 선생님〉의 노래까지 구성지게 불러대니 웃지도 울지도 못할 판이었다.

  그해 가을이 오고 해당화 나무에 붉은 열매가 주렁주렁 매달릴 무렵 김 선생이 찾아왔다. 그는 곧 농업기술센터 직원이 와서 뭘 물으면 "그렇다"라는 대답만 하라고 단단히 이르고 갔다. 며칠 뒤 그의 말대로 농업기술센터 직원들이 찾아와서 이리저리 말을 돌리다가 신문기자가 다녀갔느냐고 물었다. 박동길은 김 선생이 시킨 대로 그렇다고 대답했다. 해당화밭 귀퉁이에서 속닥거리던 그들이 돌아가고 얼마 안 지나 해당화 묘목은 어디론가 실려 가고 2년 동안의 재배 비용이 통장으로 입금됐다. 돈을 받은 박동길이 무슨 영문인지 몰라 김 선생에게 물었다. 그는 껄껄 웃으며 공무원들에게 해당화밭에 불을 지른 사진을 찍어서 '해당화 작목반장님' 사연을 언론에 제보하겠다는 말을 흘렸다는 것이다. 그러면서 자기가 서울에서 건축업을 할 때 공무원들을 접해봐서 아는데 그들이 가장 무서워하는 게 언론이라고 덧붙였다. 그걸 조금 부드럽고 은근하게 이용했다며 술이나 한잔 사라고 대수롭지 않게 말했다. 박동길은 그가 더 좋아졌고 태안에서 사는 동안 형님처럼 따랐다.

  그런 사연이 있는 김 선생이 촛불집회 인파 틈에서 박동길을 본 것 같다. 박동길은 사방을 두리번거리며 김 선생을 찾

았다. 서울 한복판 시청 앞에서 광화문까지 광장은 물론 도로
에도 촛불을 든 사람들이 함성을 쏟아내며 거대한 물결처럼
흐르고 있었다. 덕수궁 대한문 쪽에도 숫자는 적지만 일련의
집단이 태극기를 흔들며 소리를 지르고 있었다.

"누굴 찾넌 겨?"

친구 송경섭이 촛불 인파에 신기한 표정을 지으며 물었다.

"자네두 들었지? 해당화 작목반장이라구 허넌 소리."

"잉. 듣긴 했넌디, 서울에서 무슨 뜬금웂이 해당화 작목반
장이랴."

송경섭과 몇 마디 나누는 동안 그들은 사람들에게 밀려 얼
떨결에 대한문 쪽으로 몇 발짝 옮길 때였다. 몸에 커다란 태
극기를 두른 한 남자가 작은 태극기 깃발을 쑥 내밀었다. 김
선생이었다. 그는 양푼같이 넓적한 얼굴에 들쑥날쑥 제 맘대
로 난 이를 드러내고 활짝 웃으며 박동길을 덥석 껴안았다.
옆에 선 송경섭이 뜨악한 얼굴로 쳐다봤다.

"난, 해당화 작목반장님이 여기 올 줄 알았지요."

"김 선생님, 그게 아니구 우덜은…."

"아, 괜찮아요, 저기 촛불을 든 것들 때문에 기죽을 필요 없
어요. 거기도 우리 편이 많아요. 하도 세상이 촛불 편을 드니
까 눈치 보느라 그쪽에 있는 것이지."

그는 다짜고짜 태극기를 손에 쥐어주며 대한문 앞으로 이끌었다. 친구 송경섭의 손에도 태극기가 쥐어졌다. 대한문 앞 연단에 선 사람은 텔레비전 뉴스에서 잠깐씩 본 얼굴이었다. 그는 목이 터지라고 뭐라고 외쳤지만 수많은 인파의 함성에 묻혀 잘 들리지 않았다.

날씨는 겨울답지 않게 춥지 않았다. 오히려 서울 한복판은 도로를 메운 군중들의 뜨거운 함성에 열기를 느낄 정도였다. 매일 저녁 텔레비전을 보면서 추운 날씨에 왜 저렇게 사람들이 광장으로 모여드는지 의심했는데 막상 그 사람들 속에 서 있으니 묘하게 흥분이 되었다. 생전 처음 느껴보는 감정이었다. 송경섭이 속삭였다.

"테레비가 그짓말은 안 했네. 저쪽 촛불을 든 사람덜을 봐. 끝이 읎어. 그런디… 자네가 아닌 사람이 읎어졌네."

아닌 게 아니라 잠깐 사이 김 선생이 어디로 갔는지 보이지 않았다. 시청 앞 광장 쪽에서는 촛불을 든 군중들이 함성과 함께 파도타기를 하고 있었다. 거대한 촛불 파도는 시청 쪽에서 광화문 쪽으로 썰물처럼 밀려갔다가 다시 시청 쪽으로 밀려왔다. 주변에 빽빽이 들어선 고층 건물의 불빛과 수많은 촛불이 함성과 함께 움직이는 모습은 정말 장관이었다. 방 안에서 텔레비전으로 보는 것과 전혀 다른 광경이었다. 그들은 천

치처럼 벌린 입을 다물지 못했다.

박동길이 촛불집회 한복판에 서게 된 건 친구 송경섭의 뜬금없는 제안에서 비롯됐다. 이장 딸의 결혼식을 마치고 뷔페 음식으로 점심을 먹은 뒤 태안으로 돌아가는 버스를 타려고 할 때 송경섭이 붙잡았다.

"동길이, 이왕 서울에 왔으니 맨날 테레비서 보던 촛불집회 허넌 디를 가보세."

"촛불집회넌 밤이 허넌디 그때까지넌 뭘 허구?"

"이참에 서울 구경이나 허지. 자네, 시청광장 가봤능가? 광화문은? 이순신 장군과 세종대왕 동상을 직접 봤능가?"

박동길이 생각하니 서울을 여러 번 왔다고는 하나 가까이서 본 적이 없었다. 이웃집 결혼식장에 쭈르르 따라왔다가 쭈르르 간 기억밖에 없다.

"집이 갈 때넌 워치게 허구?"

"막차 놓치면 서울서 자구 내일 가자구. 이 넓은 서울에 우덜이 묵을 여관이 읎겠능가."

점심에 마신 술기운에 호기심이 발동한 그들이 서울 한복판을 어슬렁거리다가 구경삼아 촛불집회에 참여하게 된 연유다. 박동길이 두리번거리는데 인파 속에서 다시 김 선생이 나타났다.

"작목반장님 미안. 내가 데리고 온 팀원들에게 지시할 게 있어 만나고 오느라고… 인사 나눕시다. 나는 김병대라는 사람입니다. 20년 전에 태안에서 한 5년 살았지요. 잘 오셨습니다. 애국이라는 게 다른 게 없어요. 이런 자리에 참석하는 게 진짜 애국이지요."

김 선생은 송경섭의 손을 잡고 크게 흔들었다. 송경섭이 쑥스러운 표정을 지었다. 촛불과 태극기가 뒤섞인 인파와 함성 때문인지 김 선생의 목소리가 점점 커졌다.

"저기가 대한문입니다. 저 문 안에 덕수궁이 있어요. 조선 말기 고종이 거처했던 궁궐이지요. 아관파천이 뭔지 아시죠? 일본 놈들이 명성황후를 시해하자 러시아 공사가 속닥거려서 고종을 창덕궁에서 자기네 공사관으로 피신한 사건을 말합니다. 고종이 이 덕수궁에서 살다가 세상을 뜨게 됩니다. 서울에서는 유일한 서양식 궁궐이에요. 지금 이 나라가 그때와 별반 차이가 없어요."

노련한 관광 가이드 아니면 자상한 역사 선생님 같다. 바로 저런 모습이 그의 매력이다. 박동길은 다시 만난 김 선생에게서 옛 모습이 보여 기뻤다. 그는 태극기집회에서 박동길을 만나서인지 자신의 설명에 도취해서인지 표정이 무척 들떠 보였다. 쉬지 않고 서울시청 주변의 빌딩 소유주들을 특유의 잡학 상식을 동원하여 재미있게 소개하다가 가끔 태극기를 흔들며 함성을 질러댔다. 박동길과 송경섭도 얼떨결에 같이 태극기를 흔들었다. 밤이 깊어가면서 촛불 쪽에서도 태극기 쪽에서도 사람들이 빠져나가기 시작했다. 김 선생이 자기 방식대로 결정하고 물었다.

"오늘은 서울에서 유숙할 테니 우선 방을 잡고 술과 저녁을 먹읍시다. 저녁을 먹었어도 나라를 위해 큰일을 했더니 배가 고프네요. 마포 쪽으로 갑시다. 그쪽이 밥집, 술집, 잠잘 집이 많으니까. 골라잡으면 되고."

촌닭 같은 두 사람이 그의 말대로 따랐다. 간신히 택시를 잡아타고 서울 한복판을 빠져나갔다. 두 사람은 마포가 어디에 박혔는지 모른다. 더구나 밤의 서울은 거기가 거기 같았다.

마포 어디쯤에서 김 선생은 자기 집처럼 어떤 식당으로 안내했다. 식당 안은 돼지껍데기 굽는 냄새와 연기가 자욱했고 손님들로 북적거렸다. 마구 떠드는 그들의 화제는 촛불이었다. 술과 안주와 밥을 시키는 김 선생은 많이 늙어 보였다. 말투와 성격만 세월을 비낀 것 같다. 술잔이 연거푸 돌고 그동안 조용하던 송경섭이 어느 순간부터 김 선생의 화려한 말솜씨에 맞장구를 치기 시작했다. 김 선생은 신이 났는지 자기의 과거는 물론 태안에서 살았던 이야기를 실타래처럼 풀어놓았다. 상대를 무장해제시키고 동조하게 만드는 그의 특기를 발휘하는 중이다. 박동길은 모두 아는 이야기라 지루했지만, 말을 끊지 못했다. 박동길이 궁금한 것은 촛불이나 태극기보다 태안을 떠난 김 선생의 20여 년 동안의 안부인데 그는 도무지 틈을 주지 않았다.

"송 선생도 작목반장님처럼 농사를 짓나요? 올해 몇이에요? 술을 잘하는 걸 보니 우리 작목반장님보다 화끈하시네. 허허허. 내가 아우님이라고 불러도 괜찮지요?"

"그럼요. 그런디 성님은 워찌 그렇게 아능 게 많으시데요?"

송경섭이 넙죽 받자 김 선생이 얼씨구나 신이 나서, 기다렸다는 듯이 화려한 말발을 줄줄이 쏟아냈다.

"내가 학창 시절에 공부와 담쌓아서 그렇지 사실 세상 살아가는 데 필요한 상식이야 대한민국에서 나만큼 아는 사람이 드물걸요. 허허허. 그렇기에 내가 시류에 영합하지 않고 태극기집회에 참여하는 것입니다. 자, 보세요. 우리나라는 세계에서 유일한 분단국가입니다. 같은 말을 하는 민족끼리 왕래도 못 하고 총을 겨누고 있다는 말입니다. 이제는 총이 아니라 삼대 세습을 한 김정은이 핵폭탄을 갖고 위협을 합니다. 이걸 어떻게 막아야 할까요?"

"즌쟁만 빼구 모든 방법을 다 동원해야지요."

송경섭의 대답에 김 선생은 복잡한 표정을 짓더니 단숨에 술잔을 비우고 말을 이었다.

"그 방법이 첫째, 나라의 안보를 위해서는 북한의 무력도발에 단호하게 대처하는 박근혜 대통령을 지키는 것이고, 둘째는 미국이 안보를 책임지게 하는 것입니다. 태극기집회에서 미국 성조기를 흔드는 거 보셨죠? 그게 무슨 뜻이냐 하면… 봐라, 우리가 이렇게 미국을 믿으니 너희들도 우리의 안보를 책임지라는 무언의 압박입니다. 허허허. 박 대통령이 누구입니까? 산업혁명을 일으켜 가난한 나라를 구하고 북한의 김일성이 감히 넘겨다보지 못하게 국방을 튼튼히 한 박정희 딸입니다. 나라를 지키는 유전자를 가진 대통령이란 말입니다. 국부이신 이승만 대통령이 천신만고 끝에 세운 이 나라가 지금 풍전등화에 처해 있습니다. 촛불집회를 조종하는 사람들은 위험한 사람들입니다. 민족통일이니 평화통일이니 어쩌고저쩌고 떠들어대지만 지난 정권을 보세요. 햇볕정책이라며 북한에 돈을 마구 퍼준 김대중, 노무현 정권에게 돌아온 게 뭡니까. 핵폭탄입니다. 안 그래요?"

김 선생의 물음에 박동길은 어안이 벙벙했고 송경섭은 엉뚱한 질문을 했다.

"이명박 대통령은요?"

술에 취한 모양이다. 정치색이 없는 그가 처음 본 사람 앞에서 지극히 정치적인 물음을 하다니. 송경섭의 질문에 김 선생은 얼른 말을 받았다.

"에이, 그 사람은 입에 올리지 맙시다. 그는 장사치이자 사업가일 뿐이에요."

자정이 다 되도록 김 선생과 송경섭은 문답을 주고받듯 이야기를 이어갔다. 김 선생은 자기가 아는 상식을 다 동원하여 동서양의 역사와 정치사에서부터 현재 대한민국이 처한 현실까지 신나게 떠들어댔다. 그의 말이 맞고 틀리고를 따지기 전에 송경섭이 홀딱 반할 만한 언변이었다. 게다가 한국 정치와 재벌의 흥망성쇠를 엮으면서 간간이 양념처럼 권력자의 여자관계와 음담을 곁들이니 듣는 송경섭은 얼이 빠진 것처럼 보였다. 자정이 다 되어서야 술집을 나와 근처에 여관방을 잡았다. 김 선생은 처음부터 집에 갈 생각이 없었던 모양이다. 20년 만에 해당화 작목반장님과 맘에 드는 아우를 만났으니 서울의 밤을 잠으로 흘려보내서는 안 된다며 박동길을 끌고 노래방에 갔다. 송경섭은 한술 더 떠서 조용한 박동길을 윽박질렀다. 박동길은 머리가 지끈거렸다. 술 때문이 아니라 김 선생의 모습이 혼란스러워서다. 서울의 김 선생은 태안의 김 선생이 아니었다. 특히 정치적인 견해에서는 옛날과 정반대였다. 노래방이 무너져라 소리를 질러대는 두 사람을 무료히 바라보며 홀짝거린 맥주 탓에 박동길도 서서히 취기에 빠져들었다.

박동길이 눈을 뜨니 아침 9시가 넘었다. 어젯밤 일이 필름이 끊긴 채로 드문드문 연결됐다. 술집에서 노래방에 가고 다시 맥줏집으로. 계산은 박동길과 송경섭이 교대로 한 것 같다. 머리가 지끈거렸다. 창밖에는 눈발이 드문드문 날렸다. 방바닥엔 김 선생이 네 활개를 펴고 잠들어 있고 침대에는 언제 깼는지 송경섭이 천장을 바라보고 누워 있다. 박동길이 일어나 나가자고 눈짓하자 그는 김 선생을 바라봤다. 어떻게 하느냐고 묻는 것이다. 박동길은 메모지에 간단히 몇 자 적고 여관을 빠져나왔다. 오랜만에 만난 김 선생에게 미안했지만 만일 깨운다면 어젯밤과 비슷한 행동이 아침부터 다시 시작될 게 뻔했다. 옛정을 생각하면 이래선 안 된다고 생각하면서도 당장은 도망치는 게 상책일 것 같았다. 그들이 탄 택시는 남부터미널을 향해 한강 다리를 건너고 있었다. 천지를 진동하는 함성으로 가득 찼던 전날 밤 서울과는 다르게 일요일 아침 서울의 거리는 의외로 조용하다. 송경섭은 촛불 여행이 만족스러운 표정이었으나 박동길은 뭔가 보지 않았더라면 좋았을 것을 본 것 같아 마음이 무거웠다.

    박동길이 김 선생을 처음 만난 건 읍내 버스터미널 옆 태안
식육점에서였다. 가끔 돼지고기를 사러 갈 때마다 얼굴이 희
고 넓적한 사십 대 후반의 남자가 앉아 있었다. 주인은 아니
었다. 그날은 하우스 달래 수확 작업이 늦게 끝나 태안에서
서울로 출하할 물건을 수집하여 출발하는 화물차에 겨우 시
간을 댔다. 그러다 보니 집에 돌아가는 마지막 버스를 놓쳐
택시를 탈까 망설이다가 고기나 한칼 사려고 식육점에 들렀
던 것인데 김 선생이 박동길을 바라보며 먼저 말을 걸었다.

    "마지막 버스를 놓쳤죠?"

    "예?… 예."

    "김병대라는 사람이오. 내가 데려다줄까요?"

    박동길이 당황하여 얼굴을 붉히며 대답했다.

    "저를 아시오? …우리 집은 산후리인디요."

    "그럼요. 일주일에 세 번씩 달래를 서울로 출하하죠? 값은
잘 나옵디까? 식육점 건너에 상옥상회가 있어 대충 알아요."

    "아, 그러시군요. 저넌 박동길입니다."

    "어서 타시죠."

    그는 트럭을 가리켰다. 다짜고짜 호의를 베푸는 바람에 트

럭에 올라탄 박동길은 고맙지만 얼떨떨했다. 내심으로 택시
비를 절약했으니 나중에 차라도 한잔 대접해야겠다고 생각
했다. 그렇게 김 선생과의 인연이 시작됐다. 그 후 김 선생은
달래 농사가 끝나는 정월 보름까지 가끔 들러 물건 출하를 도
와줬고 술자리도 했다. 수더분한 성격이지만 박동길의 부모
님께 예의가 깍듯했고 초등학교에 다니는 아이들도 예뻐했
다. 그는 읍내 변두리서 허름한 돼지 농장을 세 얻어 종돈 70
여 마리를 기르고 있었다. 가족은 부인이 서울에서 부모님과
살고 딸이 하나 있는데 유학을 보냈다고 했다. 박동길은 그의
집에 자주 놀러 갔다. 그때쯤 '해당화 작목반장'이라는 별명을
얻었다. 그는 유쾌한 사람이었다. 혼자서 돼지를 기르는 김
선생은 그리 바쁘지 않아 보였다. 사료를 주고 돼지우리 청소
하는 것 외에 발정한 암돼지에 정확하게 시간을 맞춰 수돼지
와 교미를 시키는 일이 전부였다.

모내기를 끝내고 조금 한가한 박동길이 김 선생 집에 놀러
갔을 때 그는 돼지우리에서 나오며 상기된 표정으로 말했다.

"반장님, 암돼지가 몸이 달았을 때 딱 교미를 시켜야 새끼
를 많이 낳아요. 나는 비육돈을 하는 게 아니라서 돼지 새끼
를 많이 낳아야 돈이 된답니다. 내가 낳는 것은 아니지만. 허
허허. 처음엔 수돼지의 생식기를 손으로 잡고 암돼지에게 접

붙이는 게 서툴러서 수퇘지가 헛방을 많이 쐈는데 요즘은 기술이 조금 늘었죠. 허허허. 사람이나 짐승이나 몸이 달았을 때 하는 섹스가 가장 황홀하고 임신 적중률이 높죠. 인공 수정하는 농가들이 많지만 나는 자연수정을 고집한답니다. 사람에게 잡아먹히는 돼지들도 죽기 전에 섹스를 해봐야 하지 않겠어요? 허허허."

평상에 걸터앉은 박동길의 얼굴이 빨개지자 김 선생은 재미난 듯 싱글싱글 웃으며 옆에 앉더니 더 짓궂은 음담을 쏟아냈다. 그는 어떤 땐 점잖은 말투에 해박한 지식으로 세상사를 알아듣기 쉽게 설명하는가 하면 어느 땐 개차반같이 음란한 이야기를 아주 태연하게 해댔다. 박동길은 그의 그런 모습이 혼란스러웠지만, 태안에서는 그 누구한테도 들어보지 못한 이야기를 해주기 때문에 김 선생 집에 자주 들렀다. 도대체 이 사람은 공부를 얼마나 많이 하고 세상 경험이 얼마나 많기에 이렇게 막힘이 없을까. 화제가 이리 뛰다가 저리 뛰어도 전혀 어색하지 않은 그를 보며 존경심까지 생겼다. 박동길이 그에게 흠뻑 빠진 건 상대의 무식함을 깔보지 않는 태도와 박학다식함 때문이었다.

돼지 교미는 자신의 경제와 직결되고 그래서 타이밍이 중요하다는 이야기로 시작하여 동물은 번식을 위해 교미하지만, 사람은 언제부터인가 번식보다는 쾌락을 얻기 위해 섹스를 하게 됐고 그때부터 도덕이 인간의 욕망을 제어하지 못하게 됐다는 아리송한 말을 하다가 이번에는 정치판으로 화제를 돌렸다.

"반장님, 이승만을 알지요? 당연히 박정희도 알겠지요? 공통점은 그들이 대통령이었고 장기 집권을 한 독재자라는 것이지요. 역사에 가정은 없어요. 그러나 우리는 그 만약을 상상해볼 자유는 있죠. 만약, 박정희가 없었다면 전두환이 정권을 잡았을까요? 어림없죠. 박정희 독재가 새끼를 친 게 전두환 정권이에요. 그래서 더 악독한 정치를 한 것이고. 안 그래요?"

박동길이 가만히 있자 전두환이 정권을 잡기 위해 광주에서 한 짓이 뭔지 아느냐고 진지한 표정으로 물었다. 박동길이 입속말로 우물거렸다.

"저, 광주사태….."

"광주사태가 아니고, 광주항쟁이에요. 때려죽일 놈들이 정권을 잡으려고 백성을 도륙한 게 사태이지, 어찌 시민들이 민주화를 하라고 외친 게 사태입니까. 민주주의는 피를 먹고 자란다는 말이 있어요. 세계사적으로 백성들이 혁명을 통해 군주국가를 무너뜨리고 민주공화국을 세우는 데 수많은 사람이 희생됐죠. 우리나라도 4·19혁명이 있었죠. 그때도 많은 사람이 죽었어요. 이승만 대통령이 쫓겨났고요."

"5·16혁명두 있잖으요?"

잠자코 김 선생의 일장 연설을 듣던 박동길이 아는 체를 했다.

"반장님, 그건 혁명이 아니라 쿠데타예요. 옛날로 치면 무관이 왕권을 뺏으려고 역적질한 것이죠."

"대통령을 내쫓은 건 똑같은디요?"

"다릅니다. 4·19혁명은 백성들이 독재자를 권좌에서 끌어내린 것이고요, 5·16 쿠데타는 군인들이 총칼로 정권을 탈취한 것이에요. 국민을 위한 혁명이라고 했는데 과연 그 명분을 국민이 동의했을까요?"

"그래두 촌사람덜은 박정희 대통령 덕분이 잘살게 됐다구 허넌디요. 저두 그렇구요."

"관점에 따라 다르겠지요. 반장님은 내가 기르는 돼지처럼 우리에 갇혀 잘 먹고 지내는 게 좋겠어요, 아니면 조금 배고파도 자유롭게 사는 게 좋겠어요?"

박동길이 대답하지 않자 그가 웃으며 말했다.

"인간은 돼지가 아닙니다. 자유를 원하는 동물이죠. 자유와 인권, 정의, 평등이 보장되는 그런 나라가 좋은 나라이고 잘

하는 정치입니다. 그런 면에서 박정희는 공보다 과가 큰 대통령입니다. 더구나 독재와 장기 집권은 이승만을 빼다 박았죠. 역사는 반복된다는 말이 있습니다. 한 번은 희극으로 한 번은 비극으로. 바로 그 비극이 전두환의 야욕에 맞선 광주항쟁입니다. 군부를 장악한 신군부가 민주화를 요구하는 국민에게 계엄령을 선포하자 광주에서 학생과 시민들이 분연히 일어났죠. 그걸 막은 전두환의 행위는 정권 쿠데타도 아닙니다. 민중의 혁명을 막은 학살이었어요. 애석하게도 많은 광주시민이 희생됐지만 뜻을 이루지 못했죠. 반장님, 문민정부가 뭔지 아시지요?"

그는 비장한 표정으로 묻고 자기가 대답했다.

"드디어 32년간 이어진 군사정권 시대를 마감하고 민간인 출신이 대통령으로 뽑혔다는 말입니다. 그것도 직선제로. 하긴 노태우도 직선제로 대통령이 됐지만, 그건 엄밀히 따지면 군사정권의 연장선으로 봐야죠. 반장님, 6월 항쟁 아시죠? 박종철 학생 고문치사에서 촉발된 민주화운동이 이한열 학생이 최루탄을 맞고 죽으면서 걷잡을 수 없게 커졌죠. 서울시청 광장에 수십만 인파가 모여 호헌철폐를 외쳐 결국 전두환이 직선제를 하겠다고 두 손을 든 것입니다. 그런 게 혁명입니다. 저도 그때 서울시청 광장에서 목이 터지라 독재 타도, 호헌철폐를 외쳤습니다. 그 열기, 그 감동이 지금도 생생하네요."

그때 감정이 복받치는지 김 선생은 흥분한 표정을 지었다. 그러면서 세상에 공짜는 없고 우리가 누리는 이 자유도 누군가의 희생에서 비롯된 것이라면서 흡사 학생을 상대로 강의하는 것처럼 조곤조곤 이야기를 이어나갔다.

"반장님, 혁명과 개혁의 차이가 뭔지 아세요? 혁명이라는 글자는 목숨을 끊고 가죽을 벗긴다는 것이고 개혁은 목숨을 살려놓고 가죽을 벗긴다는 말입니다. 생각해보세요. 죽은 염소 가죽을 벗기는 게 쉽겠어요? 살아 있는 염소 가죽을 벗기는 게 쉽겠어요? 산 채로 염소 가죽을 벗기면 염소가 마구 울어대겠죠. 그래서 혁명보다 개혁이 어렵다는 것입니다. 세상을 바꾼 동서양의 역사를 살펴보면 개혁이 아니라 혁명을 통해서였죠. 민중들이 혁명을 통해 세상을 바꾸면 그래도 정치 집단들이 잘해보려고 노력하지만, 권력에 눈먼 집단이 구국의 결단이니 뭐니 떠들면서 혁명을 빙자하여 세상을 바꾸면 독재를 하기 마련입니다. 우리 현대사도 그랬습니다. 허허허. 문민정부가 이 나라를 개혁한다고 하는데 그게 쉽지 않을 거예요. 기득권을 쥔 집단들이 여기저기서 나 죽겠다며 염소처럼 음메 — 하고 울어댈 테니까요. 그러면 정권은 슬그머니 개혁을 포기하고 힘으로 억누르게 되는 것이죠. 권력도 적당히 쓸 때가 힘이지 너무 쓰면 반작용으로 혁명이 정권을 무너뜨립니다. 그게 세상 이치입니다."

김 선생은 어울리지 않게 염소 우는 시늉까지 했다. 박동길은 그의 얘기에 푹 빠져 벌린 입을 다물지 못했다. 그가 목을 가다듬으며 이야기를 이으려고 할 때 박동길이 퍼뜩 정신이 들어 평상에서 일어났다. 해가 설핏 기운 걸 보니 두어 시간 동안 넋 놓고 김 선생의 세상 강의를 들은 것 같았다. 이야기가 도중에서 끝나자 그는 못내 아쉬운 표정을 지으며 물었다.

"반장님, 모레 안 바쁘면 운전 연습 삼아 학암포 해변이나 갑시다. 아침 9시까지 읍내 태안식육점으로 나오세요."

김 선생이 일방적으로 약속을 했다. 그즈음 박동길은 운전면허를 따고 중고 트럭을 사서 초보 운전을 하는 중이었다.

그날은 박동길에게 김 선생과 같이 보낸 나날 중에서 절대 잊히지 않는 날이다. 6월 초순의 날씨는 구름 한 점 없이 화창했다. 박동길이 읍내 태안식육점에 도착했을 때 김 선생이 '김추자'라고 부르는 식육점 여자와 노닥거리고 있었다. 그녀는 박동길에게 잠깐 아는 체를 하고 돼지고기를 손질하며 무엇이 그리 즐거운지 깔깔댔다.

"김추자 씨, 아가씨는 찾았나요?"

"하이고, 마땅한 아가씨가 있어야지요. 김 선생님 부탁대로 인물과 말솜씨를 갖춘 애들을 찾으려니 어렵네요. 저는 어때요? 호호호."

"우리 김추자 씨가 낄 자리가 아닙니다. 태안터미널 주변에 다방이 여러 곳이니 찾아보면 내가 원하는 아가씨가 있겠지요. 하룻밤 티켓비를 선금으로 주겠다는 얘기를 꼭 하셔야 합니다."

"그럼요. 근데 나이가 조금 많아도 괜찮을까요?"

"몇 살인데요?"

"서른대여섯 살쯤… 그 애가 관심을 보였는데 아직 확답은 안 했어요."

"인물은 추자 씨만은 못해도 예뻐야 합니다."

"어머머, 아유, 선생님도. 그 애가 나보다 훨씬 예뻐요. 황금다방 아가씨인데 잠깐 가서 물어보고 올게요. 기다리셔용."

여자가 코맹맹이 소리로 아양을 떨며 밖으로 나가자 김 선생이 식육점 안쪽에서 돼지 뼈를 발라내는 남자를 흘끔거리며 목소리를 낮춰 박동길에게 동의를 구했다.

"햐ㅡ. 저 뒤태 좀 보세요. 얼굴만 예쁜 게 아니라 모든 걸 완벽하게 갖췄다니까요. 저런 미녀가 식육점에서 돼지고기를 썰고 있다니. 태안에서 사는 게 아깝다 아까워. 안 그래요?"

박동길이 대답하지 않자 이번에는 다가와 귓속말로 속닥거렸다.

"내가 김추자와 밤의 역사를 쓰려고 했는데 포기했어요. 왜냐면 저기, 돼지 뼈를 '새기는' 남편 때문이에요. 저 칼질하는 손놀림을 보세요. 흡사 '장자'에 나오는 백정 같다니까요. 만일 김추자하고 연애하다 들키는 날이면 저 칼 솜씨로 내 뼈를 새기려고 할 테니… 아휴, 끔찍해. 그래서 내가 상상으로만 연애한다니까요."

김 선생은 몸을 부르르 떠는 시늉을 하더니 돼지 뼈와 살을 발라낸다는 뜻의 '새긴다'라는 태안 말을 강조하며 키득거렸다. 박동길은 새긴다는 말도 우습지 않거니와 솔직히 식육점 여자도 그리 예쁘다는 생각이 들지 않았다.

"김 선생님, 학암포에 가자구 허시더니… 그리구 다방 아가씨넌 뭔 말씀이데요?"

"아, 반장님. 내가 지금 소설을 쓰고 있는데 남녀 관계에서 여자는 어떤 때 만족을 느끼고 어떤 남자에게 끌리는지 자세히 알고 싶거든요. 그걸 아내에게 물어볼 수는 없고. 아무래도 여러 남자를 거친 여자한테 물어보면 생생할 것 같아서. 거금을 투자하는데 마땅한 아가씨를 데리고 올지 궁금하네요."

박동길은 그의 말을 듣자 당장 집으로 가고 싶었다. 김 선생이 어떤 음담패설을 할지 짐작 가는 데다 낯선 여자와 동행한다는 게 불편해서였다. 망설이는 사이 식육점 여자가 아가씨를 데리고 왔다. 김 선생은 아가씨를 잠깐 아래위로 훑어보더니 반갑게 맞았다.

　"안녕하세요. 김병대입니다. 이분은 오늘 아가씨를 모실 운전사 박동길 씨입니다. 이야기는 충분히 들으셨겠죠? 제가 묻는 말에 느낌대로 대답만 하시면 됩니다. 몸에는 절대 손을 대지 않을 겁니다. 티켓비는 선금으로 드리겠어요. 한적한 학암포 해변에서 두어 시간 질문할 것입니다. 제 소설에 도움이 됐으면 좋겠습니다. 당연히 실명을 쓰지 않고 오늘 일은 아무한테도 발설하지 않을 것입니다."

　김 선생은 준비한 것처럼 재빠르게 말을 이어갔다. 화장을 짙게 한 다방 아가씨는 빙긋이 웃으며 자기 이름이 '경아'라고 했고 그들은 한참 동안 이름이 예쁘네, 얼굴이 예쁘네, 추켜세우며 시시덕거렸다. 김 선생이나 식육점 여자나 경아라는 다방 아가씨나 모두 일상의 대화를 나누는 것처럼 편해 보였지만 박동길은 마음이 찜찜했다. 소풍 가듯 간단한 먹을거리를 챙긴 김 선생이 트럭에 오르더니 박동길에게 출발을 지시했다. 두 남자 사이에 앉은 다방 아가씨에게서 짙은 향수 냄새가 풍겼다.

읍내를 벗어나자 푸른 들판이 펼쳐졌다. 논에는 막 뿌리를 내린 모가 제법 너울거렸고 수확을 앞둔 마을은 잎이 누렇게 말라가고 있었다. 드디어 김 선생의 화려한 말문이 열리기 시작했다. 영화 〈로마의 휴일〉이 어쩌고저쩌고 여배우 '오드리 헵번'이 어쩌고저쩌고 한참 떠들더니 얼마 전에 죽어 남편 '케네디 대통령' 옆에 묻힌 '재클린'을 불러냈다.

"경아 씨, 멋있지 않아요. 대통령 남편이 죽자 재혼한 부인이 전남편 대통령 묘지에 묻힌다는 게. 우리나라 같으면 옆에 묻히는 건 그만두고 대통령 부인이 재혼만 해도 난리일걸요. 안 그래요?"

"그럼요. 그래서 모두 미국, 미국 하는가 봐요. 호호호."

김 선생과 다방 아가씨의 대화가 슬슬 풀리고 있었다. 김 선생의 말발이 먹히는 중이다.

"경아 씨, 만일 돈은 엄청 많지만, 인물이 보잘것없는 늙은 바람둥이가 경아 씨를 호화로운 요트에 태워 남태평양 한가운데서 고급 샴페인을 가득 채운 크리스털 잔에 달걀만 한 다이아몬드 목걸이를 퐁당 떨어트리면서 청혼하면 어쩌시겠어요?

"아이유, 당연히 받아들이죠."

"그 남자가 누군지 아세요?"

"몰라요."

"오나시스라는 그리스의 선박왕이에요. 청혼받은 여자는 케네디의 부인 재클린이었고요."

"오나시스는 모르겠고… 음… 재클린은 알겠네요."

"그때 오나시스는 예순 살 넘은 늙다리로 재클린보다 나이가 서른 살쯤 많았죠. 경아 씨 같으면 그래도 결혼하겠어요?"

"나이가 쫌 많다 ―. 근데, 선생님은 소설가라 그런지 아는 게 참 많으시네요."

다방 아가씨가 대답 대신 엉뚱한 칭찬을 하자 김 선생은 다른 이야기를 꺼냈다.

"마리아 칼라스라는 세계적으로 유명한 소프라노 가수가 있었어요. 그녀가 오페라에서 노래 부를 때는 모든 청중이 넋을 잃었죠. 혹시 음반으로라도 노래를 들어봤나요?"

"아뇨. 난 그런 가수 몰라요. 그리고 유리창을 긁는 것같이 째진 소리로 부르는 노래도 싫고요."

박동길은 새어 나오는 웃음을 간신히 참았다. 그도 소프라노가 뭔지는 알지만, 그 노래를 들을 때마다 이 앓는 소리로 들렸기 때문이다. 김 선생의 이야기는 계속됐다.

"청중들은 마리아 칼라스의 노래를 들을 때마다 아, 저 입

에서 천상의 목소리가 나오는구나 하며 탄성을 질렀죠. 그
런데 세상 모든 남자의 연인인 그녀 입술을 누가 빼앗았느냐
면… 흠….."

김 선생이 헛기침하며 뜸을 들일 때쯤 트럭이 학암포해수
욕장 입구에 도착했다. 김 선생은 말을 중단하고 돗자리와 먹
을거리를 들고 해당화 군락지 근방 해변에 자리를 잡았다. 피
서철이 아니라 해변은 한가했다. 햇볕은 따갑지 않고 푸른 바
다가 백사장 멀리 물러나 있었다. 한창 핀 해당화 향기가 코
를 찔렀다. 김 선생은 다방 아가씨를 옆에 앉히고 깡통 맥주
를 따서 건넸다. 박동길은 그들과 조금 떨어진 곳에 앉아 고
즈넉한 바다를 바라봤다. 약간 들뜬 표정의 아가씨가 맥주를
홀짝거리는 시늉을 했다. 긴장한 것 같았다. 김 선생이 아가
씨의 긴장을 풀려는 듯이 가벼운 농담을 건네더니 새삼 생각
난 것처럼 의뭉을 떨었다.

"아까 하던 이야기를 마저 해야겠네요. 마리아 칼라스의 입
술을 빼앗은 도둑놈은 바로 오입쟁이 오나시스입니다. 그녀
는 돈 많은 늙다리 오나시스에게 반해서 음악을 잃게 됩니다.
그런데 오나시스는 어찌한 줄 아십니까? 그녀를 버리고 재클
린과 결혼을 했단 말입니다. 생각해보세요. 만인이 사랑하는
프리마돈나의 입술이 그놈의 생식기를 빨….."

"선생님! 그만!"

박동길은 자신도 모르게 소리쳤다. 다방 아가씨는 처음엔 어리둥절하다가 다음 말뜻을 어림하고 못 들은 체했다. 오나시스니, 재클린이니, 마리아 칼라스니, 장황하게 떠들어댄 건 자칭 소설가 김 선생이 계획적으로 준비한 말이었다. 민망하여 일어서려는 박동길을 주저앉히며 김 선생이 맥주 한 캔을 단숨에 들이켜더니 정색하고 본론으로 들어갔다.

"반장님 뭘 그렇게 부끄러워하세요. 결혼해서 자식까지 둔 사람이. 한국 사람들은 이게 문제예요. 성에 관한 이야기를 금기시하니까 우리 사회가 점점 흉측한 일이 많이 생기는 것입니다. 안 그래요? 경아 씨."

그녀가 갑자기 수줍은 색시처럼 고개를 끄덕이자 김 선생이 이야기를 이어나갔다.

"경아 씨, 점잖은 말은 생략하고 문학적으로 묻겠어요. 이건 소설의 리얼리티를 살리기 위해서 어렵게 만든 자리니까 편하게 대답하시면 됩니다. 괜찮죠?"

"네. 선생님."

"몇 살 때 남자를 알았나요? 난 열여섯에 딱지를 뗐는데."

"…"

"지금까지 몇 명의 남자와 잤습니까?"

"…."

"마음에 없는 남자와 섹스를 할 때도 흥분이 됩니까?"

"…."

"사랑 없는 섹스를 할 때, 옛날 사랑했던 사람이 떠올려지나요? 나는 생각나는데."

"…."

"성기의 크기와 횟수에 따라 마음이 끌리기도 하나요?"

박동길은 귀를 막고 도망치고 싶었다. 곁눈질로 보니 다방 아가씨는 얼굴이 붉어져 있었다.

"지금까지 자본 남자 중에…."

그때였다. 다방 아가씨가 김 선생의 넓적한 뺨을 호되게 갈기고 자리에서 일어나 티켓비 봉투를 던지며 일갈했다.

"뭐, 이런 좆같은 새끼가 다 있어. 그런 소설을 쓰려면 네 여편네한테 물어봐 새끼야. 나이는 똥구멍으로 처먹었냐? 내 참, 재수가 없으려니까 별 미친 새끼가 익은 밥 처먹고 선소리하고 자빠졌네. 옜다, 이 돈 갖다가 네 여편네 주면서 밤새 남자가 쑤셔대는 게 어떤지 물어봐라, 새끼야. 퉤 —."

그녀는 몸에 더러운 게 묻었다는 듯 활활 털더니 악담을 더 퍼부으며 해수욕장 입구 쪽으로 재빨리 걸어갔다. 박동길은 어서 이 자리를 피하고 싶었다. 모래 속으로라도 숨고 싶었지만 김 선생은 태연했다.

　"경아 씨가 지적 수준이 한참 낮네요. 하긴 거친 세상을 몸 뚱이 하나로 헤쳐온 여자가 예술이나 문학을 이해할 수 없겠 지요. 경아 씨에게도 인권이 있고 화를 낼 자유가 있으니 내 가 배려해야지요. 반장님, 잔잔한 봄 바다가 비단결 같네요. 이왕 왔으니 자연을 즐기다가 갑시다."

　박동길은 김 선생의 얼굴을 한참 처다봤다. 인권이니 배려 니 하는 엉뚱한 말을 갖다 붙이는 것도, 자연을 즐기자는 말 도 다른 사람이 하는 것 같았다. 그는 금방 전 일을 까마득히 잊은 듯 서해의 아름다운 노을을 보고 가자며 해가 질 때까지 박동길을 붙잡았다. 그날 이후 박동길은 김 선생과 조금씩 거 리를 뒀다. 뭔가 몹쓸 짓을 하다 들킨 것 같아 부끄러웠기 때 문이었다.

　화창한 봄날, 학암포 해변에서 벌어졌던 귀싸대기 사건 후 한동안 뜸했던 박동길이 김 선생과 다시 어울린 건 금단현상 같은 것도 있었지만 그의 거침없는 음담패설에 곤욕스러웠던 것도 시간이 지나면서 별일 아니게 희미하게 지워졌기 때문 이었다. 박동길에게 김 선생은 어떤 종교의 교주 같았고 연애 처럼 자꾸 그에게 마음이 쏠렸다. 시간이 지나면서 그들은 더 자주 만났고 김 선생의 박학다식과 잡학 상식이 결합한 이야기는 박동길을 점점 신앙심 깊은 신도처럼 빠져들게 했다.

김 선생이 태안을 떠난 건 아이엠에프(IMF) 외환위기 직전이었다. 그는 곧 이 나라가 망하기 직전까지 갈 거다, 그때는 부동산보다 현찰이 중요하니 빚이 있으면 땅 팔아서 갚고 모은 돈이 있으면 미국 돈, 달러를 사두라고 박동길에게 권했다. 그때마다 박동길은 그의 말이 허풍이라 생각하고 가난한 농사꾼에게 무슨 돈이 있겠느냐며 웃었다. 그러나 그가 태안을 떠나 서울로 이사 간 뒤 채 반년도 안 되어 정말 나라가 망할 것 같은 일이 벌어졌다. 금모으기운동이 벌어지고 기업이 도산하고 금리가 치솟는 뉴스와 현실을 접하며 김 선생의 예언에 새삼 놀라면서 태안을 떠난 그가 더 보고 싶었다.

김 선생이 서울로 이사 간다는 전화를 한 건 벼를 베는 날이었다. 박동길은 가을걷이로 바빠 며칠 만나지 못했으니 놀러 오라는 장난 전화로 여겼다. 이틀 후 김 선생에게 전화한 박동길은 놀라 나자빠질 뻔했다. 그가 정말 서울로 이사를 했다는 것이다. 그러면서 이별주를 나누지 못했으니 곧 태안에 내려가겠다며 전화를 끊었다. 믿어지지 않아 박동길이 급히 트럭을 몰고 김 선생 집에 가보니 돼지우리는 텅 비었고 그가 살던 농막 비슷한 살림집엔 홀아비의 보잘것없는 세간살이만

덩그러니 남아 있었다. 박동길은 얼빠진 사람처럼 한동안 빈 집 마당을 서성거렸다. 김 선생이 신도를 버리고 도망간 교주 같아 배신당한 기분이 들었으나 피치 못할 사정이 생긴 게라고 억지로 마음을 달랬다. 그래도 그렇지, 같이 어울린 세월이 얼마인데 전화 한 통으로 자기의 거취를 통보한단 말인가. 서운한 마음을 전하려고 박동길이 전화를 걸었으나 김 선생은 전화를 받지 않았다. 궁금증이 자꾸 커졌다. 김 선생을 가장 잘 아는 사람은 읍내 태안식육점 여자밖에 없다는 생각이 떠올랐다. 그녀는 김 선생이 홀연히 태안을 떠난 사연을 알 것만 같았다.

"글쎄, 잘 모르겠어요. 이사 가기 일주일 전에 돼지를 모두 처분해달라고 해서 왜 그러느냐고 물으니 이유는 묻지 말라고 하던데요. 태안을 떠나게 됐다고 하면서. 그 쪽에게도 아무 얘기 안 했어요? 어머, 난 둘이 단짝이어서 궁금한 걸 그쪽에 물어보려 했는데. 아유, 이제 심심해 태안에서 어찌 산대요. 김 선생님은 아는 것도 많고 참 재미있는 분이었는데."

여자는 입에 침이 마르도록 김 선생을 칭찬하며 뭔가 아쉬운 표정을 지었다. 박동길이 아까부터 머릿속에서 맴도는 생각을 조심스럽게 물었다.

"혹시, 김 선생님께서 경제적으루…."

박동길이 말을 마치기도 전에 돼지 뼈를 발라내던 남자가 끼어들었다.

"그 사람은 늘 둔이 째서 쩔쩔맸시요. 돼지 사료두 외상으루 갖다 멕였구. 에미 돼지를 그 정도 기르면 둔푼이나 만지넌디 맨날 도루아미타불이었시요. 악착스럽게 매달려두 살까 말까 허넌 시상에 실읎넌 소리만 허구 댕기니 원제 둔을 불겠시요?"

"대신 사람이 좋잖아. 유머도 많고."

여자가 끼어들자 남자가 조금 비아냥거리며 말했다.

"니미럴, 사람만 좋으면 뭣 혀. 제 앞개림두 뭇 허면서. 청주인지 워디인지 부잣집 아들은 맞넌 것 같더구먼. 맨날 묵은 집터서 산적 구워 먹던 소리를 허넌 걸 보닝께. 그런디 그게 다 소용읎넌 일이여. 흘러간 옛 노래를 잘 부른다고 그 시절이 다시 돌아오지 않으닝께."

"여보, 막말하지 마. 김 선생님이 태안 바닥에서 돈 떼먹고 야반도주한 것도 아닌데. 사료 가게 사장님도 칭찬이 자자하더라. 외상값 정리하고 양돈 그만두는 사람은 처음 봤다고."

"워쨌든 나넌 그 사람 좋지 않게 봤어. 빨갱이 편드넌 말을 헤대넌 것두 맘이 안 들구."

"그래도 김 선생님은 세상 물정을 훤히 아는 분이었다고요.

그리고 여자 보는 눈은 얼마나 높았다고. 사모님도 엄청 미인이더라고요."

"미인은 개뿔."

남자는 신경질적으로 대꾸했다. 김 선생이 자기 아내를 엉큼하게 바라본 속마음을 눈치채고 질투하는 것 같았다. 박동길은 허탈한 마음으로 발길을 돌렸다. 그들도 김 선생이 갑자기 태안을 떠난 이유를 모르는 것 같았다. 박동길에게 하듯 전화는 받지 않고 이따금 전화가 온다는 것만 확인했다. 그가 서울 어디에 사는지 주소도 몰랐다. 분명한 건 김 선생이 태안을 떠났다는 것과 가깝게 지냈어도 그에 대해 모르는 게 너무 많다는 것이었다.

가을이 가고 해당화 피는 봄이 오고, 또 가을이 가는 동안 김 선생은 박동길의 일상에서 점점 사라지고 기억 창고 속에 변하지 않는 시간으로만 남게 됐다. 그를 통해 역사를 알았고 세상사에 관심을 두게 된 박동길은 전화번호마저 사라진 김 선생이 생각날 때마다 읽어보라고 건네준 책을 뒤적거리는 버릇이 생겼다. 몇 권의 시집과 『해방 전후사의 인식』이라는 제목부터 낯선 책인데 여러 번 읽다 보니 남에게 설명은 못해도 무슨 뜻인지 알 것 같았다. 박동길은 그 책들을 김 선생이 주고 간 정표로 여기며 간직했다. 그렇게 흐른 세월이 20

여 년이다.

　"주문, 피청구인 대통령 박근혜를 파면한다."

　2017년 3월 10일. 헌법재판소장 권한대행의 선고문 낭독
이 텔레비전을 통해 생중계됐다. 박동길은 특별히 놀라지 않
았다. 지각 있는 사람들이라면 누구나 예견한 결과였기 때문
이다. 다만 궁금한 건 김 선생이었다. 탄핵 심판을 앞두고 성
가실 정도로 자주 걸려온 우국충정의 전화가 탄핵 선고 후 딱
끊긴 것이다. 서울시청 광장에서 우연히 만난 뒤 수십 차례
김 선생의 전화를 받았지만, 박동길은 단 한 번도 그에게 전
화를 걸어 통화할 수가 없었다. 그에게서 온 전화는 하나같이
대리운전업체의 번호였다.

　아, 김 선생의 시간이 이렇게 고단하게 흘렀구나. 박동길은
비로소 김 선생의 삶을 어렴풋이 짐작했다. 가슴이 저렸다.
그런 삶을 살면서도 20여 년 동안 자기 근황을 알리지 않았고
이번 만남에서도 내색하지 않았다니… 촛불집회에서 몸에 태
극기를 두르고 호기를 부리던 얼굴이 자꾸 떠올랐다. 마포의
여관방에 그를 놔두고 도망친 게 몹시 부끄럽고 후회스러웠
다. 고달픈 삶이 김 선생의 신념을 비루하게 바꿨을 수 있겠
다는 생각이 자꾸 들었다. 서울에서는 정치적 견해가 뒤바뀐

그를 보고 실망했는데 이젠 이해할 수 있었다. 딱 한 번만이라도 전화가 연결되면 지금 당장 달려가 다시 만나고 싶었지만, 박동길이 할 수 있는 건 아무것도 없었다. 그에게서 전화가 올까 전화기를 항상 들고 다니는 것뿐이다.

그를 생각하면 그와 함께했던 시간이 기억의 창고에서 마구 쏟아져 나온다. 김 선생의 생애가 몇 겹의 인생 유전이라고 해도 토를 달고 싶지 않다. 그는 박동길에게 여전히 자상한, 박학다식한, 선생님이며 유쾌한 교주였기 때문이다. 박동길은 김 선생을 생각할수록 지난 일들이 어제처럼 선명하게 떠올랐다. 그러면서 앞으로 영영 만나지 못할 것 같은 예감이 자꾸 들었다.

대통령이 새로 뽑히고 계절이 몇 번 바뀌어도 김 선생의 전화는 끝내 오지 않았다.

유령

*

　사무실 안을 잠깐 둘러본 그가 내 책상 앞에 앉았다. 검은색 뿔테 안경을 낀 그의 인상은 호감형이지만 어딘가 고집스레 보이기도 했다. 약간 굳은 표정의 그는 요구하지도 않은 주민등록증을 꺼내 내게 건넸다. 김경수. 1966년생 쉰다섯 살 남자이고, 주소는 읍내 남문길 87이다. 그가 긴장한 목소리로 말했다.

　"자수하러 왔습니다."

　"무슨 잘못을 하셨는데요?"

　"아가리를 찢었습니다."

　"아가리라니요?"

　그가 양손 검지를 자신의 입속에 넣고 찢는 시늉을 했다.

　"아가리를 찢었다는 게 입을 찢었다는 말씀입니까?"

"예."

"누구의 입을 찢었습니까?"

"유령의 아가리를 찢었습니다."

"유령? 무슨 말인지 알아듣게 자세히 말씀해보세요. 사람인데 유령이라고 상상하는 겁니까?"

"상상이 아니라 유령입니다."

"허허, 그럼 유령인데 사람이라고 상상하는 겁니까?"·

"그건 형사님 맘대로 생각하세요. 저는 분명 유령의 아가리를 찢었습니다."

"그러니까 그게 누구입니까?"

"유령입니다."

똑같은 질문과 대답이 30분째 반복된다. 나도 모르게 그의 이야기에 말려든 느낌이다. 어이없고 짜증이 난다. 정식으로 수사해달라고 채근하는 그에게 말했다.

"김경수 씨, 그만 돌아가시죠. 피해자 신고가 없으면 정식으로 수사하지 않습니다. 자수하러 왔다고 하시니 참고삼아 경청한 정도로 하죠. 됐죠? 그럼 이만 돌아가시죠."

내가 자리에서 일어나자 그가 엉거주춤 따라 일어서면서 물었다.

"박 형사님, 잘못을 저지른 가해자가 자수하는데 수사하지 않는 법도 있습니까? 저는 분명 유령의 아가리를 찢었다니까요. 좋습니다. 그럼, 오늘은 이만 돌아가고 조만간 다시 오겠습니다."

그는 공손하게 인사하고 사무실을 나갔다. 뜬금없이 찾아와 유령 타령을 하고 나가는 그가 오히려 유령 같다. 건너편 책상에 앉은 이 형사가 머리 위로 손가락을 두어 바퀴 돌리며 웃는다.

며칠 뒤 김경수가 다시 경찰서를 방문했다. 이 형사는 그가 나를 만나려고 두 시간째 기다렸다며 눈을 끔벅였다. 내가 책상에 앉자마자 김경수는 또 유령 이야기를 꺼냈다. 이야기는 지난번과 똑같다. 그는 진지한 표정으로 유령이라는 말을 반복하며 집요하게 수사를 재촉했다. 돌아가라는 말에, 수사하겠다는 답변을 듣기 전에는 안 가겠다고 버틴다.

"김경수 씨, 직업을 물어봐도 되겠습니까?"

"꽃집을 하고 있습니다."

"꽃집을 해서 그런지 얼굴이 편안하고 나이가 들어 보이지 않네요. 괜히 시간 허비하지 마시고 이만 돌아가시죠."

젊어 보인다는 말로 그를 달래서 돌아가게 하려고 화제를 돌려봤지만, 그는 내 말을 개떡 취급하며 수사를 하라고 조른다. 아까부터 실실거리며 지켜보던 이 형사가 끼어들었다.

"사람도 아니고 어떻게 생긴 줄도 모르는 유령을 무슨 방법으로 수사합니까? 그 유령에 대해 자세히 말씀해보시죠."

"그건 수사를 하면 알게 될 것입니다."

"좋습니다. 그럼 왜 하필 유령의 입을 찢었습니까. 유령이 말로 상처를 줬습니까?"

"아니요. 내게 말을 하지 않아서 아가리를 찢었습니다."

"예? 말을 하지 않아서 입을 찢었다고요?"

이 형사와 김경수가 주고받는 말을 중간에서 끊었다.

"김경수 씨. 경찰은 한가한 사람들이 아닙니다. 실체 없는 일로 시간을 낭비할 수 없어요. 그리고 유령이든 사람이든 피해자가 없지 않습니까? 어디서 무슨 일이 일어났는지도 모르고."

"유령의 아가리를 찢은 장소는 터미널 맞은편 카페 '달맞이꽃'입니다. 거기 가서 물어보세요."

그가 큰 선심이라도 쓰는 듯 입을 찢었다는 장소를 알려줬으나 나는 수사할 생각이 전혀 없다고 못 박았다. 그러자 그가 벌떡 일어나 경찰서 사무실에 다 들리도록 목소리를 높였다.

"그러면 할 수 없죠. 이번엔 유령의 모가지를 꺾고 내가 죽으면 되겠네요."

"내가 죽으면 되겠네요." 김경수가 던진 말이 자꾸 마음에
걸렸다. 경찰에 근무한 지 20여 년 됐지만 자신이 죄를 지었
다며 수사해달라는 사람은 처음이다. 이 형사 말처럼 정신이
이상한 사람으로 취급하기에는 뭔지 모를 호기심이 생겼다.

T읍은 좁은 동네다. 김경수가 어떤 사람인지 파악하려고만
들면 금방 알 터이다. 몇몇 지인에게 탐문해보니 한마디로 그
는 멀쩡한 사람이었다. 고집이 세고 약간 진보적인 성향이 있
다고 조심스레 귀띔한 이를 포함해 모두 그를 두고 반듯하고
성실한 사람이라고 입을 모았다. 그런 사람이 입을 찢은 게
사실이라면 유령은 아니고 분명 사람일 텐데 누구의 입을 찢
었단 말인가. 호기심이 궁금증으로 변했다.

김경수가 지목한 카페 '달맞이꽃'은 터미널 건너 뒤쪽으로
들어가는 골목의 공터 옆에 있었다. 단정한 분위기의 카페는
토요일이라 그런지 손님이 없었다. 인기척에 나이를 가늠하
기 어려운 고운 얼굴의 중년 여자가 칸막이 안에서 나왔다.
손에는 시집이 들려 있었다. '차, 술, 안주, 식사는 저녁에만'이
라고 간단명료하게 적힌 메뉴판을 보며 커피를 주문했다. 초
가을 오후의 햇살이 창문 블라인드를 통과하여 탁자에 엷은

빛을 뿌렸다. 커피를 내온 주인 여자가 칸막이 앞 탁자에 앉 았다.

"사장님, 제가 독서를 방해했나 봅니다. 미안합니다."

"괜찮아요. 낮엔 뜻 맞는 마음들이 차를 마시러 더러 와요."

그녀는 '단골'이나 '손님'이라는 호칭 대신 '마음'이라고 불 렀다. 특별한 호칭의 고객들이 드나드는 카페인가 보다 생각 하며 혹시 읍내에서 꽃집을 경영하는 김경수를 아느냐고 물 어봤다.

"아, 꽃집 하는 김경수. 중학교 동창이에요. 걔를 잘 아세 요?"

"예, 조금요. 경수 씨가 여기 자주 오나요?"

그녀는 나를 경계하는 표정을 지으며 대답을 미적거렸다. 정식으로 수사한다면 내 신분을 미리 밝히고 이것저것 물어 보겠지만, 사적인 호기심이라 어찌 접근할지 망설여진다. 잠 시 뜸을 들이던 그녀가 조심스럽게 대답했다.

"예전에 더러 들렀지만, 요즘엔 안 와요. 워낙 고지식한 친 구라."

대화가 끊어졌다. 나를 뚫어져라 바라보는 여자의 표정에 말문이 막힌다. 이런 경우는 처음이다. 어떻게 이야기를 끌 어낼까, 창밖 공터에 무성히 자란 잡초를 바라보며 궁리했다.

빙빙 돌리는 것보다 이런 상황에서는 내 신분을 밝히며 물어보는 정공법이 나을 듯싶다. 나는 정식 수사가 아니라고 거듭 밝히면서 김경수가 경찰서에 찾아왔던 이야기 끝에 근래 그가 다녀갔느냐고 물었다. 조금 놀란 그녀는 요즘엔 전혀 온 적이 없다고 힘주어 말했다. 직업적인 감으로 그 말은 요즘에 다녀갔다는 뜻이었다.

"어떻게 생각하실지 모르겠지만 경수 씨가 이런 말을 했어요. 내가 수사하지 않으면 이번엔 유령의 입을 찢는 게 아니라 모가지를 꺾고 자기가 죽겠다고 했거든요. 그 말이 마음에 걸려서 왔습니다. 나는 경수 씨를 잘 몰라요. 그런 일을 저지를 사람으로 보이지 않았고요. 정식으로 수사하면 좋겠는데 피해자가 고발한 사건도 아니고. 그러니 사장님이 도와주시죠. 경수 씨가 여기 왔었는지, 누구를 만났는지, 혹시 유령이라고 지목한 사람을 짐작하시는지."

그녀는 내 명함을 들여다보며 한참 망설이다가 말했다. 김경수가 늦은 시간에 혼자 저녁 먹으러 온 건 한 달 전쯤이라고 했다. 그날 카페에는 홀에서 식사하는 김경수와 칸막이 안에서 술을 마시던 두 사람이 있었는데 그들이 얼굴을 마주치지는 않았다며 두 사람의 이름을 알려주었다. 그 세 사람이 서로 아는 사이냐고 물자 그녀는 T읍이 좁은 바닥이니 그럴

지도 모른다고 알쏭달쏭하게 대답했다. 그날 카페에서 아무 일도 없었느냐는 거듭된 질문에는 손사래를 쳤다. 그녀는 유령이 누구인지 밝혀지면 자기에게도 알려달라면서 자리에서 일어났다. 그만 나가라는 뜻이다. 그래도 소득이 있었다. 김경수가 카페에 왔던 날 거기 있었던 두 사람의 이름이 김현중, 송기석이라는 것과 '정효녀'라는 고전적인 이름이 박힌 카페 여주인 명함이다.

카페를 다녀온 후 며칠 동안 T읍의 지인들에게 그 김현중과 송기석이 누구인지 알아봤으나 그들을 아는 사람은 없었다. 유령의 꼬임에 빠진 기분이다. 이 형사가 놀리듯이 물었다.

"어이, 박 형사. 유령이 누군지 찾았어?"

"별 미친 인간 때문에 내가 유령이 될 뻔했네."

김경수가 세 번째 경찰서를 방문한 건 카페를 다녀온 며칠 뒤 퇴근 무렵에다. 나는 그를 휴게실로 데리고 나갔다. 그가 할 말은 뻔했고 사무실 동료들의 관심이 부담스러워서다. 그는 처음 경찰서를 찾았던 때보다 조금 자연스러워 보였다.

"김경수 씨, 경찰서 그만 오시죠. 이건 사건이 되지 않습니다. 내가 참고로 탐문을 해봤는데 T읍내에서 입이 찢어진 사람은 없었습니다."

"그렇겠죠. 그는 유령이니까요. 박 형사님은 유령이 뭐라고 생각하십니까?"

"해석이 분분하겠죠. 김경수 씨가 거론하는 유령은 어떤 사람을 지칭하는 것이죠?"

"에이, 그건 형사님도 처음부터 눈치챘잖아요. 이름은 있는데 실체를 나타내지 않는 그림자 같은 사람이 유령입니다. 그러니 그 사람을 찾아 수사해서 나를 구속하세요."

자신이 입을 찢은 유령이 사람이라고 자연스럽게 실토하는 그가 수사 명령을 하달하는 상급자 같다. 이번에도 묘하게 그의 말에 끌려가는 느낌이다. 내 대답을 기다리던 그가 자판기 커피를 뽑아 왔다.

"카페에 다녀왔는데 그날 아무 일도 없었다고 그러던데요. 저는 바쁜 경찰공무원입니다. 이쯤에서 멈추시죠. 어차피 정식 수사 건도 아니고 경수 씨 사적인 일에 개입하고 싶지 않습니다."

"핑계 대지 마시죠. 수사할 의지가 없는 것이잖아요. 아니면 능력이 없으시든지."

일부러 내 감정을 건드리는 것 같다. 이럴 때는 더 세게 치받으면 의외의 성과를 올릴 수 있다.

"김경수 씨, 비겁하시군요. 속으로는 정식 수사가 두려우신 것 아닙니까. 당당하다면 유령을 내세우지 않고 처음부터 누구의 입을 찢었다고 했겠죠. 한 달 전쯤 일어난 일인데 피해자가 여태 고발하지 않으니 가슴 졸이지 말고 이제 일상으로 돌아가 꽃집 일이나 열심히 하시죠."

일부러 심한 말을 골라 역공했다. 예상대로 순진해 뵈는 그가 표정 관리를 못 하고 흔들렸다. 한동안 나를 바라보던 그가 자리에서 벌떡 일어나 경찰서 정문을 향해 뚜벅뚜벅 걸어갔다. 그의 뒷모습을 보며 그 유령이 궁금했지만, 한편으로는 숙제를 안 해도 되는 학생같이 홀가분한 기분이다. 막 휴게실을 나오는데 김경수가 다시 돌아와 나를 불렀다.

"박 형사님, 잠깐만요. 드릴 말씀이 있어요."

상기된 표정의 그가 나를 휴게실 밖 주차장 주변 벤치로 이끌더니 빠르게 말을 이어갔다.

"박 형사님, 사람들이 가장 분노하는 게 무엇이라고 생각하세요? 억울한 일을 당했을 때일까요? 아니면 무시를 당하거나 속았다고 느꼈을 때일까요? 개인적으로 그런 것도 분노를 유발할 테지요. 그러나 그런 분노는 혼자 참으며 삭일 수도 있고 시간이 지나면 어떤 방법으로든지 해소되겠죠. 정의와 공정이라는 말이 작년 한 해 동안 이 나라를 뒤흔들어서 사람들이 공분했는데 왜 그랬을까요? 사람들은 금수저를 물고 태어난 사람이 인물이 좋거나, 머리가 천재적이거나, 많이 배워 높은 자리에 앉거나, 그런 것엔 부러워해도 분노로 표출하지 않지요. 그런데 정의롭고 공정한 세상을 위해 사회변혁을 역설했던 사람이 자신에게는 그 잣대를 적용하지 않았다면 대중들은 어떤 반응을 보일까요? 그를 통해 정의롭고 공정한 세상을 꿈꿨던 사람들의 허탈감은 이루 말할 수 없겠지요. 형사님, 그렇지 않습니까?"

김경수의 목소리는 크지 않았고 태도도 진중했다. 말하는 당사자가 먼저 흥분할 만한 이야기를 하면서도 상기됐던 그의 표정은 오히려 담담하게 바뀌었다. '정의란 무엇인가?'라는 주제의 강의를 듣는 기분이다. 그가 꽃집 주인이 아니라 시사평론가 같다.

"박 형사님, 제가 말하는 인물이 누군지 짐작하시죠? 뜬금없게 들리시겠지만 조금만 더 들어보세요. 제 말속에 유령이 있습니다. 온 나라가 들썩이도록 정의와 공정에 대한 여론을 증폭시킨 건 언론이 크게 한몫했지요. 나는 검찰이 정의롭게 수사하고 언론이 공정하게 보도했다고 보지 않아요. 그렇지만 분명한 건 권력자들에게 정의와 공정을 잣대로 들이댔다는 것이죠. 박 형사님, 안 그래요? 중앙정부든 지방정부든 권력이 있는 곳엔 이와 유사한 일이 항상 존재하죠. 굳이 나눈다면 권력의 크기일 텐데 정의와 공정이 크고 작은 것으로 나눠집니까? 아니죠. 저는 작은 정의와 상식, 공정이 모여서 살맛 나는 세상이 된다고 봅니다."

그는 정의, 공정, 상식을 언급하는 대목에서 중간중간 내 동의를 받으려는 듯 자꾸 반문했다.

"내가 유령의 아가리를 찢은 것도 이번 일과 비슷합니다. 그 유령도 한때는 정의와 상식이 통하는 공정한 세상을 꿈꾸었고 그걸 설파했습니다. 지금도 그 신념이 유효한지 어떤지는 모르겠지만요. 유령은, 견제받지 않는 지방정부의 권력을 지역 언론을 통해 어느 정도 견제하면 정의롭고 공정한 세상을 만들 수 있다고 믿었습니다. 그래서 주변 사람들에게 정의롭고 공정한 보도를 하는 올곧은 신문을 만들자고 설득했고 뜻을 모아 창간했습니다. 나는 그 유령의 신념을 존경했고 능력을 믿었습니다. 그런데 시간이 지나면서 유령은 말과 행동이 달라지기 시작했습니다. 견제 수단으로써 언론을 포기하고 비판의 대상이었던 권력 주변으로 스스로 가까이 다가선 것입니다. 그런 유령이 아직도 정의와 공정을 입에 올리는 걸 보고 참을 수 없었습니다. 박 형사님이 카페에서 알아낸 두 사람 중 한 사람이 유령입니다. 한 사람은 T읍에 사는 사람이 아니고요."

그의 말을 요약하면 정의와 공정을 이야기하는 어떤 사람을 보고 실망하여 입을 찢었다는 뜻이었다.

"박 형사님, 저는 분명히 유령의 아가리를 찢었습니다. 유령이 누구인지 알고 싶으면 지역 언론을 살펴보세요. 수사하든지 참고하든지 그건 형사님 자유입니다. 그럼, 이만."

그는 일방적으로 자신이 하고 싶은 말만 하고 총총히 사라졌다. 정말 입을 찢었는지 모르지만, 어떤 방식으로든지 폭력 행사를 한 건 분명해 보였다. 뭔가에 홀린 것처럼 찝찝한 기분이다. 더는 이 일에 관심을 두지 않으려 했던 내 생각에 균열이 생겼다. 유령을 만나보고 싶어졌다.

김경수의 말대로 T읍의 언론에 대해 알아보니 10여 년 전에 창간했다가 슬그머니 폐간한 『T주간신문』이 있었다. 그걸 알려준 사람은 퇴직한 직장 선배였다. 그는 지역신문의 중요성과 병폐를 조목조목 짚더니 10여 년 전에 진보 성향의 시민 단체가 주축이 되어 괜찮은 신문을 창간했으나 흐지부지 짚불 사그라지듯 없어졌다며 아쉬워했다. 당시 신문 발행에 참여했던 인사로 김경수와 함께 나도 알 만한 이름이 두엇 튀어 나왔다. 그중 자동차 딜러로 T읍내에서 마당발로 알려진 이민성은 차량 구매 관계로 몇 번 만난 적이 있는 사람이다. 유령을 찾는 일이 의외로 쉽게 풀릴지도 모른다.

이민성은 토요일인데도 사무실에서 나를 반겼다. 그는 유쾌한 사람이다. 공부도 할 만큼 하고 학창 시절엔 데모도 웬만큼 했다는데, 정치색이 드러나지 않고 진영 논리를 내세우지 않아서인지 주위에 사람이 많았다. 그는 세상을 달관한 사람같이 허허실실하면서도 시니컬한 데가 있었다. 그가 웃는 얼굴로 농담을 걸어왔다.

"순사 나리가 토요일에 무슨 일로 저를 보자고 하실까요? 난 죄짓고 사는 사람이 아닌데."

"혹시 꽃집 경영하는 김경수를 아세요?"

"고집불통 경수, 잘 알지요. 그 인간이 뭐 잘못했어요?"

"아뇨. 이 팀장님, 전에 신문사를 만든 적 있지요?"

"아, 『T주간신문』. 그건 왜 묻죠? 벌써 한 10년 전 일인데. 박 형사님은 이곳 출신도 아니고 여기 경찰서에서 근무한 지 몇 년 안 된 거로 아는데 그걸 어떻게 아셨어요? 생각하고 싶지 않은 옛날이야기인데."

"김경수 씨도 거기 참여했었나요?"

"경수는 창간 멤버⋯ 아니, 핵심 주모자였지요. 걔 때문에 우리가 읍내에서 완전히 쪽팔렸다니까요. 기존 신문사 측한테는 욕을 똥바가지로 먹고."

이야기가 술술 풀려 나왔다. 이민성은 『T주간신문』의 창간에서부터 폐간까지 어느 부분은 자세히 어느 부분은 건성건성 이야기를 이어갔다. 신문 창간을 주도한 사람들을 '망한 주동자'라며 줄줄이 나열했다. 이민성은 남의 얘기하듯 킬킬대며 '망한 신문'이라고 했지만, 어딘가 아쉬움이 남은 듯한 여운은 감추지 못했다. 그는 국민주로 만든 중앙의 한 일간지를 본떠 군민을 상대로 주주를 모집해 만들었다는 『T주간신문』의 이사 직책을 맡았었다고 심드렁하게 말했다.

"이제 생각하면 죽은 자식 불알 만지는 격이지만 그래도 그때가 활력 넘치던 시절이었죠. 진보 성향의 시민단체가 주동이 되어 주주들을 모집하고 발기 총회를 하고 창간 기념식을 하고… 읍내 사람들의 기대를 엄청나게 받았지요. 발기 총회와 창간 기념식에 수백 명이 자발적으로 모였으니까요. 시작은 참 좋았는데 초라하게 망했죠. 하긴 화려하게 망하는 것은 없죠. 하하하."

"신문사가 왜 망했죠?"

"망한 집안엔 망할 이유가 있듯이 우리도 그랬어요. 지역에 좋은 신문 하나쯤 만들어 사회변혁을 이끌자는 순진한 생각만 들끓었지 경영이나… 신문사에서 가장 중요한 편집책임자가 어떤 사람인지 자세히 알지 못했어요. 그래서 쫄딱 망하고 지금도 그때 참여했던 소액주주들에게서 욕을 두고두고 먹고 있지요."

"김현중이라는 사람은 어떤 사람입니까?"

"어, 그 형을 아세요? 현중 형이 편집국장이었어요. 아는 것 많고, 글 잘 쓰고, 논리적인 사람이죠. 그리고⋯."

"그 사람도 신문 창간 멤버였나요?"

"아, 뭐, 그렇다고 봐야죠. 핵심 주모자였으니까."

"김현중과 김경수는 어떤 사이였나요?"

"처음엔 둘이 아주 친했죠. 김현중은 교주, 김경수는 광신도 같은 사이였죠. 경수가 현중 형을 엄청나게 좋아했고 신문 창간도 그들에게서부터 시작됐죠. 아이, 현중 형 얘기는 그만 할래요."

"지금도 김현중 씨와 자주 어울리나요?"

"현중 형 얘기는 묻지 마세요. 개인적으로 만나지 않은 지 오래됐어요. 여럿이 모인 자리에서 이따금 소 닭 보듯이 스치기는 하지만."

여태까지 시원시원하게 대답하던 이민성은 김현중에 대해 캐묻자 말을 아끼기 시작했다. 조개처럼 입을 다문 그에게서 다음 이야기를 듣기는 난망했다. 미끼를 던졌다. 일부러 거친 표현을 써 김경수가 김현중의 아가리를 찢은 것을 아느냐고 묻자 그가 큰 소리로 웃었다.

"하하하. 어디서 그런 흉측하고 우스운 얘기를 들으셨을 까. 하하하. 아이고, 배꼽이야."

"김경수 본인한테 직접 들었는데요."

"하하하. 그럴 리가요. 경수는 폭력은 고사하고 욕도 못 하는 위인이에요. 더구나 현중 형을 마음속에서 들어낸 게 10년도 넘었어요. 경수는 현중 형을 만나도 아는 체는커녕 죽은 사람 취급할걸요. 그 고집탱이가 현중 형을 만나 말을 섞는 것보다 아마 하늘이 무너지는 게 훨씬 쉬울 거예요."

이민성은 내 말을 농담으로 치부했다. 한 달 전쯤 김경수가 김현중의 입을 찢었다는데 그즈음 그를 본 적 있었는지 기억을 더듬어보라고 정색하며 캐물었다. 내가 심각하게 묻자 그는 그제야 웃음을 멈추더니 정말이냐는 표정으로 생각난 듯이 말했다.

"아, 한 달 전쯤인가? 암튼 그 무렵에 현중 형을 군청 현관 앞에서 만났는데 멀쩡하던데요. 박 형사님이 뭔가 잘못 알고 계신 것 같네요."

"김현중 씨와 대화를 나눴나요?"

"아뇨. 몇 발짝 거리에서 쳐다보는 정도로."

"그의 입은 어땠어요?"

"입? 코로나 땜에 마스크를 썼으니 잘 모르죠."

일이 잘 풀린다고 생각했더니 '코로나19'가 가로막았다. 마스크를 썼으니 입이 찢어졌는지 꿰맸는지 벗겨보기 전에는 모를 일이었다. 내 표정을 살피던 이민성도 김경수가 입을 찢었다는 게 긴가민가한 표정으로 웃으며 중얼거렸다.

"코로나가 박 형사님 골 때리게 하네요. 킥킥."

김경수가 유령이라고 지칭한 사람은 김현중이 분명했다. 며칠에 걸쳐 이민성이 건넨 소위 '망한 신문사 주동자' 명단을 훑어보며 전화를 돌렸다. 출자를 가장 많이 한 일곱 명 중엔 김경수와 김현중도 있었다. 정말 입을 찢었다면 신문사와 연관 있을 것으로 짐작은 가는데 구체적인 정황이 없다. 창립 멤버 몇 사람에게 물어보면 알게 될 거라는 예상은 첫 통화에서부터 보기 좋게 빗나갔다.

김현중을 아느냐는 질문에 그들의 대답은 한결같았다.

"그 사람이 누구죠?"

"잘 모르는 사람인데요."

"그 이름은 옛날에 지웠어요."

"생각하고 싶지 않아요."

모두 입을 맞춘 것같이 간단하게 대답하고 전화를 뚝 끊었다. 왜 김현중에 관해 묻느냐는 질문조차 없다. 김현중을 보호하기 위함인지 아니면 자신들의 실패를 되짚어보고 싶지 않기 때문인지 종잡을 수 없다. 모두 이민성이 "현중 형 얘기는 안 할래요."라고 한 것과 같은 맥락이다. 이제 입을 찢은 단서를 쥔 사람은 김경수와 김현중 둘뿐이다. 김경수는 마지막 카드로 남겨두고 김현중과 통화를 시도했다. 내가 누구라고 밝히고 요즈음 김경수라는 사람과 만난 적이 있느냐고 묻자 그는 조금 뜸을 들이다가 "전화 끊겠습니다."라며 일방적으로 통화를 중단했다.

갈수록 미궁이다. 유령을 찾았는데 왜 그가 유령이 되었는지를 밝히지 못한 꼴이다. 정식 수사도 아닌데 내가 왜 이러나, 한심하기까지 하다. 김경수에게 물어보자니 "수사 능력이 없으시든지."라고 약 올리던 말이 생각나서 자존심이 상했다. 카페 '달맞이꽃'을 다시 찾아 주인 정효녀에게 다짜고짜 물었다.

"김경수가 김현중의 입을 찢는 걸 봤습니까?"

"예? 그게 무슨 말씀이세요?"

"여기 카페에서 입을 찢었다는데 못 봤나요?"

"아뇨."

"입을 찢자면 멱살잡이를 했을 텐데 못 보셨다는 게 말이 됩니까?"

"못 봤다니까요."

"그럼 그들이 카페에서 언제 나갔습니까?"

"몰라요."

"아니, 주인이 그것도 모르십니까?"

"몰라요. 밖에 나갔다가 들어오니 모두 갔더라고요."

"술값을 안 내고 갔다는 말씀입니까?"

"우리 가게는 그래요. 아는 사람들이니 언젠가 주겠죠."

"사람들이 싸운 것 같은 흔적이 없었나요?"

"예. 멀쩡했어요."

"거짓말 아니시죠?"

"형사님, 저한테 물어보지 마시고 당사자들한테 물어보세
요. 저, 지금 살짝 기분 나빠지려고 해요."

그녀는 샐쭉한 표정을 지었다. 카페를 나오는 내 뒤통수에
그녀가 정신 나간 경찰이라고 손가락을 돌리는 것 같은 느낌
이다. 김경수를 포함해 그동안 연락한 사람들 모두 나를 갖고
노는 생각이 든다. 그들이 모두 유령 같고 그 틈에서 몇 달째
허우적거린 꼴이 됐다.

정식 사건 수사가 아닌 호기심에서 출발했지만, 얻은 건 김
경수가 유령이라고 지칭한 사람이 김현중이라는 것뿐이다.

김경수가 늘어놓은 정의와 공정에 관한 장광설에서 대충 짐작은 했지만, 그걸 입을 찢은 확실한 이유로 단정하기엔 미흡하다. 신문사와 연관된 사람들 모두 김현중에 대해서는 입을 꼭 닫으니 더욱 알 길이 없다.

김경수도 그 연유를 얘기할 리가 없다. 만나봤자 그는 수사를 재촉하는 말만 할 것이다. 이쯤에서 유령에 대한 호기심을 접으리라 마음먹었다. 우수가 낼모레인데 바람이 차다.

해가 바뀌었어도 '코로나19'의 위세는 수그러들 기미가 없다. 이 감염병 때문인지 사람들 외부 활동이 줄어서인지 경찰서도 예전보다 사건 사고 접수가 줄어든 편이다. 경찰서를 찾아와 '유령' 수사를 해달라고 조르던 김경수도 오지 않는다. 내가 유령 찾기를 포기했듯이 그도 포기한 모양이다.

유령의 불씨가 다시 살아난 건 나무들 새순이 막 돋아나는 봄날, 경찰서 민원실에서 이민성을 만나고 난 뒤다. 그는 유령 사건을 해결했느냐며 싱글거렸다. 김경수가 유령의 입을 찢었다는 사실 여부는 관심 없고 내 행보가 궁금한 표정이다. 시큰둥한 내 표정에 그가 김현중을 만나봤느냐고 넌지시 물었다. 나는 대답 대신 다른 질문을 했다.

"김현중 씨가 『T주간신문』 편집국장을 했다는데 사람들이 잘 모르더라고요."

"그렇겠죠. T읍엔 그 형을 아는 사람이 많지 않으니까요."

"여기가 고향이라면서요."

"고향이어도 아는 사람이 많지 않을 거예요. 어려서 떠났으
니까."

"그의 직업이 뭡니까?"

"고향인 T읍에 내려오기 전엔 서울에서 출판에 관한 일을
했고, 알다시피 망한『T주간신문』편집국장을 했고… 별로 관
심 없어서 지금은 뭘 하고 사는지 모르는데… 아마 글자 다루
는 일을 하겠지요. 군청 높은 공무원들과 친하게 지내며 이런
저런 인쇄물과 책자 만드는 일을 한다는 소문이 있던데… 확
실히 머리 좋은 사람은 달라요. 공무원과 친해야 정권이 바뀌
어도 오래 잘 살 수 있을 테니까요. 신문사 망하고 그 형만 잘
된 것 같아요."

그는 빈정거림인지 칭찬인지 분간되지 않게 대답했다. 김
경수가 뜬금없이 내게 정의와 공정에 대해 자기 생각을 털어
놓은 게 생각났다.

"김현중 씨도 80년대 학생운동을 했었나요?"

"그 시절에 엔간한 대학생들은 다 학생운동을 했잖아요. 그
땐 지금처럼 취업에 목매지도 않았고 대의를 위한 신념 같은,

아니 환상이라고 해야겠네, 그런 것에 열광하던 때였으니까요. 아마 현중 형이 빡세게 했을걸요."

"이 팀장님도 빡세게 했다는 말이 있던데… 그때 학생운동에서 정의와 공정도 '테제'였나요?"

"우와, 테제… 오랜만에 듣는 단어네. 그땐 독재 타도, 민주화가 우선이었죠. 그게 이루어지면 정의가 강물처럼 흐르고 공정한 세상이 될 줄 알았죠. 나는 쪼끔 하다 말았어요. 그러니 이 모양 이 꼴이죠. 킥킥"

"작년부터 온 나라를 들었다 놨다 한 법무부 장관 지명자 가족에 대한 검찰 수사, 그리고 언론보도에 대해서는 어떻게 생각하세요?"

"알아서 잘들 할 텐데 골치 아프게 그런 건 왜 물어요? 나는 이번 논란이 정의나 공정보다는 그걸 금과옥조처럼 간직하고 외쳤던 사람들이 자신에게는 적용하지 않았다는 데서 야기됐다고 봐요. 물론 최소한의 인권 보장 없이 온 가족을 탈탈 털은 검찰 수사나 중계방송하듯 보도한 언론도 문제가 있었고… 이런 거 묻지 말고 다른 얘기 합시다. 아이고, 머리 아파. 킥킥."

그림이 대충 그려졌다. 김경수가 유령의 입을 찢었다는 건 사적인 감정풀이가 아니라 그게 무엇이든 공적인 이유가 있는 게 분명했다. 그건 과거 신문 창간과 연관 있을 가능성이 컸다. 그런데 김경수가 유령의 입을 찢을 정도로 분노를 유발한 '무엇'이 있다면 같은 창간 멤버 이민성도 비슷한 감정을 가졌을 텐데 둘의 어투와 태도는 너무 달랐다. 유령이 다시 내게 들러붙는 것 같다.

김경수의 전화를 받은 건 초여름에 접어들어선 어느 오후였다. 그는 보여줄 게 있다며 만나 줄 수 있느냐고 물었다. 또 유령 얘기나 할 게 뻔해 망설이는데 그가 덧붙였다.

"수사해달라고 조르지 않을게요. 토요일 오후에 군청 앞동산 정자에서 만나죠. 괜찮죠?"

약속 장소에 가니 김경수가 나를 기다리고 있었다. 소나무 숲이 잘 가꿔진 나지막한 동산에서 내려다보는 군청의 주차장은 주말이라 텅 비어 있다. 멀리 보이는 읍내 주요 도로도 한산했다. 바람이 불 때마다 날리는 송홧가루에 솔향이 묻어났다. 그는 내가 정자 마루에 앉자마자 누런 봉투를 건넸다.

"박 형사님, 이 봉투 안의 비망록을 읽어보시죠. 그러면 지난 반년 동안 궁금하게 여겼던 유령의 실체를 알 수 있습니다. 드리지는 않겠습니다. 이 자리에서 읽어보시고 돌려주시면 됩니다. 굳이 읽기 싫으시면 안 읽어도 괜찮습니다."

그가 내 표정을 살폈다. 나는 고개를 끄떡였다. 비망록을 읽는 동안 자리를 비켜주겠다며 그는 소나무 숲길로 천천히 걸어갔다.

비망록은 대학노트 한 권 분량이었다. 『T주간신문』에 대한 소회(所懷)'라는 큰 제목 밑에 '신문 창간에서 폐간까지'라는 부제가 달려 있었다. 비망록 작성 시기는 신문창간준비위원회 활동을 시작한 2006년 9월에서 신문을 발행하지 않아 흐지부지 폐간한 2011년 11월까지로 시시콜콜한 내용이 꼼꼼히 기록되어 있었다. 김경수는 초창기에 신문 창간에 환호하고 편집국장 김현중을 신뢰하며 적극적으로 참여했던 일, 신문이 정상적으로 발행되지 않자 조바심을 내다가 나중엔 의구심으로 바뀌는 과정에서 자책한 내용이 가감 없이 기록되어 있었다.

비망록의 전반부는 신문사 운영에 대한 자세한 기록으로 객관적으로 서술하려 노력한 흔적이 보였다. 신문을 만들자고 제안한 사람은 김현중이었고 김경수는 적극 동조자였다. 최초 자본금은 1억 원이 넘는 액수였다. 창간 멤버들이 1천만 원씩 출자하였고 절반은 군민 소액주주가 출자한 형태였다. 거기까지는 순조롭게 출발한 신문은 어찌 된 일인지 창간호부터 제날짜에 발행되지 못하고 '구문(舊聞)'이 되면서 삐걱거린 것 같다. 제호만 주간신문이지 격주간, 월간 형태로 부지하다 급기야 부정기간행물이 된, 바로 그 점을 실패의 원인으로 보고 공식적으로 폐간을 선언하기 위해 동분서주했던 김경수의 좌절감이 기록되어 있었다.

비망록의 후반부는 김경수가 김현중에 대한 인간적인 실망을 느낀 대목들이 사실적으로 나열되어 있었다. 어쩌면 김경수는 신문을 만들자고 최초 제안한 김현중보다 더『T주간신문』에 애착이 많았던 것 같다. 창간할 때처럼 공식적으로 폐간하기를 원했던 그의 고뇌가 담긴 문구로 채워진 페이지도 있었다. '시작은 창대했으나 끝은 미미했도다', '똥 누고 밑을 닦지 않았다', '만선기를 달고 배가 출항했으나 항구를 벗어나지 못하고 좌초했다', '인간은 누구나 실수하고 실패한다', '신문 창간에 끌어들인 소액주주는 잘못이 없다', '아무리 좋은 일도 남에게 피해를 줘서는 안 된다' 등등의 글귀에서 마무리를 깔끔하게 정리하고 싶어 한 그의 심정이 여실히 드러났다. 그러나 창간 주동자 누구 하나 폐간 절차에 적극적으로 개입하지 않은 것 같았다.

비망록 내용만 가지고는 김경수에게서 김현중의 입을 찢을 정도의 분노를 찾을 수 없었다. 그 정도의 실패와 배신은 세상에 넘쳐난다. 비망록은 글자 그대로 김경수가 잊지 않으려고 적어둔 기록일 뿐이었다. 또 유령에 낚인 기분이다. 마침 김경수가 돌아왔다. 정자 마루에 앉은 그는 비망록을 봉투에 넣더니 군청의 한가한 주차장을 바라보며 독백하듯 중얼거렸다.

"처음 현중 형이 건넨 신문 창간 기획안을 보고 단박에 반했어요. 완벽했으니까요. 그의 세계관, 신념, 진중함, 지식인으로서의 자세, 글을 다루는 능력, 모든 것이 나를 사로잡았어요. 내가 한 인간에게 그토록 반한 것은 처음이었어요. 거기서부터 잘못됐지요. 나중에 보니 현중 형은 능력과 책임감이 별개로 작동하는 것 같았어요. 시간이 지나면서 그게 보이더군요. 말과 글과 행동이 달랐어요. 신문을 만드는 동안 편집국장인 현중 형이 자기가 선택한 기자들을 자기가 쉽게 배척하고 사람을 옮겨 다니는 걸 보고 이상하다는 생각이 들었죠. 신문의 생명은 제날짜에 발행하는 것인데 그걸 단 한 번도 지키지 못했어요. 기획안과 다르게 기자 채용이 원활하지 못하니 지면을 채울 기사도 부족했어요. 현중 형은 이사회에서 편집국장으로서 신문사 운영에 대한 견해나 문제점을 적극적으로 제시하거나 요구하지 않고 말을 아꼈어요. 편집국장이 아니라 방관자 같았는데 이사들 모두 모른 척했어요. 서로 얼굴 붉히는 게 두려웠던 것이에요. 그때쯤 이미 현중 형

스스로 신문 만들기를 포기했는지 몰라요. 그러니까 가뭄에 콩 나듯 발행하는 신문에 보도기사 대신 뜬금없이 전면을 털어 T읍에서 역사가 꽤 깊은 다른 신문을 혹평하는 이상한 짓을 했지요. 갈잎이 솔잎보고 부스럭거린다고 흉본 꼴이 된 거예요. 나는 그 기획기사를 보고 현중 형이 신문 만드는 일에 목숨을 거는 게 아니라 안 만들려고 작심했다고 확실히 느꼈어요. 그토록 신문을 만들고 싶어 했던 현중 형이 다른 사람 같았어요. 기가 막혔죠."

김경수는 말을 멈추고 나를 돌아보며 엉뚱한 질문을 했다.

"박 형사님, 사람의 본질은 변하는 걸까요? 변하지 않는 걸까요?"

"글쎄요…."

"변하는 게 정상일까요, 변하지 않는 게 비정상일까요?"

"글쎄요…."

"사람은 어디까지 모르는 체하며 자신을 속일 수 있을까요?"

"글쎄요…."

"나는 지금도 현중 형이 어떤 사람인지 모르겠어요. 거창하게 사회변혁을 꿈꾸며 출발한 배가 1년도 못 되어 기우뚱거렸죠. 그러면서 재정도 바닥나기 시작했죠. 그때부터 신문사

대표와 이사, 그리고 편집국장 모두 입을 다물기 시작했어요. 구성원 모두 속으로는 알고 있었죠. 이대로는 신문을 제대로 발행하지 못한다는 것을. 그러면서 주간신문이 격주간신문으로, 월간신문으로, 부정기간행물로 바뀌었죠. 밖에서는 신문이 잠시 결호 하는 줄 알았겠지만, 사실은 못 만들었던 것이죠. 신문사에는 동업자들의 발걸음이 끊어졌고 편집국장 현중 형이 혼자 지키고 있는 때가 많았죠. 휴우ㅡ. 나는 그게 너무 속상했어요. 그런데 누구 하나 신문 폐간에 대해 말하는 사람이 없었어요. 신문 발행의 핵심인 편집국장 현중 형도 가타부타 말이 없었죠. 군민을 주주로 해서 만든 신문사이니 정리가 쉽지 않을 거라 여겼기 때문이었을 거예요. 내가 총대를 메고 나섰죠. 나는 어차피 신문 발간을 못 하게 된 마당에 시들부들 말라 죽는 것보다 주주와 독자들에게 사과하고 당당히 폐간하길 바랐어요. 진보 성향의 시민단체가 창간하는 신문이라고 우릴 믿고 출자한 소액주주들의 출자금은 창간 멤버가 책임지고 돌려줘야 한다고 생각했어요. 제가 양심적인 사람이어서가 아니라 그걸 해결하지 않으면 우리 모두 영원한 '진보팔이 사기꾼'이 되니까요. 다른 멤버들은 겨우 내 뜻에 동조했지만 유독 현중 형만 의사표시를 하지 않았어요. 형을 만나기 위해 두어 달 동안 수십 통의 전화와 문자메시지를 보내도 씹었어요. 모멸감을 느꼈죠."

김경수는 잠시 말을 끊었다. 연극배우처럼 독백하는 그의 표정에는 아무 감정도 실려 있지 않아 다른 사람 이야기하는 것 같았다. 한동안 T읍내 시가지를 내려다보던 그가 천천히 말을 이어갔다.

"현중 형의 귀향은 화려한 등장이었죠. 초창기부터 드문드문 발행했지만 『T주간신문』은 참 잘 만든 신문이었어요. 판형이나, 기사, 사설, 모든 면에서 일개 지역신문이라고 볼 수 없을 만큼 현중 형의 능력이 고스란히 발현된 하나의 작품이었어요. 당연히 읍내 화젯거리였고 관공서, 특히 군청 고위공무원들은 편집국장 김현중을 주목했죠. 그 시절 지역신문은 대개 권력 비판에 약했는데 『T주간신문』은 그런 풍토를 과감히 깨부쉈으니까요. 더구나 구성원과 편집국장이 사회변혁을 지향하는 진보 성향의 시민단체 출신들이니 관에서 긴장했을 테지요. 현중 형도 그걸 알고 있었어요. 그러니 자기는 편집국장으로서 공무원들과 교류하지 않겠다고 천명했겠지요. 나는 그 말도 신선하게 들렸어요. 그러나 시간이 흐르면서 현중 형은 정반대 행보를 보이기 시작했죠. 신문 발행이 중단될 무렵엔 신문사를 살릴 동업자들을 만나 문제를 해결하려 노력하기보다 공무원들과 자주 어울렸어요. 그때쯤 내가 공식적으로 폐간하자며 현중 형을 만나 얘기하려고 쫓아다녔지요. 나는 실패했어도 뒷자리를 깨끗이 정리하는 게 사람의 도리라고 생각했어요. 그러나 그 형은 그걸 회피했어요. 한때 진보 진영의 리더 격이었던 어떤 학자가 아직도 진보를 믿느냐며 진보는 진보가 망가트린다고 한 말이 무슨 뜻인지 그때 깨달았어요. 그 말에 동의하기는 싫지만요."

비망록 봉투를 만지며 김경수는 나를 돌아봤다.

"이 비망록은 10년 전에 쓴 것이에요. 이걸 쓰고 나서 내 삶에서 현중 형을 완전히 지웠죠. 좋았던 기억도 나빴던 기억도. 같은 지역에 사니까 현중 형이 군청의 이런저런 심의위원이나 자문위원 직책을 맡았다느니, 권력의 실세라느니 풍문을 듣게 돼도 관심 없었어요. 그가 그토록 비웃던 권력 주변부에 빌붙든 말든 내 맘속에서 오래전에 도려낸 이름이니까요. T읍에서는 그 형을 신문사 말아먹은 사람이라고 욕하는 사람은 없을 거예요. 김현중은 유령 같아서 사람들이 그가 누구인지 잘 모르니까요."

그는 햇볕이 내리쬐는 읍내 시가지를 바라보다가 허공에 대고 실토하듯 유령 이야기를 담담하게 풀어냈다.

"카페 '달맞이꽃'으로 밥 먹으러 갔는데 칸막이 안에서 현중 형의 진중한 목소리가 들렸어요. 누군가에게 정의와 공정한 세상에 대해 설파하더라고요. 10년 만에… 형을 처음 만났을 때와 똑같은 말을 다시 들었어요. 그의 입에서 정의와 공정이라는 단어가 거론되자 갑자기 분노가 치밀었죠. 정의와 공정을 얘기하기 전에 해결하지 않은 『T주간신문』에 대한 답을 말해보라며 뛰어들었는데 입을 꼭 다무는 거예요. 나는 어서 말을 하라고 입을 찢었는데 생각보다 입이 쉽게 찢어지지 않더군요. 그날 이후 현중 형이 나를 폭행범으로 고발하기를 기대했는데 그러지 않는 거예요. 또 무시당한 꼴이 됐지요. 그래서 수사를 자청한 것입니다. 이게 전부입니다."

김경수는 오래된 기억에서 빠져나오는 것처럼 자리에서 벌떡 일어나 그동안 미안했다며 노란 송홧가루가 날리는 산을 천천히 내려갔다. 뒷모습이 왠지 쓸쓸해 보였다. 그는 처음으로 '아가리' 대신 '입'이라고 표현했다. 평정심을 찾은 것 같았다. 그가 유령이라고 지칭한 김현중의 입을 찢은… 혹은 찢으려 한 이유는 알게 됐지만, 실제 찢었는지는 여전히 미궁이다.

한때 의기투합했던 신문 동업자들도 김현중의 실체를 몰랐던 것 같다. 그들은 김현중의 제안으로 시작한 『T주간신문』과 함께한 시간을 잊고 싶은 게 분명해 보였다. 그 기억이 떠오를 때마다 실패를 깨끗이 인정하지 못한 것을 부끄러워하며 자책했던 그들은 기억을 지움으로써 한 인간을 미워해야 하는 괴로움도 떨쳐내고 싶었으리라. 그들은 비록 언론을 통해 사회변혁을 꿈꾸다 실패했으나 '인간에 대한 예의'를 포기할 수 없었던 사람들 같았다. 김경수나 이민성의 태도와 몇몇 사람과의 통화에서 그걸 느낄 수 있었다.

김현중은 유령처럼 자신을 드러내지 않고 사는 사람 같았다. 권력 주변에서 보이지 않게 힘을 행사하는 사람을 유령이라고 한다면 실체를 숨기고 행세하는 유령은 과거에도 있었고 현재도 있고 미래에도 있을 것이다. 어쩌면 김경수가 김현중을 유령이라고 지칭한 건 일리가 있었다.

나는 김경수가 유령의 아가리를 찢었다고 믿고 싶어졌다. 바람이 불고 유령들이 배회한다는 군청 본관 쪽으로 뿌연 송홧가루가 분분히 날렸다.

피
어
라

＊

돈꽃

꽃피는 춘삼월만 호시절이더냐. 선거철도 호시절이다. 어떤 인간이 선거라는 걸 만들고 또 어떤 위인이 선거를 '민주주의 꽃'이라고 호칭했는지 모르지만, 이 나라 만백성을 위해 헌신하겠다는 인재를 뽑는 선거야말로 등 따습고 배부른 꽃이다. 선거가 많아지고 후보가 넘친다는 것은 그만큼 세상이 민주화가 되어 백성을 위하겠다는 인물이 많이 생겼다는 뜻이니 얼마나 좋은 일인가.

김봉수는 선거 생각을 하면 자다가도 벌떡 일어나게 반갑지만, 한편으로는 '도지사 선거', '도의원 선거', '군수 선거', '군의원 선거'를 한날한시에 치르는 것이 아쉬웠다. 따로따로 선거하면 일 년 내내 선거판이 벌어지니 말도 풍성하고 술판도 푸지고 주머니 사정도 넉넉하여 좋을 텐데 어떤 시러베자식이 여러 선거를 하나로 묶었는지 영 못마땅하다.

전국 동시에 치르는 이번 '지방자치 선거'에 충청도 땅 서쪽 끝에 붙어 있는 태평군도 예외 없이 들썩거렸다. 봉수는 우편으로 배달된 한 보따리도 넘는 선거 홍보물을 개봉하기 시작했다. 도지사 후보로 두 명이 출마했고, 군수 후보로 세 명, 도의원 후보로 두 명, 군의원 후보로 세 명이 출사표를 던졌다. 말마디나 하고 돈푼깨나 만지는 위인들은 너도나도 선거에 얼굴을 디밀었다. 후보들의 홍보물은 거의 비슷하다. 도지사 후보나 군수 후보나 도의원 후보나 군의원 후보나 지역을 개발하여 발전시키고 서민들을 위해 최선을 다하겠다는 내용이다. 마치 대통령 선거 후보 공약 사항같이 거창하다. 만면에 웃음을 띤 사진도, 공약도, 서로 베낀 것 같다.

봉수는 홍보물을 네 갈래로 나눴다. 먼저 도지사 후보 홍보물을 대충 훑어보고 멀찍이 제쳐놨다. 봉수에겐 영양가 없는 선거가 도지사 선거다. 다음으로 도의원 후보들의 홍보물을 살펴봤다. 봉수가 사는 지역에 출마한 도의원 후보는 두 사람이다. 한 사람은 재선에 도전하는 후보이고, 한 사람은 군의원을 하다가 도의원에 출마한 후보다. 봉수는 도의원이 무슨 일을 하는지 궁금하지 않을뿐더러 그동안 도의원 선거에는 관심이 없었다. 세 개 읍면이 한 선거구로 묶여 지역이 넓다 보니 선거운동도 치열하지 않고 후보들이 입으로 선거를 해서 떡고물이 떨어지지 않았기 때문이다. 그러나 이번 선거는 달랐다. 군의원을 하다가 도의원에 출사표를 낸 조무영 후보에게서 은밀히 도와달라는 연락을 받아서다. 평안면 소재지에서 양조장을 경영하여 재력이 탄탄하고 지난번 군의원 선거에서 말품과 발품보다 돈으로 선거를 치른 전력이 있는 후보라 이번 선거도 기대가 컸다. 봉수는 미소를 지으며 조무영 후보의 홍보물을 앞으로 바싹 당겨놓았다.

군수 후보들의 홍보물도 엇비슷하다. 세 후보 모두 아는 사람들이다. 현 군수로 세 번째 출마하는 후보와 두 번 낙선하고 세 번째 도전하는 후보, 한 번 낙선하고 두 번째 나선 후보다. 그중에서 봉수는 현 군수인 남경태 후보의 홍보물을 골라놓고 나머지 후보의 홍보물은 처외삼촌 산소 벌초하듯 건성으로 훑고 밀쳐버렸다. 태평군을 위해서 무엇 무엇을 하겠다는 것이야 선거에 나선 후보들은 누구나 하는 입에 발린 공약이니 별 관심이 없었다. 봉수의 관심사는 홍보물에 기재된 재산 내용이다. 남경태 후보는 태평군에서 제일 부자인 데다 현 군수이니 자연히 눈길이 그 홍보물에 꽂혔다. 얻어먹어도 부잣집이 낫지, 가난뱅이한테 무슨 국물이 있겠는가. 지난번 선거에도 어찌어찌 연줄이 닿아 쏠쏠하게 재미를 봤는데 이번에도 끈이 연결되었으니 주머니가 서운치 않을 것이었다.

　마지막으로 평안면 군의원 후보의 홍보물을 펼쳐놓았다. 세 후보 모두 한을 품고 재도전한다는 걸 알 만한 사람은 다 안다. 모두에게 한 표씩 찍어줬으면 좋겠는데 그건 안 되는 일이고… 봉수는 하나씩 인물평을 하기 시작했다. 첫 번째로, 세 번 낙선하고 네 번째 출마한 윤종길 후보의 홍보물을 집어 들었다. 나이 육십을 훌쩍 넘겼으니 어지간히 늙었을 텐데 사진과 인쇄 기술 덕인지 오히려 더 젊게 보였다. 학력은 대단치 않지만, 머리가 좋다고 근동에 소문이 파다하고 언변이 뛰어나서 젊어서부터 평안면은 물론 태평군의 이런저런 관변단체 감투를 다 섭렵한 인물이다. 지방자치가 실시되면서부터 청운의 뜻을 품고 군의원에 도전했는데 번번이 차점으로 낙선했으니 지방정치에 입문한 지도 햇수로 어언 10여 년이 넘었다. 어지간한 사람 같으면 진즉 포기했을 텐데 선거병이 단단히 들었는지 이번에도 출사표를 던졌다. 봉수는 동정은 가면서도 고개를 흔들며 중얼거렸다. 똑똑하고 언변 좋으면 뭐에 쓴단 말인가. 선거 때마다 주머니 사정이 궁하여 여론으로는 이기고 개표에서 떨어지니… 그러면서도 혹시 이번 선거에는 무슨 수가 있을지도 모른다는 생각에 홍보물을 아주 제쳐놓지는 않았다.

두 번째로, 최수철 후보의 홍보물을 살펴봤다. 두 번 떨어지고 세 번째 도전한 후보다. 공약이나 정책은 다른 후보들과 마찬가지로 책임지지 못할 말을 숱하게 늘어놓았다. 봉수는 공약을 건너뛰고 후보자 정보공개 자료의 재산 상황을 들여다보았다. 알부자다. 부동산중개업으로 돈을 많이 벌어 해수욕장 근처에 알짜배기 땅을 여러 필지 사뒀다는데 선거를 대비하여 일 년 전에 땅을 일부 처분했다는 소문이 빈말 같지 않다. 봉수는 홍보물 속 후보의 얼굴을 뚫어져라 들여다보며 한숨을 쉬었다. 군의원 후보 중에 제일 영양가 있는 인물이 바로 최수철 후보가 아닌가. 선거사무실 개소식 때 슬쩍 얼굴도장은 찍었지만, 거래를 트지 않은 게 후회막급이다. 나이가 한참 아래인 최수철에게 먼저 접근하기는 뭣하고 누가 다리를 놓으면 좋을 텐데… 동네에서 최수철 또래가 누군지 봉수는 머리를 재빠르게 굴렸다.

세 번째 '박현동' 후보의 홍보물은 첫 장을 넘기다 말고 던져버렸다. 박현동 후보도 두 번 낙선에 세 번째 도전이다. 한동네 사는 동갑내기지만 한 번도 찍어주지 않은 인물이다. 평소 사이는 나쁘지 않으나 하는 일 없이 여기저기 돌아다니며 없는 말을 지어내 퍼트리는 게 마땅치 않아서다. 뭘 해서 먹고사는지 모르지만, 오줌 누고 뭐 털 새 없이 바삐 사는 봉수보다 궁하지 않게 사는 것도 싫다. 봉수는 '군수 후보 남경태', '도의원 후보 조무영', '군의원 후보 최수철, 윤종길'의 홍보물을 따로 챙기고 영양가 없어 뵈는 다른 후보의 홍보물은 가차 없이 쓰레기통에 쑤셔 박았다.

선거가 열흘 남았다. 공식 선거운동 기간은 열사흘이지만, 사실 예비 선거운동 기간에 눈코가 다 그려지는 게 지방선거다. 태평군은 두 개 읍에 여섯 개 면이지만, 한 다리 건너면 알음알음 서로 연줄이 닿으니 후보들은 예비 후보 등록과 동시에 조직을 가동했다. 말이 좋아 선거운동원을 두고 조직을 움직인다고 하지만, 실체를 알고 보면 조직을 통해 매표 거래처를 트는 게 선거운동이었다. 그러다 보니, 본 선거운동 기간에는 슬슬 표 점검이나 하고 누가 듣건 말건 유세 차량을 끌고 돌아다니는 게 전부였다.

모내기를 끝냈다고 해도 농촌은 여전히 바쁘다. 뜬 모를 심으랴, 고추 지주목을 세우랴, 마늘을 캐랴, 6월 긴 해가 짧기만 하다. 봉수는 거울 앞에서 말 불알에 털 나듯 드문드문 박힌 머리칼을 정성 들여 빗질하며 오늘 하루 일정을 짰다. 면 소재지에 있는 군의원 후보 선거사무실을 차례로 방문할 요량이다. 어느 후보 사무실을 먼저 방문할까, 머리를 굴리다가 아무래도 윤종길 후보 사무실부터 가보는 게 낫지 싶어 그

쪽으로 정했다. 나이가 든 후보이니, 당선하고는 상관없이 말 벗이 제법 모여 있을 터였다. 봉수는 아내가 말끔히 다려놓은 셔츠에 넥타이를 매며 중얼거렸다. 선거철이 이래서 좋단 말 이야. 다른 때 같으면 마누라가 이 바쁜 철에 어딜 가느냐고 돼지 먹따는 소리를 질렀을 텐데 옷까지 다려놓은 걸 보면. 아내도 오랜 경험을 통해 선거철 돈 냄새를 맡은 게 분명하 다. 거울 앞에 선 봉수는 연극배우 같은 표정을 지으며 말 연 습을 했다.

"성님, 이번이는 틀림읎이 당선될 거요. 시 번 낙선했으니 동정표두 무시허지 뭇헐 거구요. 그동안 닦은 공덕이 있으 니⋯."

봉수는 청산유수로 터져 나오는 언변과 따로 노는 자신의 표정이 맘에 안 들어 얼굴을 찡그렸다. 윤종길 후보가 나이도 많고 낙짓국을 세 번 먹었으니 근심 어린 표정을 지어야 하는 데 태생이 합죽이 얼굴이라 걱정스러운 표정을 지어도 웃는 상이다. 타고난 얼굴을 뜯어고칠 수 없는 노릇이니 말로 때우 는 수밖에. 봉수는 중얼거리며 고물 트럭에 올라탔다.

평안면 소재지에 하나뿐인 길다방은 오랜만에 호황을 누렸 다. 70년대 풍의 후줄근한 실내장식과 칠이 벗겨진 탁자에는 길다방 40년 역사가 고스란히 묻어 있다. 다방 안 한쪽 귀퉁이에서는 서너 사람이 둘러앉아 커피를 마시며 속닥거리고, 한쪽에서는 대여섯 명의 중늙은이들이 삼겹살을 구워 소주를 마시며 떠들고 있었다. 새마을지도자나 이장, 농협 이사, 대의원을 역임했거나 현직으로 있는 사람들이었다. 모두 평안면 여덟 개 마을에서 방귀깨나 뀐다는 인사들이다.

"어이, 산동리 이장. 커피 다 마셨으면 일루 오너서 쏘주 한 잔허여."

삼겹살을 굽던 패거리 중에 나이가 제일 많은 동해리 사는 김병만이 손짓했다. 바쁜 농사철에, 그것도 뻘건 대낮에 다방에 모여 얘기 장단을 늘어놓는 이유는 뻔했다. 바야흐로 선거철 대목이고 무슨 정보를 얻어들으려면 길다방에서 죽치고 있어야 패가 풀리기 때문이다. 커피를 마시던 사람들이 삼겹살 굽는 탁자로 합석하고 소주잔이 몇 순배 돌아가자 여기저기서 중구난방으로 선거 얘기가 터져 나왔다. 눈을 가늘게 뜨고 좌중을 둘러보던 김병만이 드디어 말문을 열었다.

"우연히 모인 자린디, 우리 평안면 유지덜이 다 모였네. 이번 슨거를 워떻게 생각허넌 거여. 군수만큼은 한 번 더 남경태 후보를 밀어줘야 허지 않겠어?"

현직 군수인 남경태 후보의 평안면 선거운동원으로 활동

중인 김병만의 말에 너도나도 맞장구를 치기 시작했다.

"암, 그래야지. 두 번 군수를 허던 동안이 잘못헌 것두 옳잖어. 한 번 더 밀어줘서 마무리를 잘허게 해줘야지."

"워쩌니 저쩌니 해두 둔 많은 군수가 낫지 않었어. 둔 읎넌 사람이 군수를 허면 곁눈질허게 되어 있다구. 군수질을 허다 보면 눈먼 둔이 좀 많이 굴러댕기겄느냐구"

"옳은 말이여. 남경태 군수넌 태평군 제일 부자인디 넘의 것 넘겨다보겄어? 있넌 둔두 다 못 쓰구 죽을 텐디."

"병만 성님, 이번에두 지난번 슨거처럼 총알은 충분히 쏘겄지요?"

총알은 선거 때 매표를 하기 위해 돌리는 돈을 뜻했다. 후보나 유권자는 모두 그 은어를 알고 있었다.

"아따, 이 사람아. 지금 때가 워느 때인디 그런 말을 거침읎이 허넌 거. 슨거법이 월마나 엄헌디. 누가 들으면 워떡허려구. 입조심허여."

김병만은 한쪽 눈을 찡긋하고 놀라는 시늉을 했다. '제3공화국 대통령중심제 국민투표'에서부터 박정희 때 '삼선개헌 국민투표', '유신헌법 국민투표', '통일주체국민회의 대의원 선거 투표', 전두환 때 '제5공화국 대통령간선제 국민투표', '대통령 선거인단 투표', 6·29선언 이후 '제6공화국 대통령직선제 국민투표', '대통령 선거', '국회의원 선거', '도지사'나 '군수', '도의원', '군의원' 선거에 '수협조합장 선거'와 '농협조합장 선거' 하다못해 '이장 선거'까지 선거라면 이골이 난 사람들이니 대충 얘기해도 그게 무슨 소린지 다 알아듣고 서로 말을 맞췄다. 다방 안의 능구렁이들은 각자 속마음이 따로 있으면서도 티를 내지 않았다.

"도의원은 누가 될 것 같으요? 서루 자기덜이 유리허다구 떠들어쌓더구먼."

산동리 이장 정덕기가 슬그머니 화제를 바꿨다. 군수는 돈과 권력을 쥔 후보를 밀어야 한다고 합창하더니 도의원 후보는 누구 하나 선뜻 왈가왈부 평을 내리지 않았다. 속으로는 모두 꿍꿍이가 있으면서도 본색이 드러날까 눈치만 봤다.

"글쎄, 재선에 나선 후보가 똑똑허구 여론두 좋다구 허지만 처음 출마헌 조무영이두 만만치 않을걸."

"똑똑헌 거나 부족헌 거나 한 끗 차이여. 여론 좋은 건 뚜껑을 열어봐야 아넌 거구."

조무영 후보가 평안면 출신이니 속마음을 드러냈다가는 좁은 동네에서 처지가 난처할까 봐 모두 말을 아꼈다. 양조장을 경영하는 조무영 후보가 분명 총알을 맘껏 쏠 텐데 누가 선거운동을 하는지 좀처럼 알 수 없다. 능구렁이들은 눈치를 보다가 이번에는 군의원 후보로 화제를 돌렸다.

"윤종길이, 그 사람 끈기 하나넌 봐줘야 허겄데. 또 출마헌
걸 보면."

"누가 아니랴, 이번이 니 번째 출마여. 동정표를 기대헐 테
지만 그게 워디 쉬운 일인감."

"사람은 똑똑헌디. 입으루 슨거를 치르니 맨날 낙방이지."

"여러 사람 고생시키지 말구 둔 읎으면 선거에 나오지 말어
야지."

"최수철이 여론은 워뗘? 지난번보다넌 평이 좋다구 허든
디."

"사람이 대차지넌 않지만 곱신곱신허넌 건 맘이 들더라구."

"이번이넌 작심허구 슨거 자금두 꽤 준비했다구 허든디…
자, 이제 말 애끼지 말구, 이 자리서 누가 최수철 운동허넌지
토설 좀 해봐. 나두 도와줄 텡께."

해송리 새마을지도자 안천수가 먼저 제 패를 깠다. 사실 안
천수는 최수철 후보의 핵심 운동원이면서도 의뭉스럽게 다른
사람의 의중을 떠보는 중이었다. 기다렸다는 듯이 여기저기
서 본색을 드러내며 다른 후보들의 약점을 들추었다. 아무개
는 혼삿집이나 초상집에 얼굴을 디밀지 않는다는 혹평에서부
터 거만하다, 잘난 체한다, 무식하다, 말이 많다, 농사꾼은 사

람 취급 안 한다, 선거 때만 굽실거린다, 불량하다, 모사꾼이
다, 감투를 탐한다, 이권에 끼어든다, 동네에서 인심을 잃었
다는 둥, 세상에서 할 수 있는 험담은 모두 동원했다. 은연중
에 윤종길과 박현동을 두고 하는 말이었다. 그러면서 돈도 없
이 선거에 나서는 놈들은 민폐를 끼치는 것이라고 결론을 내
렸다. 한바탕 말잔치를 통하여 우군을 확인한 안천수가 길다
방 마담 옥자를 불렀다.

"어이, 작은댁, 여기 맥주 좀 더 가져와."

선거철이라 매상이 올라 신이 난 길다방 마담 옥자는 맥주
를 한 잔씩 따라놓고 의자에 앉자마자 안천수의 넓적다리에
슬쩍 손을 얹고 육담을 쏟아냈다.

"작은댁이라니, 입은 삐뚤어졌어도 말은 바로 해야지. 자기
가 작은 서방인 줄도 모르고. 여기 모인 평안면 유지들이 모
두 구멍 동서들이니 형님인지 아우인지 촌수는 이따가 모여
서 따져보셔."

"허허, 큰일 날 소리 허네, 구녕 동서덜이라니."

옥자의 말에 모두 질겁하는 시늉을 하며 손을 내저었다. 30
여 년 전에 꽃다운 나이로 촌구석 다방 레지로 흘러들어왔다
가 평안면에 눌러앉은 옥자는 선거판에서 없어서는 안 될 존
재다. 중요한 말은 듣고도 입을 봉하고 시답잖은 얘기는 보태

서 퍼트리니 선거꾼들에게는 이보다 더 좋은 나팔수가 없었다. 후처 자리로 두어 번 면사포를 썼으나 일찍 사별한 옥자는 입도 걸고 몸뚱이 인심까지 좋은 평안면 명물이다. 평소에는 커피보다는 고스톱 판을 벌여 구전을 떼든가 술을 팔아 매상을 올리는 옥자에게도 선거철은 대목이다.

"오늘, 우덜이 헌 말 입 보안허넌 거 알지?"

좌중의 누가 한마디 던지자 옥자는 기다렸다는 듯이 대답했다.

"아따, 이년이 평안면의 이런저런 선거를 30년째 치르는데 내 입은 염려 말고 군수, 도의원, 군의원 후보들한테 활동비를 챙겼을 테니 조금씩 나눠 줘. 혼자 먹다가 체하면 급살 맞는 수가 있으니까."

옥자의 거침없는 말에 모두 웃으며 자리를 뜨려고 할 때 봉수가 들어서며 호들갑을 떨었다.

"아니, 원제 길다방이 식당으루 영업 빈경했디야. 삼겹살 판을 벌려놓구."

"어허, 송화리 제갈공명 김봉수가 무슨 바람이 불어서 넥타이까지 잡숫구 나오셨디야."

누군가가 약삭빠른 봉수를 『삼국지』의 책사 제갈공명에게 빗대어 반기는 척 인사말을 하고 너도나도 한마디씩 보탰다.

"혼자만 슨거 바람 실컷 쐬지 말구 같이 쐬자구."

"당선허구년 상관읎이 물주 잡넌디 천재잖어. 이번이넌 누구를 잡었능가?"

"미리 다 잡어놓구 지금 근맥 살피러 나왔구먼."

봉수는 좌중을 훑어본 뒤 슬쩍 눙치며 대꾸했다.

"이, 김봉수가 아무리 용을 쓴덜 여기 모인 선수덜과 비교가 되겠능가. 딴소리 말구, 그쪽덜이야말루 멀국 있으면 다 마시지 말구 나두 쬐금 냉겨주게."

그들은 다 아는 사람들이고 몇몇끼리는 이미 전화로 누구를 밀자고 연락하며 일차로 실탄을 주고받은 사이였다. 상대도 아닌 보살 하며 딴청을 피웠고 봉수도 모른 체했다. 사람들이 우르르 몰려 나간 뒤 봉수는 커피를 마시며 옥자에게 그들이 나눈 얘기를 물었고 그녀는 들은 얘기에 자기의 짐작까지 덧붙였다.

"그러닝께, 군수 후보넌 현 군수인 남경태를 지지허구 도의원은 조무영이 같은디 냄새를 피우지 않더란 말이지."

"군의원은 윤종길보다 최수철로 기운 것 같더라고."

봉수는 윤종길 후보 사무실보다 길다방을 먼저 들른 게 잘했다는 생각이 들었다. 모두 최수철 쪽으로 기울 때 윤종길 근처를 얼쩡거리면 목마른 놈이 샘을 판다고, 없는 집구석에서도 빼낼 게 있을 것이었다. 그러면서 한편으론 옥자에게 최수철 후보 선거 참모를 만나면 다리를 놔달라고 넌지시 부탁했다. 봉수는 커피값으로 10만 원을 내밀었다. 옥자가 웬 돈이냐고 물었다. 봉수는 앞으로 마실 커피값이라고 핑계를 댔다. 정보이용료로 건넨 돈이었다. 옥자는 재빨리 돈을 주머니에 쑤셔 넣더니 저녁때 또 들르라고 아양을 떨며 커다란 궁둥이를 흔들었다. 봉수는 옥자에게 은밀하게 수법을 쓴 것이지만, 옥자는 이 수법을 봉수뿐만 아니라 선거 때면 길다방을 찾는 모든 선거꾼에게 이용했다.

윤종길 후보 사무실은 예상대로 후보 또래의 늙수그레한 사람들이 모여 탁상공론을 하고 있었다. 어느 마을은 아무개가 표를 몰고 다니고, 어느 동네 누구는 어느 후보 편이고, 어떤 마을 누구는 인심을 얻어서 표는 있는데 선거판에 얼굴을 디밀지 않고, 어떤 동네 아무개는 표도 없으면서 돈만 밝힌다는 둥, 평안면 모든 마을의 선거꾼들을 평가했다. 남의 집 살림에 숟가락이 몇 개고 젓가락이 몇 개인지 훤히 꿰고 있었다. 북통만 한 사무실에는 선거사무실 개소식 때 들어온 화분이 반을 차지했고 거기에는 봉수가 보낸 화분도 있었다. 후보의 사촌 동생인 선거사무장이 권하는 음료수를 막 마시려고 할 때 윤종길 후보가 헐떡거리며 사무실로 들어왔다. 막 유세를 하고 오는 참이었다.

"성님, 더운디 월마나 고생이 많으시데요."

봉수가 진심이 잔뜩 묻어나는 목소리로 윤 후보에게 인사를 하자 그는 두 손으로 봉수의 손을 꼭 잡았고, 운전기사 노릇을 하는 사위는 콧등이 땅에 닿게 고개를 숙였다. 선거운동원으로는 아들과 딸, 며느리까지 온 식구가 동원되었다. 이웃이라고 해도 특별한 관계가 아니면 다른 후보들에게 밉보이지 않으려 드러내놓고 선거운동을 도와주지 않기 때문이다. 그러다 보니 친척들과 가족이 사무장에서부터 운동원으로 등록하여 선거를 치렀다. 시골 군의원 선거는 모든 후보가 비슷하게 선거운동을 했다.

"유세를 허는디 누가 들어줘야 신이 나지. 바쁜 철이기두 허지만 워낙 관심이 읎으닝게 들판이다 대구 혼저 떠들다 보니 목구녕만 아프네."

윤종길 후보의 말에 봉수는 고개를 끄덕였다. 선거법상 군수나 도의원 후보는 차량 유세가 가능하지만, 군의원 후보는 작은 이동 마이크를 이용하여 유세했다. 그러니 연설에 자신 없는 후보들은 그 핑계를 대며 유세를 포기하고 선거 노래만 틀고 다니는데 윤 후보는 특기가 연설이라 기를 쓰고 유세에 열중했다. 어제도 그랬다. 봉수가 사는 송화리로 유세를 온 윤 후보는 마을이 텅 빈 것을 보고 차에서 내려 마늘 캐는 밭머리를 건너다보며 유세를 시작했다.

존경하는 송화리 주민 여러분… 으로, 운을 뗀 윤 후보는 태평군과 평안면의 문제가 무엇인지 조목조목 늘어놓았다. 이어 평안면을 발전시킬 사람은 자기밖에 없다며 목청을 높이고 나서 세 번 낙선한 것을 불쌍히 여겨 이번에는 꼭 당선되도록 간절히 한 표를 부탁드린다며, 유세를 끝마쳤다. 정말 잘하는 연설이었다. 목소리도 좋고 내용도 알차고 호흡도 적당했다. 그런데 문제는 유세장에 사람은커녕 개새끼 한 마리 없다는 것이었다. 듣는 사람이라곤 운전기사인 사위뿐이었다. 그래도 다행인 것은 이동 마이크 성능이 좋아 목소리가 멀리 퍼졌다.

논에는 막 심은 모가 뿌리를 잡아 푸른빛을 띤 채 나울거리고 감자 밭둑 너머 아카시아 꽃잎은 산들바람에 하르르 떨어지고 있었다. 세상에 이렇게 고즈넉하고 아름다운 풍경 속에서 혼자 목이 터지라고 선거 유세하는 후보가 또 있을까. 봉수는 그 모습을 떠올리니 웃음이 절로 나왔다. 탁상공론을 하던 늙은이들이 하나둘 자리를 뜨자 윤 후보가 봉수의 손을 잡고 간절하게 부탁하기 시작했다.

"어이, 봉수 아우. 이번이두 지난번처럼 도와줘야 쓰겄네. 송화리넌 유권자가 제일 많어서 적극적으루다가 공략을 펴야 쓰겄넌디 믿을 만헌 사람이 있으야지."

"성님, 아직까지 송화리에 조직원을 심지 않으셨시요?"

"조직원이 몇 있지만 부족허여. 비선으루다 봉수 아우가 은밀히 움직여줘야 쓰겄네."

봉수는 속으로 쾌재를 불렀다. 자신이 하려던 말이 후보 입에서 먼저 나왔으니 이보다 좋을 수 없다. 봉수는 길다방에서 들은 얘기를 홀딱 뒤집어서 누구누구는 아직 끈을 대지 않은 것 같다고 역정보를 흘렸다. 윤 후보는 바싹 다가서며 그런 사람들을 잘 구슬려 우리 편으로 끌어들이자며 입맛을 다셨다. 미끼를 던진 봉수는 선거 전략을 잘 짜면 이번에는 당선 가능성이 높다고 듣기 좋은 말을 해댔다. 윤 후보는 흡족한 표정을 지으며 며칠 내로 만나자고 약속했다. 비밀 참모로 등극하는 순간이다. 봉수는 그러마고 대답하며 자기는 어디까지나 비밀 운동원이니 형님이 저를 완전히 믿어야 한다고 밑자리까지 단단히 깔았다.

투표일이 이제 엿새 남았다. 후보들은 사람들이 모이는 장소를 찾아다니며 표를 구걸하고 조직을 점검하느라 정신이 없었다. 마을마다 동창회니, 친목회니, 반상회니, 부녀회니, 낙찰계니 하는 모임이 일부러 선거 때를 맞춰 식당에서 질펀하게 벌어졌다. 후보들은 빠짐없이 그런 모임에 얼굴을 디밀었다. 모임의 회장은 자기가 지지하는 후보를 은근히 입에 올리고 식사 비용은 후보가 준 돈으로 들통나지 않게 처리했다. 사람들은 누가 밥을 사는 줄 뻔히 알면서도 모르쇠 했다. 어차피 표는 맘대로 찍는 것이니 입이 즐거우면 그만이었다. 후보들은 그런 속내를 알면서도 모임에 얼굴을 디밀지 않으면 당장 이러쿵저러쿵 소문이 더럽게 나니 열심히 돌아다닐 수밖에 없었다. 후보들이 기를 쓰고 찾아가는 곳은 이런 모임뿐이 아니었다. 교회니, 사찰이니, 하다못해 무당집까지 가리지 않고 방문하여 표 안 나게 뒷구멍으로 헌금과 시주를 하였다. 중앙의 거물 정치인들이 하는 것은 다 따라 했다.

봉수가 윤종길 후보로부터 만나자는 전화를 받은 것은 친목회에서 목구멍을 호강하고 돌아올 무렵이었다. 봉수는 사람들이 눈치채지 못하게 도둑고양이처럼 재빨리 윤 후보의 선거사무실로 향했다. 사무실에는 윤 후보와 사촌 동생인 선거사무장이 마주 앉아 조직원들이 전해준 명단을 선거인명부에 표시하고 있었다. 확실한 내 표는 동그라미, 오리무중 표는 세모, 상대 후보 표는 가위표로 분류한 다음 통계를 냈다.

세대주를 잡으면 식구들은 자연히 따라오는 표려니 생각하고 꼼꼼히 계산했지만, 당선권에는 한참이나 모자랐다. 예상 득표 집계표를 살피던 윤 후보가 한숨을 내쉬며 말했다.

"현재 우리 조직원이 오십 명 정도 되넌디, 이 숫자 가지구넌 안심헐 수가 읎네. 즉어두 백 명은 넘어야 쓰겄넌디."

"성님, 총알 사정은 워뗘요? 넘덜은 시 번으루 나눠서 총알을 쏜다구 허넌디, 우리넌 한 번밲이 안 쐈잖으요. 그것두 약허게."

"당분간 쏠 총알은 있넌디 앞으루가 문제네. 무슨 수를 써서라두 마련해봐야지."

선거사무장이 눈치를 보며 조심스럽게 물었고 후보는 말끝을 흐렸다. 총알 분배는 선거사무장이 하는 모양이었다. 옆자리에 꿔다 놓은 보릿자루처럼 앉아 있던 봉수가 끼어들었다. 어느 동네 누구누구가 윤 후보를 좋게 보니 접촉하라고 귀동냥으로 주워들은 이야기를 펼쳤다.

"잡어 돌려야지! 잡어 돌려야지!"

총알 문제로 시무룩하던 윤 후보는 반색하며 봉수가 호명할 때마다 똑같은 말과 행동을 반복했다. 손을 앞으로 쭉 뻗어 뭔가를 잡고 자기 품으로 당기는 모습이 맷돌 손잡이 어처구니를 돌리는 것 같았다. 그 사람을 잡아 내게로 돌려세우자는 뜻이었다. 임자 없이 떠다니는 표를 잡고 싶어 갈망하는 모습이 역력했다. 윤 후보의 우스꽝스러운 몸짓에 봉수는 웃음을 간신히 참으며 살살 본론을 꺼냈다.

"성님, 지가 대략 서른 표 정도넌 묶을 수 있넌디 모두 내 얼굴만 쳐다보구 있으요."

총알을 달라는 뜻으로 한마디 던지자 선거사무장이 냉큼 받았다.

"그건 그려요, 슨거가 완전히 매표루 바꿨시요. 사람덜을 만나 슨거 얘기를 끄내면 가타부타 내색허지 않다가 아무 때나 전화허라구 허드라구요. 그게 무슨 뜻이겄시요?"

얘기를 듣고 있던 가난한 후보 윤종길의 얼굴이 점점 어두워졌다. 선거판이 돈판으로 변질한 것을 누구보다 잘 아는 후보였다. 그가 세 번 낙선한 것도 돈이 없어서였다.

"봉수 아우, 우선 이것으루 말마다나 허넌 사람과 표가 많은 집이다가 재량껏 총알을 쏘게."

봉수는 후보가 건네는 봉투를 받으며 금액을 어림했다. 50만 원 같았다. 이번 선거판에서는 덴 좆에 약값도 안 되는 금액이다. 봉투를 주머니에 넣은 봉수는 나이 든 윤 후보를 바라봤다. 당선은 되고 싶은데 총알은 모자라고, 투표일은 다가오는데 표는 늘어나지 않으니 피로가 쌓인 얼굴에 눈만 번득

였다. 시골 군의원이 뭔데 이 고생을 사서 할까. 측은한 생각
마저 들었다.

선거 때 막걸리와 고무신을 돌렸다는 말은 이제 호랑이 담
배 피우던 옛날이야기가 되었다. 선거판의 돈 머릿수는 물가
보다 빠르게 올랐다. 대통령 선거나 국회의원 선거는 선거 구
역이 워낙 넓다 보니 직책을 맡은 당원들에게나 돈 낌새가 풍
기지만 지방자치 선거는 달랐다. 선거 구역도 좁고 후보와 유
권자가 안면이 있다 보니 돈선거가 난무했다. 단속을 피해가
며 돈을 쓰는 방법도 기기묘묘했다. 더구나 휴대전화가 보급
되면서 후보와 유권자는 논머리나 밭머리, 언제 어디서나 금
방 접선하여 순식간에 거래를 성사시켰다.

태평군의 표 단가(單價)는 보통, 두당(頭當) 10만 원에서 20
만 원 사이에서 거래되었다. '군수 선거', '도의원 선거', '군의
원 선거'에 따라 오름과 내림이 있지만, 선거가 치열할수록 단
가가 올랐다. 그중에서도 유권자들이 가장 짭짤하게 챙기는
선거는 군의원 선거와 농협이나 수협조합장 선거였다. 유권
자 수가 적다 보니 표 계산이 쉽기 때문이었다. 후보들은 '두
당단가(頭當單價)'를 매길 때, 총유권자 수 나누기 후보자 수를
계산하여 확실한 자기편에게만 집중적으로 총알을 쐈다. 어
수룩해 뵈는 유권자들도 그런 셈법을 알기 때문에 총알을 맞

기 전에는 절대 마음을 열지 않았다.

봉수는 이번 지방선거의 수입을 계산했다. 남경태 군수 후보한테 20만 원, 조무영 도의원 후보한테 30만 원, 군의원 후보 최수철한테 20만 원, 오늘 윤종길 후보에게 받은 50만 원을 합하니 1백20만 원이나 됐다. 그중에서 10만 원을 뚝 떼어 길다방 옥자에게 최수철 후보 다리를 놓아준 값으로 주고, 가난뱅이 윤종길 후보에게 받은 돈은 불쌍해서라도 다 먹으면 죄가 될 거 같아 20만 원을 떼어 동네 일가들에게 푼돈으로 나눠주면 될 터였다. 그리 나쁘지 않은 수확이다. 재력이 튼튼한 도의원 후보 조무영이한테 생각지도 않은 돈이 들어왔기 때문이다.

돈 없는 후보들은 돈을 쓰다가 선거법 위반으로 걸리면 큰일 난다고 벌벌 떨지만, 선거자금이 넉넉한 후보들은 선거법을 무서워하지 않았다. 내부고발자로 찍혀 대대로 살던 집과 전답을 처분하고 동네에서 이사하기를 작정했으면 모를까 어느 미친놈이 선거 때 돈 몇 푼 받아먹고 신고한단 말인가. 후보들은 유권자들의 속내를 빤히 들여다보고 있었다. 선거에 능통한 그들은 손도 크고 배짱도 좋았다. 후보들이 봉수에게 총알을 쏜 데는 이유가 있었다. 일가친척이 많아서다. 그것도 다 늙은이들이니 봉수가 들쑤시면 표로 연결되리라 후보들은 짐작했고, 봉수는 그 점을 슬쩍슬쩍 내비쳤다. 봉수가 선거 때마다 써먹고 재미를 본 수법이었다.

윤종길 후보 사무실에서 나온 봉수는 길다방을 잠깐 들를까 생각하다가 그만두었다. 밤늦게 돌아다니면 천박한 선거꾼으로 보일까 봐서다. 고물 트럭을 몰고 집으로 돌아오며 차창을 여니 어둠 속에서 싱그러운 6월의 초록 바람이 상쾌하게 불어왔다. 민주주의가 이렇게 좋을 수가 없다. 콧노래를 흥얼대며 봉수가 집에 도착하니 아내는 볼 부은 얼굴로 투덜대고 있었다.

"옘병헐 년."

"왜 그러능가. 오늘 누구허구 싸웠능가."

"당신 양다리 걸치구 댕기요?"

"양다리라니, 뜬금읎이 그게 뭔 소리여?"

"아, 부녀회장인가 뭔가 허년 년이 당신은 양다리 걸쳐서 이번 슨거에 속살 쪘을 텡게, 나더러 뙤약볕이서 혼저 밭매지 말구 영감헌티 돈 달라구 허여 사람 사서 밭매라구 주뎅이 질허잖어. 제 년은 부녀회장입네 뭡네 허면서 슨거 때만 되면 이늠 저늠에게 꼬리쳐서 알속은 다 빼 처먹으면서."

"부녀회장이 틀린 말을 안 했구먼. 내일부터 사람 사서 밭매구, 동네 여자덜 만나걸랑 누구누구가 최수철 편인지, 윤종길 편인지, 조무영 편인지 내색허지 말구 은근히 떠봐."

봉수는 돈봉투를 건네며 무게 있게 한마디 하고 목욕탕으로 들어갔다. 잘 서지 않는 녹슨 연장이지만 잘 닦아 오랜만에 온 힘을 다하여 작업할 참이다. 6월 초여름 밤이 빠르게 깊어갔다.

투표일이 이틀 앞으로 다가왔다. 봉수가 송화리 이장 송은섭을 만난 건 논에 물꼬를 보러 가서다. 그는 송화리에서 밥술이나 먹는 축에 들었다. 살림이 제법 탄탄하고 매사에 공정하여 동네 사람들한테 늘 좋은 소리를 듣는 사람이다. 봉수와는 동갑내기이지만 서로 뜨악하게 지내는 편이었다. 송은섭은 봉수를 은연중 하대했고 봉수는 그런 송은섭을 속으로 아니꼽게 여겼다. 동네 사람들은 송은섭 말이라면 똥이 된장이라고 해도 서로 먼저 찍어 먹을 정도로 신뢰했으나 봉수가 된장을 된장이라고 말하면 똥 취급했다. 그는 봉수처럼 선거판에 기웃거리지 않을뿐더러 후보 평을 하는 자리에서도 다 괜찮은 인물들이라는 투로 인심 얻을 말만 골라 했다. 그래도 누구 하나 토를 달지 않는 것은 그가 언행일치하고 득인심을 했기 때문이었다. 봉수는 그게 부러우면서도 밉살스러워 송은섭을 마주치면 속이 뒤틀렸다.

"어이, 친구. 요새년 민 소재지서 얼굴 볼 수 읎데. 이장질 그만뒀능가."

"아이구, 슨거 때라 당분간은 발걸음을 삼가허구 사네. 괜스리 얼쩡거리다 후보덜한티 누구 편이라구 오해받넌 것두 싫구."

봉수는 윤종길 후보의 말이 언뜻 떠올랐다. 송화리 이장 송은섭이 동네에서 인심을 얻어 표를 많이 달고 다닌다며 모든 후보가 그를 탐낸다고 했다. 윤 후보가 10만 원짜리 총알을 줬는데 제가 보태드리는 게 경우라며 한사코 거절했다는 것이다. 말로는 이번에 꼭 당선할 것이라고 했지만, 그가 총알을 피한 게 영 찝찝하고 아깝다며 윤 후보는 탄식했다. 봉수는 은근짜로 송은섭을 떠보았다.

"친구넌 이번 슨거서 윤종길 후보를 워떻게 생각허나. 나넌 그 성님이 너무 불쌍해서 속으루 도와주구 있넌디."

"윤종길 후보야 진짜 군의원감이지, 둔 읎넌 게 웬수지. 접때 만났넌디 내가 보태드려두 모자랄 판이 봉투를 주시더라구. 그 자리서 돌려드리기넌 했지만… 이번이넌 꼭 당선됐으면 좋겠네."

윤종길 후보의 말과 일치했다. 거짓 없는 진정성이 밴 목소리였다. 봉수는 속으로 뜨끔했으나 이내 마음을 다잡았다. 사람 종자가 다 같을 수야 없지. 똑같으면 세상이 무슨 재미가 있겠는가. 나 같은 사람이 있으니 저런 물건이 더 돋보이는 거지. 봉수는 애써 자신을 변명했다.

투표일이 다가오니 선거 유세 방송 소리로 동네가 더욱 시끄러웠다. 한꺼번에 여러 선거를 치르다 보니 유세 차량이 게구럭 풀어놓은 듯 쉴 새 없이 돌아다녔다. 그동안 조개처럼 입을 꼭 다물고 있던 사람들 입에서도 슬슬 후보들 평이 나오기 시작했다. 남자들뿐만 아니라 선거에 별 관심 없을 성싶은 여자들도 후보들을 찧고 까불었다. 총알을 맞았다는 표시였다. 노련한 후보들은 총알을 세 번으로 나눠 쐈다. 처음엔 예비후보 등록하면서 마을마다 선거꾼들을 잡기 위해 총알을 쐈다. 거래처를 잡는 것이었다. 어느 후보가 거래처를 많이 잡느냐에 따라 당락의 눈코가 그려지게 마련이다. 더러 헛방을 쏘는 경우가 있으나 그걸로 따따부따하지 않았다. 다 같이 죽는 일이기 때문이다. 본 선거운동이 시작되면 확실한 조직원들에게 넉넉히 실탄을 돌려 그들이 직접 각개전투로 총알을 쏘게 했다. 이때쯤 여론조사와 조직원들의 정보를 취합하여 예상 득표 집계표를 만들었다. 표 점검을 한 뒤 마지막으로 투표일을 하루나 이틀 앞두고 확인 사살을 하였다. 확인 사살은 후보가 직접 하는 경우가 많았다. 선거가 파장 직전이기 때문에 조직원들의 배달 사고를 의심해서였다. 후보나 전문 선거꾼이나 일반 유권자나 모두 이 공식을 알고 있었다. 후보들은 총알을 쏘고도 입을 닫았다. 모든 후보가 다 당선되는 것이 아니니 다음 선거를 대비하기 위해서였다. 유권자 역시 여기저기서 총알을 맞고도 죽은 체하지 않았다. 그들도 다음 선거를 대비하기 때문이었다. 그러다 보니 선거 중이나 선거 후에도 총알이 무차별 발사됐다는 소문만 요란했지 실제로 총을 쏜 후보나 총알 맞은 유권자를 조사하거나 부검하는 일은 아주 드물었다.

봉수는 볼일이 있는 척하며 일가친척들을 방문했다. 이번 선거운동의 마지막 코스다. 그동안 봉수는 면 소재지나 동네 주점을 돌아다니며 여론을 물어다 윤종길 후보에게 전하기도 하고, 이따금 최수철 후보에게도 귀띔했다. 최 후보한테도 받은 돈이 있으니 적당히 총알값을 하는 것이었다. 윤종길 후보나 최수철 후보 처지에서 보면 송화리 사는 김봉수란 인간이 도대체 누구 편인지 헷갈리나 그들도 나름대로 계산이 있었다. 개차반 같은 인간이지만 표는 달고 다니니 진정으로 도와주면 좋고 아니면 헛방으로 총알을 쐈더라도 사나운 입막음은 되는 셈이었다.

농촌을 지키는 게 노인들이라는 건 대한민국 어디나 마찬가지다. 송화리에도 손톱 발톱이 다 닳도록 자식들 공부시켜 도시로 '머슴살이' 보내고 죽을 날만 기다리는 노인들이 수두룩하다. 육십 줄이면 청년이요, 칠십 줄이면 장년이요, 팔십 줄에 들어서야 노인 대접을 받았다. 봉수의 일가들도 그랬다. 육십 줄의 봉수가 당내(堂內) 일가들한테 제법 인정을 받는 이유는 평소에도 자주 들러 안부를 살피기 때문이었다.

봉수는 사촌, 육촌, 팔촌까지 일가들 집을 한 바퀴 돌았다. 하릴없이 세월만 보내는 늙은 일가들은 아우니, 조카니, 아주버님이니 하며 반갑게 맞았다. 봉수가 아픈 데는 없느냐, 진지는 잘 드시느냐는 둥, 살갑게 그들의 보호자 행세를 하다가 본론을 꺼냈다.

"성수님, 이번 슨거에 누구 찍으라구 허며 댕겨간 사람 있으요?"

"잉, 저 근너 은정 아베가 아무개 꼭 찍으라구 그러던디."

"뭐 주넌 거 읎었시요?"

"…."

팔십 넘은 육촌 형수는 우물쭈물했다. 봉수는 바싹 다가앉아 2만 원 넣은 봉투를 손에 쥐어주고 갑자기 목소리를 낮추며 슬쩍 겁을 줬다.

"성수님, 이 둔으루 맛있넌 거 사 잡수시구, 워디 가서 절대루 돈 받었다넌 말은 허지 마쇼. 그 말 했다가 들통나면 징역 살이허닝께. 혹시 누가 또 돈 주걸랑 모르넌 체허구 다 받으시구 표넌 3번이다 찍으시요. 알었죠."

봉수는 문맹자인 육촌 형수의 손을 잡고 손가락 세 개를 펴 보이는 시범을 하고도 안심이 안 되어 달력의 커다란 아라비아 숫자 3을 가리켰다. 투표용지가 여러 장이라 따로따로 가르쳐주면 헷갈리니 모조리 3번을 찍으라고 당부했다. 3번은 '군수 후보 남경태', '군의원 후보 윤종길'의 기호다. '도의원 후보 조무영'의 기호는 2번이었다. 일가 노인들에게 다른 후보가 더러 접선한 모양이었다. 한 표가 궁한 마당이니 어디인들 눈독을 들이지 않았을까. 육촌 형수는 한술 더 떠서 두 군데서 다녀갔다며 금액까지 실토했다. 그야말로 푼돈이었다. 늙으면 이래서 서러운가 보다. 표는 다 똑같은데 사람에 따라 금액은 차이가 났다. 봉수는 자기 생각은 않고 돈을 돌린 놈들이 중간에서 떼먹었다고 육촌 형수의 부아를 돋운 뒤 표 단속을 했다. 일가들은 봉수 말을 철석같이 믿었다. 선거는 혈연이 으뜸이라고 하지 않는가. 동네에서는 시원찮은 물건으로 취급당하지만, 일가들한테 봉수는 믿을 만한 혈족이었다.

차례로 일가들을 만나서 안부와 표 단속을 마친 봉수는 동네 주점에 들렀다. 주점에는 동네에서 말깨나 한다는 사람들이 모여 막걸리 잔을 앞에 놓고 씩둑꺽둑 선거 얘기를 하고 있었다. 모든 후보를 도마 위에 올려놓고 난도질을 하는데 유독 군의원 후보 최수철은 안줏감으로 삼지 않았다. 봉수는 재빨리 눈치를 챘다. 군의원 선거는 하나 마나였다. 최 후보가 당선된 거나 마찬가지였다. 사람들이 안줏감으로 올린 후보들은 총알을 안 쐈거나, 쐈어도 약했거나, 빗맞혔기 때문이었다. 최수철 후보는 정조준하여 유권자들은 한 방에 날려버린 것 같았다. 그들과 잠시 노닥거리던 봉수는 바쁜 체하며 면 소재지 윤종길 선거사무실로 향했다.

선거사무실은 사람들로 북적거렸다. 드러내놓고 윤 후보 선거운동 하는 마을 조직책들과 봉수처럼 비선으로 움직이는 사람들이었다. 선거운동은 담쌓고 사는 줄 알았던 사람도 있었다. 봉수는 어느 동네 누가 윤 후보에게서 총을 맞았는지 이제야 대충 파악됐다. 그중에는 봉수처럼 양다리 걸친 사람도 있었다. 봉수는 모른 체했다. 모두 여론이 아주 좋다며 이번에는 윤 후보가 당선될 거라고 바람을 잔뜩 넣고 있었다. 유세하느라 목이 쉰 후보는 그 말에 얼굴을 활짝 폈다.

운동원들 말고 직접 찾아오는 유권자들도 있었다. 두렁풀을 깎다 왔는지 작업복엔 풀잎이 잔뜩 묻어 있었다. 그들은 중요하고 급한 정보라도 제공하는 듯 자기 동네 아무개가 어느 후보 쪽으로 넘어갈 것 같다며 자기가 맘을 돌려보겠다고 자청했다. 총알을 쏴달라는 뜻이었다. 투표가 이틀 남았으니 오늘과 내일이 지나면 돈꽃 피는 호시절이 다 지나가기 때문에 총알을 기다리다 못해 확인 사살해달라고 달려온 것이었다. 선거사무실은 흡사 귀성열차표를 파는 대합실 같았다.

봉수는 최수철 후보 사무실도 인사치레로 들렀다. 여기도 사람들이 들락날락하지만, 윤종길 후보 사무실보다는 뜸했다. 최 후보는 봉수를 반갑게 맞으며 고맙다는 인사를 했다. 봉수가 어찌 행동하는지 뻔히 알면서 하는 말이었다. 봉수는 주점에서 들은 이야기를 전하며 선거는 하나 마나라고 덕담을 건넸다. 최 후보는 느긋한 표정을 지으면서 형님 같은 분이 도와주셔야 당선된다고 또 굽실거렸다. 최수철 후보는 미리 야전에서 총알을 충분히 쏜 게 분명했다. 그러니 확인 사살을 바라는 사람들이 얼씬대지 않지. 봉수는 그리 짐작하며 길다방으로 발걸음을 향했다.

길다방엔 소위 선거꾼이라는 사람들이 모여 고스톱을 치고 있었다. 그들은 네 편 내 편을 떠나 선거 동업자들이었다. 선거가 끝나는 게 아쉬울 뿐이지 후보들처럼 목이 마른 게 아니었다. 나름대로 챙길 것은 챙기고 할 일은 했으니 선거가 끝나면 당선자에게는 축하를, 낙선자에게는 위로를 건네면 될 터였다. 그건 봉수도 마찬가지다. 길다방 마담 옥자도 누가 당선되는 게 중요한 게 아니라 돈꽃 피는 호시절이 금방 지나가는 게 늙는 것보다 싫을 뿐이었다. 옥자도 이번에 짭짤하게 챙겼을 것이다. 활짝 핀 얼굴이 그걸 증명했다. 커피를 마시고 일어선 봉수에게 옥자가 쪼르르 달려와서 군의원은 최수철이 될 거라며 총알을 3억 발 쐈다고 귓속말로 좋알댔다. 총알을 3억 발 쐈다니…. 지난번 선거 때만 해도 2억을 쓰면 당선되고 1억이면 낙선한다는 뜻으로 2당(當選) 1락(落選)이라는 말이 통했는데, 이젠 '3당 2락'이 된 셈이다.

봉수는 집으로 돌아가며 생각했다. 돈 많고 권력 있는 놈들은 법을 안 지키고도 떵떵거리며 잘살지 않는가. 나 같은 무지렁이가 선거 때 돈 몇 푼 받은 것은 죄도 아니다. 나라 경제 규모가 커졌으니 선거판도 커지는 게 정한 이치다. 인건비와 물가가 오르는데 총알값이 오르지 않으면 그게 이상한 일이 아닌가. 선거가 아니라면 돈 많은 놈이 가난한 서민을 언제 처다보겠으며 돈을 고루 나눠 주겠는가. 그러니 선거가 가장 확실한 분배정책이라고 중얼거렸다. 어느새 해가 서산으로 기울었다. 오늘 밤과 내일 사이에 확인 사살을 하려는 후보와 사살을 당하려는 유권자들이 논틀이나 밭틀, 개울가나, 담 모퉁이에서 치열한 머리싸움을 하며 전투를 할 것이었다. 봉수

는 그동안 챙긴 것에 만족하며 내일 하루는 두문불출을 작정
했다.

　투표 날이 밝았다. 이른 아침부터 꼬부랑 노인들이 앞서거
니 뒤서거니 투표소가 설치된 마을회관으로 모여들었다. 투
표를 빼먹으면 벌금이라도 내는 줄 아는 모양이다. 투표율을
높이는 데 절대 공헌하는 게 노인들이다. 도지사 선거, 도의
원 선거, 군수 선거, 군의원 선거, 광역의원 선출 정당투표, 기
초의원 선출 정당투표, 교육감 선거까지 투표용지가 색깔별
로 일곱 장이나 되어 젊은 사람들도 헷갈리는데 하물며 글을
모르는 노인네들이야 오죽하랴. 그러다 보니 투표장 안에서
웃지 못할 일이 종종 벌어졌다. 찍으라는 기호는 열심히 외웠
는데 어느 투표용지에 찍는지 몰라 참관인들에게 물어보는
일까지 생겼다. 돈선거도 그렇지만, 국가나 지역의 미래를 결
정하는 중요한 투표가 미래와 상관없는 손에서 정해지는 게
시골 선거다. 대부분 정당이나 정책을 자세히 알지 못했고 관
심도 없었다.

　봉수는 느지감치 투표장을 들렀다. 투표율이 꽤 높은 편이
었다. 평안면의 3개 투표소가 비슷하다고 했다. 이는 선거운
동이 치열했다는 것으로 총알이 무차별 발사되었다는 증거

였다. 투표장 밖에는 각 후보의 운동원들이 서성대고 있었다. 표정을 보니 당락의 윤곽이 대충 그려졌다. 출구조사를 하지 않아도 짐작하는 방법이 있었다. 어느 후보 운동원 차량이 유권자들을 많이 싣고 투표장에 들락날락했는지 살피면 금방 알 수 있었다.

투표를 마친 봉수가 면 소재지 윤종길 후보 사무실을 방문했다. 사무실에서는 지쳐 늘어진 후보에게 친구들이 덕담을 건네고 있었다. 앞으로 두 시간 뒤에 투표함을 태평군 체육관으로 실어 가서 개표할 일만 남았다. 투표가 종료되면 선거운동원과 가족들은 개표장으로 가고 후보는 지지자들과 사무실에서 희소식을 기다릴 터이다. 최수철 후보 사무실도 사람들만 다를 뿐 분위기는 윤 후보 사무실이나 엇비슷했다. 차례로 선거사무실을 방문한 봉수는 일찍 집으로 돌아왔다. 선거가 끝났는데 여기저기 기웃거리며 얼굴을 팔 이유가 없었다. 봉수뿐만 아니라 모든 유권자가 그랬다. 언제 선거를 치렀느냐는 듯이 행동했다. 총알 맞은 흉터는 빨리 지우는 게 상책이었다. 그래야 마음이 편하기 때문이다.

봉수가 이번 선거도 평년작으로 자평하며 이 정도면 선거꾼 중에서 상수(上手)라고 흡족히 여겼으나 그건 하나만 알고 둘은 모르는 계산이었다. 몸이 노곤하도록 입품과 발품을 팔아 돈을 챙긴 그는 하수(下手)였다. 상수는 따로 있었다. 입과 발을 고생시키지 않고 여기저기서 알뜰히 총알을 맞은 송화리 이장 송은섭 같은 인간들이었다. 그들은 후보들이 쏘는 총알을 한두 번 간곡하게 사양하며 살짝살짝 응원가를 불러준 덕으로 처음 맞았던 총알보다 더 챙겼다. 그러나 상수 위엔 고수(高手)들이 있었다. 평안면에서 투표를 통해 군의원이나 조합장 같은 감투를 썼던 인물들이었다. 그들은 선거 경험을 토대로 총알이 아니라 대포알을 맞았다. 수법은 아주 품위가 있었다. 실탄을 많이 준비한 후보를 물색한 뒤 선거 초반에 슬그머니 그 후보에게 후원금을 건네는 것이었다. 그러면 후보는 후원금의 두어 배를 되돌려주며 도와달라고 머리를 조아렸다. 고수에게 후원금을 받은 후보는 천군만마를 얻었다고 생각했다.

그들의 행동은 선거가 끝나도 확연히 달랐다. 하수의 수법은 나중에 사람들이 눈치채지만, 상수나 고수의 수법은 아무도 몰랐다. 하수는 후보의 약점을 흘리지만, 상수는 모두 훌륭한 분들이라 높이고 고수는 아예 선거 얘기를 꺼내지 않았다. 봉수는 부지런한 하수에 지나지 않았다.

마을회관에서는 송화리 이장 송은섭이 투표 시간이 30분 남았으니 아직 투표하지 않은 유권자들은 빨리 투표소로 가라는 방송을 거푸 해댔다. 오후 6시가 다 되어가도 하지가 낼 모레인지라 해가 넘어가려면 한참을 기다려야 했다. 봉수는 오랜만에 낮잠을 청했다.

피었다

＊

돈꽃

　선거가 끝났다. '뜨거운 성원에 감사드립니다', '열심히 일하겠습니다'라고 인쇄된 현수막이 도로변에 내걸렸다. 문구만 보면 누가 당선자고 누가 낙선자인지 쉬 분간이 되지 않았다. 당선자나 낙선자나 4년 후 선거를 생각하고 벌써 밑자리를 까는 것이었다.

　돈 냄새를 맡은 선거꾼들이 들랑날랑하던 방구리만 한 평안면 소재지는 선거가 끝나자마자 농약이나 비료를 사려는 농사꾼만 이따금 오갈 뿐 공친 마당처럼 한산하다. 길다방 옥자는 현수막을 바라보며 한숨을 퐁 내쉬었다. 돈꽃 피는 선거철이 4년 뒤에나 있을 테니 그 까마득한 세월이 한스러웠다.

　선거가 끝났어도 출마했던 후보들은 한동안 분주했다. 당선자는 호기롭게 당선 턱을 내고 낙선자도 눈물을 참으며 낙선 턱을 냈다. 당선자와 낙선자의 뒤풀이 분위기는 달랐지만, 훗날을 기약하는 맘은 똑같았다. 당선자는 기분 좋게 술과 밥을 사면서 이번 선거에 쏜 총알이 정확하게 명중하여 제대로 돈꽃이 피었는지 계산기를 두드리고 낙선자는 누구에게 쏜 총알이 헛방이었는지 속으로 계산했다. 총알은 선거 때 쓴 돈을 뜻했다. 모두 도와줘서 감사하다는 말을 입에 달고 다니면서도 나를 찍은 놈이 누구이고 내 돈 처먹고 안 찍은 놈이 누구인지 짯짯이 살폈다.

군의원에 당선된 최수철은 며칠째 당선 턱을 내느라 몸이 삶은 시래기처럼 천덩거렸다. 이런저런 친목회에서부터, 초등학교, 중학교, 고등학교 동창들과 마누라가 회원인 평안면 새마을부녀회니 여성방범대니 뭐니 온갖 연줄이 닿는 단체 회원들을 차례로 불러 인사치레를 했다. 그러다 보니 누구 편인지 모르게 올씬갈씬하는 송화리 김봉수 같은 위인도 초대하기 일쑤다. 한 군데라도 소홀히 했다가는 후사가 두려워서다. 당선 턱도 오늘이 마지막이다. 총알은 엄청나게 쐈지만 어쨌든 당선되지 않았는가. 까짓것 개떡 한 덩이 더 던져주는 셈 치면 되지. 최수철은 중얼거리며 식당으로 들어섰다.

"아이고, 며칠 새루 최 의원님 신수가 훤해졌네요."

길다방 옥자가 발딱 일어서 손을 잡았다. 체면치레로 저녁 대접을 하겠다고 전화를 했지만 어쩌면 한 명도 빠지지 않고 모두 참석한단 말인가. 최수철은 익모초 씹은 입맛을 숨기고 웃음을 지으며 선후배님들 덕에 당선됐다고 머리를 조아렸다. 식당에 모인 평안면의 내로라하는 선거꾼들이 방 안 가득 꿈틀대는 능구렁이처럼 보였다. 슬쩍 둘러봐도 이번 선거에서 양다리도 모자라 문어발처럼 여기저기 빨판을 댄 위인들이 낯짝배기도 좋게 온갖 덕담을 쏟아내기 시작했다. 못 먹는 나물이 초 정월에 삐쭉 돋는다더니 당선에 별로 도움이 안 된 사람들 목소리가 제일 크다. 그중에서도 송화리 김봉수가 단연 으뜸이었다. 눈치가 싸전 병아리 같은 그가 최수철을 흘끔거리면서 언죽번죽 말을 늘어놓자 여기저기서 말품앗이가 시작됐다.

"아, 이번 태평군 지방슨거넌 증말 알곡식만 뽑었다닝께. 남경태 군수넌 말헐 것두 옳거니와 이번이 새루 뽑힌 군의원 중에서두 우리 평안면 최 의원 학력을 보라구. 여덟 명 군의원 중에 최고잖어."

"누가 아니랴. 태평군 군의원 중이 대핵교 나온 사람이 최 의원 하나뿐이잖어"

"중핵교, 고등핵교를 댕겼다구 해두 그게 언제 적이 댕긴 핵교냐구. 시상은 빠르게 빈허넌디 공부허구넌 담을 쌓구 돈

벌 궁리만 허던 사람덜이 뭘 알었어. 그러니께 군의원덜이 콤 푸터를 사용헐 줄 물러서 거미줄 쳤다넌 소문이 났지."

"아녀, 컴퓨터를 허긴 했디야. 뽀르노인가 뭔가 물건 큰 서양 애덜이 거시기 허넌 것을 보다가 들켰다구 허잖어. 여자 군의원두 있넌디. 볼썽사납게."

"여자 군의원이라구 그런 거 안 보간디."

작년에 군의회 사무실에서 한 의원이 포르노를 보는 걸 목격한 다른 의원이 소문을 퍼트려 태평군이 발칵 뒤집어진 사건을 두고 하는 말이었다. 그 뒤로 그 의원들은 철천지원수가 되어 고소 고발을 했고 그 꼴을 보다 못하여 시민단체에서 성명을 발표하고 일인 시위하여 다시는 그러지 않겠다는 다짐을 받아낸 일이 있었다. 그런데 신기한 것은 그 포르노 사건을 일으킨 장본인들이 이번에도 모두 당선된 것이다. 돈꽃이 활짝 폈기 때문이었다.

"이번엔 의원덜이 그 지랄은 뭇헐 거여. 콤푸터 잘허넌 우리 평안면 출신 최 의원이 버티구 있으니. 안 그려 최 의원님?"

"선배님들, 그 얘기는 지난 일이니 거론허지 않는 게 좋겠네요. 누워서 침 뱉는 이야기니."

최수철은 정색하며 말을 바꾸었다. 의원으로 당선되기 전에는 자기도 슬쩍슬쩍 흘린 말이지만 이제 군의원이 아닌가. 말을 가려 해야 할 판이었다.

"우리 최 의원님 말허넌 거 들었지? 저렇게 즘잖다닝께. 가만있자, 누가 최 의원님을 위해 건배를 해야 헐 것 아닌가. 동해리 병만이 성님이 해보시우."

그 말에 상석에 앉아 좌중을 둘러보던 나이 지긋한 김병만이 목을 가다듬으며 술잔을 높이 들었다.

"우리, 평안면의 새 일꾼 최수철 의원님의 당선을 축하허며, 앞으루 군의원 두어 번 헌 다음이 도의원을 거쳐 군수까지 쭉 당선되기를 위하여!"

"위하여!"

자리에 모인 사람들은 술잔을 부딪치고 손뼉을 치며 최수철에게 오장육부라도 빼줄 듯 알랑댔다. 호칭도 단박에 바뀌었다. 아우 아니면, 누구 아빠, 최 사장이라는 호칭 대신 최 의원님이라고 깍듯이 불러줬다. 얼마나 고대하던 호칭이던가. 두 번 낙선하는 동안 군의원 선거에 출마했다는 징표로 간혹 최 의원이라고 불러주는 사람도 있었지만 그건 가짜 군의원 호칭이었다. 낙선자 시절 태평군의 이런저런 행사에 참석하면 사회자가 현직에 있는 사람만 호명하여 소개하고 낙선자들은 잔칫집 비렁뱅이 취급을 했는데 최수철은 '의원님' 호칭

만으로도 선거에 쏜 총알 3억 발이 아깝지 않다고 생각했다.

이게 모두 돈의 힘이다. 선거판에 돈꽃이 피지 않으면 제아무리 똑똑하고 군의원 자격이 차고 넘친다고 해도 당선되기 어려우니 무슨 소용이 있단 말인가. 군민들을 위해 정책을 개발하고 좋은 안건을 발의하려 해도 당선되지 못하면 말짱 도루묵이니 군의원이 되려면 무엇보다 돈을 모아야 하고 총알 쏘는 법을 배워야 한다. 최수철은 두 번이나 낙선한 지난 세월이 아쉽기 짝이 없었다. 단번에 총알을 드르륵드르륵 갈기는 것인데 그걸 모르고 언 발에 오줌 누듯 찔끔거렸으니 돈은 돈대로 날아가고 아까운 세월만 보냈다고 생각했다.

이번에 당선된 다른 의원들도 대부분 총알을 3억 발 가까이 쏜 듯했다. 겉으로는 도덕적으로 완벽한 선거를 치렀다고 씨부렁거리며 웃었으나 모두 속이 편치 않은 모양이었다. 내남없이 선거 때야 당선되고 보자는 식으로 총알 아까운 줄 모르고 쏴댔으나 당선되고 나니 본전 생각이 들어서다. 태평군의 군의회 의정비가 겨우 3천여만 원 넘으니 4년 동안 땡전 한 푼 안 쓰고 모은다고 해도 일억 이천만 원밖에 되지 않을 터였다. 국회의원들 같으면 이런저런 후원금이다 뭐다 하여 구린 돈을 챙길 수 있는 구멍이나 있겠지만, 촌구석 군의원들에겐 가욋돈을 챙길 곳이 마땅치 않았다. 최수철도 며칠째 당선 턱을 내고 있지만 속은 생마늘을 삼킨 것처럼 쓰리고 아렸다. 어쨌든 돈꽃은 활짝 폈다. 이 꽃이 시들기 전에 무슨 수를 찾아 총알이 빠져나간 탄창을 채우는 수밖에. 최수철은 밤이 이슥해도 자리를 뜨지 않고 술을 퍼마시며 마치 자기가 당선된 것처럼 기뻐하는 능구렁이들을 과녁 삼아 마음속으로 총알을 한 방씩 갈기면서 중얼거렸다. 다음 선거 때도 또 명중시켜주마.

당선된 의원들끼리 처음 상견례를 하는 날이다. 최수철은 당선증서를 받고 두루두루 한턱을 내고 인사를 다니면서도 똥 누고 밑구멍 안 닦은 것처럼 께름칙했는데 선거가 끝나고 여러 날이 지나도록 경찰이나 검찰에서 오라 가라 통보가 없는 걸 보면 뒤끝이 잘 정리된 것 같아 홀가분했다. 선거 때 쏜 총알이 오발 사고가 나지 않았다는 것이니 이제 마음 놓고 의원 행세를 할 판이다. 최수철은 평소에도 신사복에 넥타이를 즐겨하고 다녔으나 오늘은 더욱 신경을 썼다. 차려입고 거울 앞에 서니 늘 입던 옷인데도 유난히 돋보였다. 자신도 모르게 어깨가 쫙 펴져 있었기 때문이었다. 이래서 선거에서 당선되면 세상이 다 내 것 같고 한 번 선거판에 뛰어들면 발을 빼지 못하는가 보다. 돈의 위력을 새삼 느끼며 가벼운 마음으로 군의회 사무실로 향했다.

상견례라고 특별히 준비할 건 없었다. 당선된 의원들은 예전부터 모두 아는 사이다. 다만 선거를 앞두고 당적을 옮긴 게 조금 께름하지만, 누구 하나 철새라고 흉보는 사람이 없으니 부끄러워할 필요도 없었다. 정당이 다르다고 해봤자 의정 활동에 이견이 있는 것도 아니다. 명색만 무슨 당 소속 군의원일 뿐이다. 군의원이 정당과 관계없이 거수기 노릇을 하며 군수 뒤꽁무니를 병아리 떼처럼 졸졸 따라다니는 것은 흉도 아니다.

평안면의 군의원은 여덟 명이다. 8개 읍면에서 일곱 명은 선거로 뽑고 한 명은 정당투표 비례대표로 뽑았다. 이번 선거에서는 삼선에 성공한 군의원이 두 명, 재선이 두 명, 초선이 세 명, 비례대표 한 명이다. 정당별로는 '자유후진당'이 비례대표를 포함하여 네 명, '딴나라당'이 세 명, 무소속이 한 명이다. '맨날민주당'은 아예 싹도 없다.

이제는 시르죽어가지만 그래도 부자 삼대 간다고 충청도 지역 타령이 끄느름히 살아 있고 군수가 '자유후진당'이다 보니 비례대표까지 얻어먹은 꼴이 되었다. 비례대표는 유력한 군수 후보가 어느 당 후보냐에 따라 거저먹기로 군의원이 되는 셈이라 후보 쟁탈전이 치열했다. 지난 선거에서는 비례대표 순번을 두고 군수와 그 당의 군의원들, 정당 관계자들이 막후 거래를 했다가 들통나서 비례대표 후보들끼리 멱살 드잡이를 하는가 하면 2년씩 반반 나눠서 의원을 하자는 제안이 나오는 등 웃지 못할 소동이 벌어지기도 했다. 이번 선거엔 여성의 정치참여 기회를 확대한다는 명분으로 선거법에 여성이 비례대표 1번으로 정해져 큰 소란은 없었다. 그도 그럴 것이 지방정치에 관심을 둔 여성들이 많지 않다 보니 비례대표를 추천하는 지역의 정당 관계자나 의원들에게 알랑방귀를 뀌어 눈도장을 확실히 찍은 여성이 앉아서 떡을 받았기 때문이었다. 집안 살림을 하며 짬짬이 새마을부녀회 출입이나 하고 봉사랍시고 이런저런 단체에 끼어들던 여자가 느닷없이 군의원이 되는 그런 광경은 태평군과 비슷한 작은 규모의 지방자치단체에서는 흔한 일이다.

선거가 끝난 지 여러 날이 지났지만, 당선자들끼리 모인 상견례 자리인지라 어렵게 치른 선거 후일담이 펼쳐졌다. 삼선과 재선을 한 의원들마저도 갈수록 선거가 어렵다고 엄살을 부렸다. 초선의원들도 그 말이 무슨 말인지 금방 눈치챘다. 좋은 말로는 선거자금이 많이 든다는 뜻이고 막말로는 유권자들이 총알받이가 되어 노골적으로 덤벼든다는 한탄이었다.

"의장님은 무슨 재주루 슨거를 쉽게 치르신대요. 인구두 많구, 말두 많은 읍내에서 한두 번두 아니구 시 번을 연거푸 당선허셨으니 즤들에게두 그 비결 좀 알려주세요."

최수철은 현 군의회 의장인 김용자 의원에게 응석을 부리듯 말했다. 의원 일곱 명의 시선이 김용자에게 쏠렸다. 앞머리를 일본 가부키 배우처럼 빳빳이 세워 올린 김용자는 개선장군 같은 표정을 지으며 대답했다.

"잉, 슨거, 그거 벨거 아녀. 잘난 늠두 한 표, 뭇난 늠두 한 표닝께 차별허지 말구 굽실거리며 혼삿집 초상집 빼놓지 말구 열심히 댕기다 보면 표가 나오게 되어 있어. 발바닥이서 땀나도록 개미처럼 부지런허게 돌아댕기넌 것, 그게 비결이여."

"의정활동 준비넌 언제 허시구 그 많은 유권자넌 어떻게 다 챙기신대요."

"아유, 그러닝께 의원 노릇 허넌 동안은 사생활을 포기허야지. 평소에넌 군민덜을 만나 민원을 들어줘야 허구, 회기 중에넌 예산결산 심의에 행정감사를 해야 허구. 그러자면 자치법과 조례를 살펴봐야 허닝께 밤이넌 공부허야 허구… 군민의 혈세를 받넌 의원이 그 정도 노력을 안 허면 도적넌이라구 허지 않겄시요?"

읍내에 상가 건물을 여러 채 소유한 알부자이며 배짱 좋게 총알을 쏴대는 사람으로 소문난 김용자는 얼굴색 하나 변하지 않고 옳은 말만 골라 귀뚜라미 풍월 읊듯 좔좔 말했다. 최수철은 터져 나오려는 웃음을 참느라 슬그머니 자신의 허벅지를 꼬집었다. 다른 의원들도 엇비슷한 표정이었다. 의원 노릇을 하는 동안 단 한 건의 조례도 발의하지 못하고 수행비서처럼 군수 뒤꽁무니를 졸졸 따라다니며 얼굴 알리기에만 열중한 걸 알기 때문이다. 김용자가 의원 활동하며 가장 많이 한 발언은 "이의 없습니다."와 "동의합니다."였다. 정치인의 자산 중에 첫째가 얼굴에 철판을 까는 뻔뻔함이라고 하더니 그 짝이었다. 국회의원이나 군의원이나 똑같은 정치인이다. 어쩌면 국회의원들보다 더 두꺼운 철판을 깔아야 군의원 노릇을 한다는 말이 틀린 게 아닌 것 같다. 그건 군의원과 군민의 물리적 거리가 더 가깝기 때문일 거라고 최수철은 생각했다.

의원들의 말은 모두 한결같았다. 돈 선거를 당장 없애지 않으면 이 나라가 곧 망할 거라고 걱정을 태산같이 했다. 그러면서 선거 기간에 유권자들이 돈을 요구하는 온갖 행태를 하나씩 입에 올렸다. 유권자에게 돈맛을 들인 게 자신들이면서 돈 받는 유권자만 죽일 놈 잡듯 잡도리를 했다. 지방선거는 개도 주둥이에 만 원짜리 푸른 배춧잎을 물고 다닌다는 우스갯소리가 있을 정도로 돈꽃이 만발한다는 것은 천하가 다 아는데도 자기들은 돈 한 푼 안 쓰고 당선된 것처럼 시치미를 뚝 뗐다. 최수철도 태연하게 한몫 거들었다. 서로 흘끔흘끔 눈치를 보면서 선거판 돈꽃 얘기를 늘어놓던 의원 중에 초선인 서북면 출신 지철구가 한숨을 내쉬며 한마디 던졌다.

"당선은 됐는디 앞으루가 문제네요. 전에두 애경사에 자주 얼굴은 디밀었지만, 앞으루 더 많이 돌아댕겨야 헐 텐디 부조금을 어찌 다 감당헐지…."

누군가 입에서 이 말이 터져 나오기를 고대하던 의원들은 반색하며 서로에게 하소연하기 시작했다. 의정비를 가지고는 자동차 기름값도 안 되는데 이러다가는 끼니가 걱정이라고 엄살을 떨기까지 했다. 월정수당과 의정 활동비를 포함하여 연 삼천여만 원 정도 되는 의정비가 적다는 뜻이었다. 속내는 앞으로 쓸 돈보다 선거를 치르는 동안 펑펑 쓴 선거자금 메우는 일이 난감하여 에둘러하는 말이었다. 선거운동을 하지 않고 자다가 떡 받듯 느닷없이 비례대표로 의원이 된 이복희만 이 말 저 말에 옳은 말씀이라고 물색없이 거들었다.

"군의원이 둔 버년 자리가 아니라 군민을 위해 봉사허년 자리니 참어야 허지 않겠시요? 군민이 들으면 배부르닝께 밥지랄헌다구 헐 테니 슨거판 둔 얘기년 인제 그만 헙시다. 새삼

스러운 일두 아니구. 둔 쓰구두 군의원 되구 싶은 사람이 월마나 많은디요….”

재선으로 당선된 의원이 공자님 말씀처럼 점잖게 한마디 하자 의장인 김용자가 알 듯 모를 듯한 말로 대화를 끝냈다.

“연못을 파면 개구리가 모인다구 허잖어.”

사실 최수철은 평생 본업이라고 할 만한 직업이 없으면서 여러 번 선거를 치르고도 끄떡없는 의원들의 실상을 대충 알고 있었다. 그들은 친척 아니면 선거 때 도움을 준 각별한 지인을 내세워 군청과 관계된 사업을 하게 하면서 공무원들에게 슬쩍 눈치를 주고 공무원들은 탈 나지 않게 눈치를 살피는 것이었다. 그래서 태평군에는 부군수가 열 명이요, 군의회 의장도 댓 명이요, 군의원이 스무 명도 넘는다는 믿거나 말거나 한 소문이 늘 무성했다.

의원이 되기 전에도 드나들었기 때문에 낯설지 않은 의원 사무실과 본회의장을 건성으로 둘러보고 의회 사무과 직원들과 인사를 나누는 것으로 상견례는 끝났다. 군청의 각 실과 과장과 계장들도 찾아와 인사를 했다. 평소에는 소 닭 보듯 하던 말단 공무원들도 살가운 표정으로 당선 축하를 건넸다. 최수철은 비로소 의원이 된 게 실감 났다. 해수욕장 금싸라기 땅 한 필지가 날아갔으나 이 순간 마음은 대통령 부럽지 않았다. 권력이라는 게 이렇게 좋구나. 이 자그마한 촌구석 지방 자치단체 군의원 자리도 권력이라고 굽실대는 위인들이 이렇게 많은데 국회의원이나 장관이나 도지사나 군수는 오죽하랴. 이 자리를 유지하려면 뭐니 뭐니 해도 첫째는 돈이 있어야 하고 둘째는 인심을 얻는 것이다. 인심은 겉으로 드러나는 무기고 돈은 비밀 무기다. 다음 선거는 4년 후에 있으니 비밀 무기는 천천히 방도를 마련하면 된다. 우선은 초선의원으로 사람들에게 좋은 인상을 주려면 개원하기 전에 태평군의 전반적인 사정을 대충 살펴 아무개가 의원 노릇 제대로 한다는 소리를 들어야 하지 않겠는가. 그러자면 공무원의 힘을 빌려야 하리라. 최수철은 평소에 안면 있는 공무원을 떠올리며 그들의 전화번호를 뒤적거렸다.

군수 취임식 날이다. 취임식에 지지자들은 당연히 참석했고 선거 때 반대표를 던진 사람들도 안면을 싹 바꾸고 얼굴도장을 찍느라 모여들었다. 익명성이 통하지 않는 좁은 바닥에서 혹시 권력자의 눈에 날까 염려하며 군수와 악수 한 번 하기 위해 모인 인간들로 군청 광장은 북적거렸다. 삼선을 한 남경태 군수는 새로울 게 없는 태평군의 비전을 장황하게 늘어놓았다. 두 번 군수를 하는 동안 귀에서 진물이 나도록 들은 개발과 발전에 대한 연설이었다. 연설하는 군수나 듣는 군민이나 실현 가능성에는 무게를 두지 않았다. 군수는 군민들이 모두 금방 잊어버릴 공약이고 정책이니 머리 터지게 고민할 필요 없이 듣기 좋은 말만 골라 청산유수로 연설을 해댔다. 그래도 박수는 연방 쏟아졌다.

군수 취임식이 끝나고 오후에 의회 개원식이 거행됐다. 개원식이 열리는 의회 본회의장은 군수 취임식장과 달리 자리가 썰렁하여 군수와 군의원이 가진 권력 무게 차이를 대변하는 것 같았다. 1년 예산 3천여억 원을 주무르고 6백여 명 가까운 공무원과 비정규직원의 인사권을 틀어쥔 제왕 같은 군수 자리와 비교해 군의원 자리는 발뒤꿈치 때처럼 초라해 보였다.

사실 예산결산 심의와 행정감사를 하는 의회의 권한은 막중하나 의원들 스스로 그 힘을 보리개떡 취급을 하는 경우도 많았다. 자치단체장이 예산과 결산의 승인, 조례 심의 안건을 제출하면 의원들은 제안 설명 특별위원회를 구성하여 회부하고 검토, 질의, 답변, 찬반토론을 거치는 심사를 하지만, 의결은 대부분이 제안자의 뜻에 따랐다. 안건이 부결되는 경우는 가뭄에 콩 나듯 아주 드물었다. 견제하라고 힘을 줬지만, 그 견제를 어떻게 행사할지 모르거나 알면서도 권력에 아부하여 포기한 결과였다. 어떤 의원은 회의석상에서 자기는 군수 편이라고 노골적으로 발언하며 동료 의원을 질책하는 광경도 연출했다. 그러다 보니 군수는 말할 것도 없고 말단 공무원들조차 앞에서는 의원님, 의원님, 하면서도 돌아서면 비웃었다. 의원들 면전에서 군의원은 있으나 마나라고 면박을 주는 사람들이 더러 있으나 의원들은 부끄러워하기는커녕 그런 사람을 달밤에 홀로 짖어대는 개 취급을 하며 눈 하나 끔쩍하지 않았다.

지방자치단체장이나 의원들에게 군민은 섬기는 대상이 아니라 선거 때 돈 주고 표를 팔고 사는 고객에 지나지 않았다. 유권자들이 눈을 시퍼렇게 뜨고 감시하면 잘하려는 시늉이라도 할 텐데 군민들도 선거가 끝나면 자기 손으로 뽑은 정치인을 궤짝 속에 처박은 물건처럼 모두 잊어버리고 다음 선거를 기다렸다.

지역의 언론도 비슷했다. 언론이라는 문패만 달았지 실상은 끌어주고 밀어주며 공생했다. 그도 그럴 것이 좁은 바닥에서 최고의 광고주는 지방자치단체니 보도 자료를 그대로 실어주든지 표나지 않게 기사를 마사지해주는 경우가 많았다. 더러 딴죽을 거는 언론사에는 군수나 군의원이 외국 시찰 갈 때 기자들을 취재 명목으로 끼워줘 입을 닫게 하는 경우도 있었다. 시골의 지방자치단체는 말 그대로 감시와 비판이 실종되어 제멋대로 자연스럽게 굴러가는 지방자치가 되었다.

의회 개원식은 군수와 군청의 일부 공무원들과 의원 가족들, 약간의 지지자들이 참석한 가운데 의원 소개와 선서를 하는 것으로 간단하게 끝났다. 최수철은 치열하게 선거를 치렀던 것에 비하면 헛심 빠지는 것 같은 기분을 옷깃에 단 도금한 배지를 만지작거리며 달랬다. 군의원이 별건가. 군수와 틀어지지 않고 공무원들은 부드럽게 대하고, 군민들에게는 속셈이야 어찌 됐든 겉으로 굽실거리면 되는 것 아닌가. 의회 활동은 중뿔나게 나서지 말고 남들 하는 대로 적당히 따라가면 될 터였다. 지방자치가 시행되면서 올곧게 의원 활동을 하려다가 군수한테는 눈총과 지청구를 배 터지게 얻어먹고 동료 의원들에게 따돌림을 당한 의원이 두엇 있었다. 의정 활동은 잘했으나 그들은 당연히 재선에 성공하지 못했다. 유권자들이 올곧은 의정 활동보다 선거 때 쏘는 총알로 의원의 자질을 심판했기 때문이었다.

좋은 게 좋은 거다. 혼자 잘난 체해봤자 군민들이 알아주는 것도 아니고 표로 연결되는 것도 아니다. 큰 사고만 치지 않고 지역구 관리를 잘하면 4년 후도 군의원 자리는 떼 놓은 당상인데 뭐하러 골머리를 썩인단 말인가. 군의원이라는 게 책임질 일도 없고 엄청난 법을 만드는 자리도 아니지 않은가. 의원님, 의원님, 소리를 들어가며 1년에 딸기 따듯 받는 3천여만 원 넘는 의정 활동비가 적은 돈이냐며 의원 노릇을 할 때 기죽지 말고 중간만 가라고 하던 아내의 말이 생각났다. 그 말이 옳다. 나는 이제 태평군의회 평안면 대표 의원이다.

최수철은 어깨를 쫙 펴며 꽃다발을 들고 있는 아내와 어머니 곁으로 다가섰다. 본회의장은 의원 가족과 친척들이 건네는 축하 인사로 잠시 소란스러웠다. 지역신문 기자가 사진을 찍어대니 낼모레 신문에 아무개 군의원이라고 크게 날 터이다. 이제 말도 행동거지도 가려야 하리라. 이런 생각을 하며 최수철은 고등학교 친구인 태평읍 출신 군의원 박달건 앞으로 갔다. 거친 말과 행동으로 소문이 짜했던 박달건은 어디로 사라지고 위엄과 겸손함이 가득한 군의원 박달건이 최수철의 손을 잡으며 미소를 지었다. 자리가 사람을 만든다더니 며칠 새로 사람이 바뀌었다. 박달건도 최수철의 의중을 안다는 듯이 눈을 찡긋했다.

개원식이 끝나고 의원들이 본회의장을 막 나설 때였다. 복도에 서너 명의 젊은이들이 작은 팻말과 장미 꽃송이를 들고 군의원들을 맞았다. 팻말에는 "태평군 군의원이 되신 것을 축하드립니다. 의정 활동을 열심히 하여 훌륭한 군의원이 되시기 바랍니다."라고 적혀 있었다. 그들은 장미 꽃송이를 여덟 명의 군의원에게 하나씩 전달하며 허리 굽혀 공손히 인사했다. 군의원들은 잠시 어안이 벙벙했다. 그들은 군수나 군의원, 공무원들이 보리까락처럼 껄끄럽게 여기는 시민단체 회원들이었다.

"아유, 고맙습니다. 우리 태평군의 양심인 시민단체 회원덜께서 이렇게 축하해주시니. 어떤 꽃다발보다 이 장미꽃 한 송이가 더 아름답구, 우리를 감격허게 허네요."

김용자가 장미꽃을 흔들며 능수능란하게 화답했다. 마치 준비한 대본을 읽는 것 같았다. 삼선 의원의 관록이 묻어나는 순간이었다. 머쓱하게 섰던 다른 의원들도 벌레 씹은 표정으로 고맙다는 인사를 했다.

"이번 의원님들께 기대가 큽니다. 부디 태평군이 고루 발전하도록 노력해주시기 바랍니다. 저희도 도울 일이 생기면 열심히 돕겠습니다."

시민단체 회장이 정중히 말하자 이번에도 김용자가 나서 깔끔하게 마무리 발언을 하였다.

"기대헌다니 우리 어깨가 더 무겁네요. 의원인 우덜보다 불철주야 태평군을 걱정허시넌 시민단체 회원덜이야말루 태평군의 보배지요. 안 그려요, 의원님덜? 앞으루 이런 분덜이 군의원두 되시구 군수두 되시어 우리 태평군을 충청도에서 제일 살기 좋은 고장으루 만들도록 도와드려야 헐 텐디… 가만 있자 이럴 게 아니라 오늘 저녁 식사를 같이허면 어떨까요?"

김용자의 느닷없는 제의에 시민단체 회원들이 사양하고 자리를 떠나자 초선인 지철구가 신기한 표정을 지으며 물었다.

"김 의장님, 저 사람덜이 개원식에 올 걸 아셨나요?"

"아니, 저 화상덜이 올 줄 내가 워떻게 알았겠어."

"그런디 워떻게 준비허신 것 같이 말씀을 잘허신대요?"

김용자가 듣는 사람이 있나 주변을 흘끔거리며 목소리를 낮춰 말했다.

"아이고, 지 의원. 의원 생활 8년 경험이 화투 방 뒷구석이 앉었다가 얻은 개평인 줄 알면 큰 오산이여. 별별 인간 종자덜을 다 만나넌 게 군의원이라구."

"우덜을 못 잡어먹어서 으르대넌 저것덜이 왜 장미꽃을 들구 와서 축하해준대요?"

"군의원 노릇 잘허라구 겁주넌 것일 테지. 진보네 뭐네 허넌 저것덜은 원래 청깨구리 같은 것덜이여. 주뎅이만 살어서 뭐든 꼬투리를 잡넌 디는 선수덜이지. 그래서 저것덜을 좌파라구 부르잖어."

"그래두 옳은 말을 허잖어요."

"말만 옳으면 뭐 해. 회원이라구 해봤자 한주먹 거리두 안되넌걸. 맨날 떠들어야 누가 들어주기나 허간디. 말발이 서려면 대가리 숫자가 많어야지."

의회사무실로 돌아온 의원들은 한동안 시민단체를 놓고 난도질을 했다. 특히 지난번 포르노 사건 때 혼쭐난 의원은 똥 밟은 표정으로 장미 꽃송이를 쳐다보며 중얼거렸다.

"저것덜이 걸리적거리기넌 허지. 툭허면 성명서를 내구 떠들어대닝께… 군의원만 아니라면 요절을 내두 몇 번을 냈을텐디."

"그래서 내가 저녁 먹자구 해서 얼릉 쫓아 보냈잖어. 저것덜은 조용히 만나서 밥 먹자구 허면 손사래를 친다닝께."

김용자는 장한 일이나 한 것처럼 자랑하더니 의원들이 무시당하지 않으려면 다선의원을 중심으로 똘똘 뭉쳐 군의회 의장을 뽑아서 의회의 권위를 세워야 한다는 등, 자기는 태평군을 움직이는 단체나 사람들의 속내를 모두 파악하고 있다는 등, 뜬금없는 말을 해대며 살살거렸다. 곧 있을 의회 원구성을 앞두고 또 의장 자리를 노리며 은근히 던지는 뼈 있는 말이었다. 김용자의 이야기에 빠졌던 의원들은 얼른 눈치를 채고 모두 바쁜 척하며 부랴부랴 의회사무실을 빠져나갔다. 7월 초순의 후덥지근한 바람이 부는 군청 광장에서 최수철은 아내에게 전화를 걸었다. 개원식에 참석한 지지자들 저녁 대접을 하는 아내의 지친 목소리가 아득하게 들렸다.

"어이, 최 의원. 요즘 재미가 쏠쏠허다며. 군의회 의장 뽑넌디 월마를 챙기셨능가? 양다리 걸쳤다넌 소문이 파다허던디. 암, 그래야지. 슨거 때 쓴 자금이 만만치 않을 테니 부지런히 움직여서 선거 비용을 충당허야지. 안 그려, 최 의원? 그런디, 먹넌 것두 눈치껏 잘 살펴서 잡수서. 먹다가 체허면 배때기 가르넌 수가 생기닝께."

군의원이 되고 처음으로 갖는 지역 행사인 평안중학교 동문 체육대회에서 최수철이 신명 나게 운동장을 돌며 손바닥이 부르트도록 유권자들과 악수를 하는데 선거에서 맞붙었다가 떨어진 박현동이 불쑥 나타나 말을 던졌다. 선거 뒤에 처음 만난 자리에서 박현동이 험악하게 당선 축하를 건넨 것이다. 최수철은 한동안 우물쭈물했다. 가만히 듣고 있으면 박현동의 말을 인정하는 꼴이 될 것이고 이걸 치받자니 군의원 체면이 말이 아닐 테니 은근히 돌리는 수밖에 없다.

"박 의원님, 이렇게 경사스런 날 왜 그런 말씀을 허신대요. 오늘은 우리 평안중핵교 동문이 모인 자리니 정치 얘기넌 안 허넌 게 좋겠네요."

최수철은 낙선한 군의원 후보를 의원님이라고 한껏 높여
주고 주위 사람들에게 웃음을 지으며 발걸음을 옮겼다. 할 수
만 있다면 다음 선거까지 저런 인간은 상종하고 싶지 않은데
동네가 좁으니 안 만날 수도 없는 노릇이다. 선거에서 척지면
어미 아비 패 죽인 원수보다 밉다더니 그 말이 틀린 말은 아
닌가 보다. 그러니까 박현동이가 도끼눈을 뜨고 덤비는 게 아
닌가.

　사실 요즘 태평군의회 의장 선출에 관해 말이 많기는 했다.
전반기 후반기로 나눠 원구성을 하는데 삼선을 한 의원 두 명
은 이미 의장을 한두 번씩 역임했으니 재선 의원 중에서 의장
을 뽑아야 하지만, 사정은 그렇게 돌아가지 않았다. 운전기사
딸린 승용차 제공에 월 판공비가 2백여만 원이나 되는 꽃가마
같은 군의회 의장 자리를 너도나도 탐을 내고 있었다. '자유후
진당' 의원 넷, '딴나라당'이 셋, 무소속 한 명으로 구성된 의회
에서 '자유후진당' 의원 두 명이 의장 자리를 노리다 보니 정
당 소속 투표는 일찌감치 물 건너갔고 학연과 지연을 동원한
거래가 물밑에서 치열하게 전개됐다. 의장을 선출하는 의원
들도 그 수법을 훤히 꿰뚫고 있으니 의장을 뽑는 마지막 순간
까지 겉과 속이 다르게 흥정을 했다. 그러다 보니 누구는 차
기 의장으로 밀어주겠다는 밀약을 하고 형님 먼저 아우 먼저

작당을 했다는 둥, 누구는 두툼한 봉투를 챙겼다는 둥 별별 소문이 다 돌았다. 최수철에게도 의장을 노리는 의원들한테 밤낮없이 전화와 문자가 날아왔다. 그중에서도 두 번이나 의장 노릇을 한 김용자 의원의 공세가 집요했다. 박현동이 협박 비슷하게 내뱉은 말도 군의회 의장을 놓친 김용자에게서 흘러나온 말일 터였다.

떠들 테면 실컷 떠들어봐라. 먹고살기 바쁜 군민들은 자기들 선거하고 상관없는 군의회 의장선거 얘기는 며칠 지나면 다 까먹을 테니. 이까짓 증거 없는 뜬소문에 흔들릴 예전 최수철이가 아니다. 나도 이젠 얼굴에 철판 깐 군의원 최수철이다. 어느 지방자치단체는 의장 자리를 놓고 주먹다짐에 사무실 집기를 때려 부수고 난리를 피웠다는데 태평군은 정치력을 발휘하여 이 정도로 마무리했으면 잘한 것이다. 최수철은 박현동의 공갈 협박을 억지로 떨치려 체머리를 흔들며 사람들에게 악수 공세를 펼쳤다. 체육대회에 참석한 동문은 선후배 가릴 것 없이 최 의원님, 최 의원님이라고 부르며 살 부드럽게 대했다. 정치하는 맛이 솔솔 온몸으로 스며들었다.

해가 뉘엿뉘엿 지면서 체육대회가 파했다. 읍내에서 사업하는 동문이나 이런저런 감투를 쓴 단체장들의 찬조금으로 체육대회는 술에 고기에 흥청망청했다. 최수철도 군의원 직함을 달고 금일봉을 쐈다. 다음 선거에 군의원 출마를 준비하는 박현동 같은 작자들도 찬조금을 내놨을 것이다. 바쁜 농사철이지만 하루 짬을 내어 체육대회에 모인 중학교 동문은 너 나 할 것 없이 공짜 술에 거나하게 취했다. 체육대회가 파할 때까지 운동장을 지킨 최수철은 선거 때 핵심 요원으로 도와준 동창 두어 명을 데리고 읍내로 향했다. 박현동이 내뱉은 말은 무시했지만, 그래도 이번 군의회 의장 선출에 대한 여론을 들어볼 참이었다. 읍내로 향하는 차창을 통하여 초록으로 짙게 물든 들판에서 불어오는 바람이 싱그러웠다.

중학교 동창 향숙이네 경양식집은 한산했다. 학교 다닐 때 공부도 잘하고 인물도 좋아 남학생들의 인기를 독차지했던 향숙이 동창들을 반겼다. 서울에서 번듯한 대학을 나와 괜찮은 남자랑 결혼했다는 향숙이가 애 둘을 데리고 고향으로 돌아온 건 3년 전이다. 이혼한 모양이었다. 똑 부러지는 성격의 향숙이 고향에서 부모님을 도와 음식 장사를 하는 것에 중학교 동창들은 말이 많았다. 동창들은 매상을 올려주려고 자주 식당을 출입하고는 늘 뒷말을 달았다. 똑똑하고 예쁜 여자는 애인으론 좋을지 모르나 마누라로는 빵점이라는 둥, 인물 좋은 년 사주팔자 험하다는 옛말이 틀리지 않는다는 둥, 제멋대로 지껄였다. 앞에서는 위하는 척하고 뒤에선 험담하지만, 속으로는 향숙을 건드려보고 싶어 서로 견제하는 남자 동창도 몇 되었다. 동창이나 또래뿐 아니라 읍내에서 돈푼깨나 만지는 위인들도 향숙을 넘성거리는 건 마찬가지였다. 그중에서도 이번에 군의원으로 당선한 박달건의 정성은 가히 하늘에 닿을 정도였다. 부동산업과 건설업으로 모은 재산이 짭짤하고 어깨들 못지않게 거친 성격의 박달건은 유독 향숙 앞에서는 기를 펴지 못했다. 솔개 병아리 채듯 호시탐탐 향숙을 노렸으나 번번이 실패하고 최수철에게 하소연하며 뱉은 말이 걸작이었다.

"이제 향숙을 품는 것은 물 건너갔네."

군의원이 됐으니 행동거지를 바르게 한답시고 한 말인데 얼굴은 언제든지 잡아먹을 준비가 됐다는 표정이 역력했다. 저녁은 건너뛰고 맥주를 한 잔씩 마신 뒤 최수철이 향숙을 불렀다.

"친구, 손님도 없는디 이리 와서 얘기나 허지."

"무슨 얘기? 정치 얘기나 중학교 때 얘기라면 사양하겠습니다."

향숙이 정색을 하며 자리에 앉고 한우를 기르는 김을호가 그 말을 받았다.

"중핵교 때 얘기를 허면 오늘 동문 체육대회 얘기가 나올

테구, 그러면 이런저런 변명 달기 싫어서 그러지?"

"점쟁이 다 됐네."

"정치 얘기넌 왜 싫어헌디야. 사람 사넌 게 다 정치인디. 그럼 소 키우넌 얘기해줄까?"

맥주를 단숨에 들이켠 김을호는 축산 농가의 애환을 『삼국지』처럼 길게 늘어놓다가 뜬금없이 한우가 똥값으로 곤두박질한 것은 '광우병 미국 쇠고기 수입 반대' 촛불 때문이라며 이야기를 정치판으로 끌고 들어갔다. 촛불에 놀란 사람들이 한우 고기도 먹지 않는 것은 순전히 야당과 좌파 데모꾼들 때문이라고 입에 거품을 물기까지 했다. 최수철과 다른 동창이 옳은 말이라며 맞장구를 치자 고무된 김을호는 엉뚱하게 천안함 침몰 사건을 꺼내면서 눈으로 직접 본 것처럼 장황히 설명하더니 그래서 정치가 중요하며 국가안보를 위해서는 힘 있는 보수 여당이 국민을 함부로 나대지 않게 꽉 눌러야 한다고 일갈했다.

"수철이보다 을호가 정치하는 게 낫겠다. 이렇게 정치를 훤히 꿰뚫고 있으니 군의원 시키면 얼마나 잘할까. 다음에는 김을호, 네가 군의원 출마해라."

김을호의 얼굴을 뚫어져라 처다보던 향숙이 담담한 말투로 한마디 던졌는데 모두 박장대소했다. 향숙은 웃는 그들이 더

우스웠다. 향숙이 말에 신이 난 김을호가 팔을 내저으며 입을 열 때였다.

"아니, 최 의원, 이런 오붓한 자리가 있으면 나를 먼저 불러 야지. 의리가 개판이네."

군의원 박달건이었다. 무슨 냄새를 맡았는지 아니면 은밀 히 향숙을 추근대러 왔는지 모르지만, 이런 자리가 웬 횡재냐 싶게 반색을 하며 자리에 앉았다. 최수철의 친구들은 박달건 과 중학교와 고등학교를 같이 다니지 않았지만, 안면이 있어 서로 반갑게 인사를 나눴고 향숙이도 아는 체하며 자리에서 엉거주춤 일어섰다가 앉았다. 박달건이 끼면서 좌중은 완전 히 정치판으로 바뀌었다. 최수철은 천둥에 개 뛰어들듯 합석 한 박달건이 못마땅했지만, 찍소리도 못 하고 이따금 추임새 를 넣는 게 고작이었다.

이번 군의회 의장 선출에 대한 여론이 어떤지 살살 떠보려 고 친구들을 데리고 왔는데 이야기가 엉뚱한 방향으로 흘러 가고 있었다. 말발 센 박달건과 농사꾼 김을호는 죽이 척척 맞아 대한민국 정당사와 정치판을 천자문 외우듯 좔좔 훑어 내렸다. 박달건은 신이 났다. 향숙이 앞에서 자기가 거칠고 무식한 남자가 아니라는 걸 보여줄 기회를 잡았다 싶어 유식 한 언사를 동원하느라 안간힘을 썼다. 그가 알고 있는 정치나 사회현상에 대한 상식이라는 게 신문 본문 내용은 읽지 않고 제목만 보고 떠드는 것에 불과하지만 워낙 달변이어서 얼핏 들으면 다 옳은 말 같았다. 최수철과 친구들은 맞장구를 쳤으나 향숙은 고요한 호수처럼 미동도 하지 않고 경청했다. 향숙이 경청하는 것이 자기 말에 동조하는 것으로 여겼는지 박달건은 이야기 중간마다, 향숙 씨 생각은 어때요? 안 그래요? 하고 묻기 시작했다. 그때마다 향숙은 간단한 대답으로 얼버무렸다. 박달건의 정치 이야기는 중앙정치에서 지방정치로 옮겨가더니 이번 지방선거에서 당선된 도지사를 씹어대기 시작했다.

"도지사넌 힘 있넌 집권당이서 해야 허넌디 골수 야당 출신이 당선됐으니 큰 문제여. 안 그려요, 향숙 씨?"

"박 의원님이나 최 의원도 집권당 군의원이 아니고 야당 의원이잖아요."

자꾸 묻는 바람에 향숙이가 얼떨결에 한마디 대꾸했다. 집권당은 '딴나라당'이니 '자유후진당'인 당신들도 야당이긴 '맨날민주당'이나 마찬가지라는 뜻이었다. 향숙의 말에 잠시 멈칫하던 박달건이 정색을 했다.

"야당두, 야당 나름이지요. 우린 집권당과 혈액형이 같어서 야당으루 볼 수 옰지요. 집권당이 큰집이라면 우리넌 작은집이라넌 말씀입니다. 정치를 엉망으루 만든 골수 야당 출신덜 허구넌 유전자가 다르다닝께요. 안 그려, 최 의원?"

"그럼, 우리 당의 뿌리넌 '딴나라당'이니께 집권당이나 매일 반이지."

최수철이 자랑스럽게 대답하고 친구들도 고개를 끄덕였다. 향숙은 빙그레 웃으며 최수철에게 한마디 더 던졌다.

"최 의원, 핫바지가 뭔지 알지? '자유후진당' 뿌리넌 핫바지 아닐까?"

한때 충청도 홀대를 구실 삼아 핫바지 바람으로 정치 기반을 잡았지만, 이제는 지역의 군소정당으로 전락한 것을 두고 향숙이 은근히 던진 말이었다. 박달건과 최수철은 눈을 동그랗게 떴다. 정치 얘기라면 입을 꼭 다물던 향숙의 입에서 저런 말이 나오다니. 박달건이 얼른 말을 돌렸다.

"핫바지넌 옛날얘기구요. 어쨌든… 앞으루 충청도 발전은 기대헐 게 읎다구요. 도지사가 운동권 출신에 좌파 정치인이니. 그러구 보면 우리 태평군 유권자덜은 참말루 현명허단 말이지. 민선 지방자치단체장을 다섯 번이나 뽑었지만 좌파 군수를 한 번두 뽑지 않은 걸 보면."

"군수뿐이여. 여태까지 '맨날민주당' 같은 좌파 군의원두 당선된 적이 읎다닝께."

박달건과 최수철이 주고받는 얘기를 듣던 향숙이 일부러 맹한 표정을 지으며 물었다.

"최 의원, 정확하게 좌파가 무슨 뜻이래?"

"에이, 그것두 물러. 좌파년 왼손잽이구, 우파년 오른손잽이지."

김을호가 냉큼 대답하자 모두 웃음보를 터트렸고 최수철이 자상하게도 해석을 곁들였다.

"좌파년 사상이 불그스름헌 사회주의자나 공산당을 두구 허년 말이여. 조금 심헌 말루 허면 빨갱이라구두 부르구. 그런 잡것덜을 두구 좌파나 종북이라구 부르넌 것이여."

"내가 묻는 것은 그런 잡것들을 언제부터 누가 좌파라고 했느냐는 건데…."

"그거야 내가 어찌 알겄어. 옛날부터 사람덜이 좌파라구 했으닝께 좌파겄지."

"최 의원, 이제 군의원이 됐으니 공부 좀 해야겠다. 그동안은 돈 버느라 시간이 없었겠지만, 지금은 번듯한 정치인이니 인터넷에 '프랑스혁명'이나 '좌파'라고 쳐봐. 금방 좌파의 역사와 유래가 뜨니까. 누구를 좌파라고 하기 전에 우선 좌파에 대해 정확히 아는 것이 중요하잖아. 군의원… 이 자리를 얻기까지 얼마나 투자를 많이 했니. 그러니 훌륭한 군의원 소리를 들어야지. 안 그래? 사람들은 군의원을 하찮게 보는데 나는 생각이 달라. 군의원 역할이 얼마나 중요하다고. 나는 군의원 들이 어떤 마인드를 가졌느냐에 따라 군민들의 삶도 바뀐다고 믿는 사람이야. 우리나라에서 지방자치가 시행되기까지 역사를 살펴보면 정치적 견해가 다르다고 함부로 좌파라고 폄하하지 못 할 거야. 네가 좌파라고 쉽게 단정하는 사람들의 헌신도 컸으니까. 나는 네가 군의원이 된 게 자랑스러워. 아마 우리 중학교 동창들 생각도 마찬가지일 거야. 정의로운 군의원으로서 직분과 윤리에 충실하여 훗날에도 최수철 의원이 의정 활동을 가장 잘했다는 평을 들었으면 좋겠다. 의원 선서에도 그렇게 나와 있잖아."

향숙은 흐트러짐 없는 자세와 진지한 표정으로 또박또박 말했다. 좌중은 찬물을 끼얹은 듯 조용했다. 술 탓도 있지만 모두 얼굴이 뻘게졌다. 한동안 침묵이 흐른 뒤 어색한 분위기를 바꾸려는 듯 박달건이 끼어들었다.

"향숙 씨, 다음번 군의원 슨거에 출마허시죠. 향숙 씨같이 학식 높구 논리정연헌 분이 군의원 뭇 허면 누가 헌대요?"

"박 의원님, 말씀은 고마우신데 저는 못 해요. 투자 여력도 없고 선거 기술도 없으니까요."

향숙이 자리에서 일어나 술병을 치우면서 술자리는 끝났

다. 짧은 여름밤은 어느새 깊어 자정이 가까워졌다. 엉거주춤
서 있던 최수철 일행은 건성으로 인사를 건네고 밖으로 나오
면서 찧고 까불렀다.

"어이, 최 의원. 저 물건이 서울서 명문대를 나왔다구 허더
니 운동권인가 뭣인가 출신 아녀? 오늘 보니 좌파 중이서두
골수 좌파네."

"그러게. 을호야, 향숙이 쟤가 대학 댕길 때 운동권이었다
넌 소문 못 들었니?"

"내가 그걸 워찌 알어. 고등핵교두 서울서 댕겼넌디. 하여
튼 보통내기가 아니네. 좌파덜은 똑소리 나게 말은 잘헌다닝
께. 저렇게 사사건건 역사니 뭐니 따지니 어느 늠이 좋아허겠
어. 그러닝께 이혼당허구 고향으루 내려와 술장사를 허지."

"에이 참, 물 근너갔네. 물 근너갔어. 인물 반반허구 내 말
을 다소곳이 들어줘서 친구루 지내볼까 했더니만. 그동안 쌓
은 공든 탑이 아깝다. 에잇."

박달건은 손안에 든 새를 놓친 아쉬움과 따먹지 못할 과실
을 탐낸 자신이 짜증스러운 듯 땅바닥에 침을 찍 갈겼다.

집에 돌아온 최수철이 곰곰 생각하니 오늘은 일진이 사나
운 날이다. 가는 날이 장날이고 병든 개에 파리 붙는다더니

그 짝이다. 아침엔 박현동이가 무지막지하게 험한 말로 봉변을 주더니만, 저녁엔 향숙이 흠잡을 데 없는 옳은 말로 사람을 옴짝달싹 못 하게 무안 주는 게 아닌가. 최수철은 생각할수록 밸이 뒤틀렸다.

공부 좀 하라고? 향숙아, 공부 많이 한 네 꼴은 뭐냐. 정의로운 군의원이 되라고? 말이 쉽지, 정의로운 사람이 나서기에는 세상이 그리 호락호락하지 않단다. 네가 아무리 똑똑해도 죽었다 깨어나 봐라. 군의원이 될 수 있나. 어림 짝도 없다. 나는 이제 선거에 이골이 난 전문가다. 실탄은 넉넉하고 총알 쏘는 기술도 있단다. 용뿔 빼는 재간을 지녔어도 선거에서는 총알을 당해낼 수 없는 게 요즘 세상이다. 직분과 윤리에 충실하여 훌륭한 군의원이 되라고? 암, 그래야지. 좋은 게 좋다고 의회에서 쌈박질하지 않고, 바람 불 때 돛 올리고, 물 갈 때 배질하여 군수도 좋고, 나도 좋고, 의회도 좋고, 모두 다 좋으면 그게 훌륭한 군의원, 아니겠느냐.

최수철은 중얼거리며 의원 선서를 찾아 읽었다. 향숙이가 직분이니 윤리니, 뭐니 하며 가르치려 들던 게 생각나서였다.

"나는 법령을 준수하고 주민의 권익 신장과 복리의 증진 및 지역사회 발전을 위하여 의원의 직무를 양심에 따라 성실히 수행할 것을 주민 앞에 엄숙히 선서합니다."

의원 선서 어디에도 직분이나 윤리라는 단어가 들어간 문구는 없었다. 직분과 비슷한 직무라는 글자는 있지만, 윤리라는 글자는 눈을 씻고 찾아봐도 없다. 대신 양심이라는 글자는 있었다.

나이 오십이 되도록 경찰서 문지방 한 번 안 넘었으니 법령을 잘 준수한 것이고, 이번 선거에서도 주민의 권익 신장과 복리 증진을 위해 지역사회에 경제적으로 기여했으니 이미 양심에 따라 의원의 직무를 수행한 것이 아닌가. 최수철은 혼자 구시렁대면서 의원 선서를 따오기 찬물 구멍 보듯 오래 들여다보았다.

연민과 믿음에 대한 탐색

박명순 • 문학평론가

1. 우리 시대의 이야기꾼

연민과 믿음은 정낙추의 소설을 관통하는 주제이다. 우선 세월호 참사가 소재로 등장하고, 진보 사기꾼으로 변질한 어용 언론인, 태극기와 촛불이 뒤섞인 광장의 가장자리 인물들을 소환하면서 따뜻함을 놓치지 않는다. 그렇게 시대의 민감한 사안을 다루면서도 사람의 결을 다독이는 정낙추는 특별한 이야기꾼이다. 그래서일까, 그가 창조한 캐릭터들은 특정한 사건이나 시대적 흐름을 대변하면서도 주변부 인물을 반영한다. 그의 '눈'으로 새로운 각도에서 찾아낸 문제를 환기하는 것이다. 그 방식은 상투적이지 않으며 주변부 인물이 중심이 되어 사회적인 의미를 반추한다. 자칫 계몽이나 교훈으로 흐르게 되는 진부함을 방지하기 위한 장치이리라. 그래서 이 소설집에는 서해안 태안 지역의 갯바람이 짠 내를 풍기기도 하고, 뱃사람의 억센 웃음소리에 맞추어 장삼이사의 속내를 뒤집는 놀이판이 마련된다. 독자는 특유의 사투리 구사와 풍부한 속담에 담긴 웅숭깊은 문장에서 해학과 풍자의 진면목을 만나게 될 것이다.

작품의 인물이 우리 사회를 투사한 존재라는 점을 화두로 정해보자. 동시에 사회적 담론을 재생산하는 설정이 그 담론의 확장과 심화를 겨냥하는 점도 논의하자. 정낙추 소설에서는 사회정의나 이념을 넘어 사람에 대한 믿음과 연민을 지향한다는 점이 중요하다. 물론 이 문제는 '알이 먼저냐 닭이 먼저냐'처럼 동어반복의 함정에 빠질 우려가 크다. 작가 또한 이를 충분히 인식했을 것이다. 그리하여 현장의 문제성 재현보다는 상황을 받아들이는 과정에서 '사람과 사람의 만남'을 공들여 그려내고 있는 것이다.

예를 들자면, 「노란 종이배」는 세월호 참사에 대한 담론 확장의 내용이지만 그 중심에는 명재와 선재의 깊은 연민과 믿음이 결곡하게 흐른다. 「사람의 결」에서는 태극기 집회와 촛불 집회의 대립적 상황이 연출되지만 이념의 갈등 상황은 가급적 억제한다. 정치인의 밥그릇 싸움에 새우등 터질 것 없다고, 민초는 민초들끼리 반목하지 말자며 스스로를 반추하는 문장으로 토로한다.

작가는 청년실업의 문제, 언론의 왜곡, 선거판의 타락상 등 민감한 현안을 측면적 시각에서 다룬다. 그러니까 작품의 인물들은 우리 시대 선량한 이웃들의 그늘진 자화상이다. 물론 소설의 주인공들이 긍정적인 측면만 지니는 것은 아니다. 인간에 대한 풍자와 해학의 행간에 숨겨진 넉넉한 포용 그것이 정낙추가 바라보는 연민의 이유이며 인간에 대한 믿음인 것이다. 지방선거에서 푼돈을 뜯는 「피어라 돈꽃」의 김봉수를 통하여 카타르시스를 극대화하는 것처럼.

주목할 것은 그의 인물들이 사회적으로 열악한 위치에 있으면서도 끝내 존엄한 삶을 포기하지 않는다는 점이다. 물론 그 성과는 대중들에게 내세울 화려한 업적과는 거리가 멀다. 가까운 이웃이나 가족 정도가 알아줄 만한 소소한 것이기도 하다. 그 소소함의 사연이 소설의 흐름을 구성지게 하면서 개개인의 가슴에 스며드는 진정성이 되는 점이다. 작가가 보여주는 사람 살아가는 이야기가 그만큼 풍요롭게 펼쳐지면서 저마다 삶을 반추하게 하는 화두를 걸머지게 만드는 것이다.

이 소설집에서 가장 생동감 있는 인물이 선거판 푼돈을 뜯어내는 「피어라 돈꽃」의 김봉수라면, 가장 매력적인 인물은 말코 엄마가 아닐까 싶다. 말코 엄마는 불가촉천민 이미지로 등장하지만 서술자인 나에게 인간적 연민을 가르쳐준 유일한 인물이기도 하다. 이는 뒤에서 다시 거론하기로 한다.

깊은 여운을 남기는 인물은 「노란 종이배」의 선재였다. 선재는 열한 살의 아이로 자폐증 때문에 세상과 담을 쌓은 채 살고 있다. 그럼에도 불구하고 작가는 그를 화엄경의 선재동자처럼 지혜로운 인물로 암시하는 것이다. 작가는 세월호 참사를 애도하며 두 명의 엄마를 먼저 보내고 자폐증 동생의 보호자 역할까지 수행하는 착한 소년 명재를 호명한다. 선재와 명재는 각기 엄마가 다르지만 특별한 만남으로 서로의 믿음을 나누며 살았으나 안타깝게도 명재가 세월호 참사의 희생자 명단에 포함된다. 그 이후의 스토리가 이 소설의 포인트가 된다. 선재의 자폐증은 일상생활에 무리가 없음을 보여주면서 특유의 손재주로 '노란 종이배'를 바다에 보내며 신화적 의미의 여운을 남긴다.

2. 환대의 인물들

사람은 존재 자체만으로 고귀한 가치가 있는가. 조건 없는 환대는 과연 가능한가. 정낙추 소설에서 인간에 대한 믿음과 연민을 구축하는 것으로 (작가의 의도와 별개로) 환대의 의미가 중요한 자리를 차지한다. 환대란 타자에게 자리/장소를 주는 행위, 혹은 사회 안에 있는 그의 자리를 인정하는 행위이다. '자리를 준다/인정한다'는 것은 그 자리에 딸린 '권리들을 준다/인정한다'는 뜻이기도 하다. 그것이 우리 사회의 구성원이 되고 권리와 의무를 갖게 하는 장치이다.[1]

반면에 울타리에 받아들여지지 못하여 구성원에 흡수되지 못하는 것, 자리를 차지하지 못하는 것을 '스티그마(stigma)'라고 한다. 시각적 기호를 사용하는 데 탁월했던 그리스인들은 몸에 표시를 해서 그 표시를 지닌 사람이 뭔가 이상하거나 도덕적으로 문제가 있다는 것을 알렸으며, 이를 칭하기 위해 '스티그마'(낙인烙印)라는 용어를 만들어냈다. '낙인'은 신체적, 사회적, 정치적 등의 이유로 사회적으로 외면당하는 상황으로 그 범위가 넓다.[2]

---

1 김현경, 『사람, 장소, 환대』, 문학과지성사, 2015, 207~208쪽 참조.

2 어빙 고프만, 윤선길 · 정기현 옮김, 『스티그마』, 한신대학교출판부, 2009, 15~21

환대 문화는 손님에게 안방을 내주고 비축했던 곡식으로 정성껏 상을 차려 대접했던 오래된 전통이었다. 우리 사회에서 어떻게 조건 없는 환대가 가능한가에 대한 물음은 이 소설집에서 특별하게 빛나는 영역이다. 독자들은 소설 곳곳에서 환대를 실천하는 인물을 만나는 동시에 사각지대의 스티그마 인물에 주목하게 된다. 죽음을 선택했던 사람이 소생하거나 빚에 쫓기다가 스티그마를 극복하고 스스로 환대의 주체로 변신하는 인물도 있다. 「노란 종이배」의 자폐아 선재를 대하는 태도에도 마찬가지이다. 선재가 학교에 가지 못하는 이유는 바보라고 놀림을 당하기 때문이다. 선재에게 자리를 마련해주지 않는 것, 즉 스티그마가 되어 구성원이 될 수 없는 사회 분위기를 고발하는 것이다. 소통의 불편함에도 귀하게 대하는 가족들과 그 이웃의 따뜻함이 때로는 의아할 수도 있는 그 자리에 환대라는 용어가 소환되는 것이다.

「말코 엄마」에 등장하는 모녀는 대표적인 스티그마 인물이다. 말코는 외모 때문에 차별을 당하면서 한곳에 자리를 잡지 못하지만 특유의 지혜로움으로 상황을 극복하는 매혹적인 인물이다. 그녀 역시 어린 시절, 자신의 딸처럼 외모를 탓하면서 낳아준 부모를 원망했을 것이다. 그러나 그가 주막을 운영

쪽 참조.

하는 방식에서 알 수 있듯 당당하게 환대를 실천하면서 자본주의사회에서의 절충안을 모색한다.

그 물음을 긴밀하게 탐색한 작품으로 「노을에 묻다」를 들 수 있다. 신용불량자인 스티그마 인물이 환대의 주체가 되어 시원한 문장으로 설득력 있게 전달한다. 이 작품의 특장(特長) 가운데 특히 청년실업의 문제를 다루면서 어른의 역할을 그려내는 장면이 뭉클하게 울림을 준다. 청년 10명 중에 5명은 취준생, 2명은 대학원, 2명은 정규직, 나머지 하나는 비정규직이며 이 중에 7명은 알바를 병행하는 현실은 이제 놀라운 일도 아니다. 이 그물망을 어떻게 풀어가야 하는지, 어른으로서 어떻게 힘을 실어주어야 하는지 그 쉽고도 어려운 문제를 진술한다.

소설은 현수의 입장에서 1인칭 시점으로 김 선생과 선장 부부의 만남을 그려나간다. 도시에서 쫓겨난, 스티그마 인물이 주인공이다. 서울에서 대학을 나왔지만 도시에 자신의 자리를 만들 수가 없어서 스스로 목숨을 포기하는 지경에 이른 것이다. 그가 마지막으로 찾아온 곳은 서해안 어느 바닷가이다. 이곳에서 신분증과 "천 원짜리 지폐 한 장과 동전 일곱 개"만 소유한 채 생의 마지막을 결단한다.

하필이면 왜 태안 앞바다에 와서 극단적인 선택을 시도한 것일까. 바다의 무한생성의 위력은 생명을 키워내는 동시에 생명을 앗아가는 공간이다. 생의 마지막 결단에도 위로가 필요한 법. 현수는 노을의 힘을 빌려 세상을 떠나려고 했으나 오히려 그 "노을이 너를 살렸다"는 말을 듣게 된다. 다행히 현수는 이곳에서 김 씨와 선장 부부의 환대 속에서 소생한다. 타자, 이방인을 받아주기 위하여 김 씨가 먼저 자신의 좁은 터를 나누어주었고 선장 부부 역시 따뜻한 나눔을 준 것이다. 현수는 꽃게잡이 배를 타면서 뱃사람들이 자신을 받아준 만큼 생의 의지를 회복한다.

> 뱃사람들의 언어는 특별했다. 통발 건져 올리는 것을 '물 본다', 선원은 '뱃동서', 죽은 꽃게는 '아가리', 통발 입구는 '아구리', 미끼는 '이깝', 밥하는 선원은 '화장'이라고 자기들만의 말을 사용했다. 무전기에서 나누는 대화를 듣고 있으면 심심하지 않았다.
>
> (…)
>
> "현수야, 언제 죽을지 모르는 바다에서 혼자는 못 산다. 바다의 꽃게는 임자가 없으니 서로 나눠 잡으면 되고 이웃이 잘 살아야 내 마음도 편한 거란다."
>
> ─「노을에 묻다」 중

선장이 뿌리쳤다면 신용불량자 김 씨도 3년 전에 죽었을 것이고 김 씨가 외면했다면 '나'도 당연히 살아 있지 못했을 터이다. 김 씨를 살린 것이 선장이었다면 '나'를 살린 자는 김 씨이다. 이렇게 죽어가는 누군가를 살려내고 세상을 바꾸는 힘이 될 수도 있음을 작가는 바다의 소생 능력과 연계한다. 주고받는 힘을 만들어줄 때 진정한 의미를 발휘하는 것이다. 아무튼 배에서 만난 세상의 이치는 달랐다. "선장은 매일 말 대신 몸으로 최고의 강연을 했다"는 진술에서 보듯 살아가는 방식을 새롭게 배웠으니 현수는 스티그마 인생을 극복하며 김 씨처럼 또 다른 장소에서 환대를 실천하며 생명을 구하는 주체로 거듭날 수도 있을 것이다.

물론 청년실업의 문제를 환대와 육체노동으로 단순화시키는 건 문제가 될 수 있지만 사회구조적 관점에서는 이러한 담론 자체도 흘리지 말아야 한다. 청년의 직업관이 아니라 직업교육과 교육제도가 문제인 것이다. 그래서 정낙추 소설이 기층 민중에 대한 믿음으로 그려내는 건강한 노동의 힘과 가능성은 우리 사회가 지향해야 할 노동관에 생기를 불어넣는 것이다.

「사람의 결」에서도 작가의 페르소나인 박동길을 내세워 성찰의 화두를 던지고 있다. 이념의 허상을 자각하고 사람 자체로 존중받아야 함을 광장 문화와 연계해서 다루는 것이다. 인간은 존재 자체로 존엄한 대우를 받아야 하지만 어떤 이유로든 스티그마의 위협에 시달리는 것이 우리의 현실이다. 과학 기술이 발전하고 문화가 변화하면서 인간의 도덕적 행위나 본성은 퇴보하는 경향이 농후할 수밖에 없다. 자본 논리가 발현하면서 돈이 우선인 세상이 되었음을 개탄하지만 그 해결을 위한 실천에는 인색하지 않았던가.

서술자는 순박한 농민인 박동길인데, 한때 김 선생을 교주처럼 여겼었다. 박동길은 양돈과 소설 창작을 병행하는 김 선생의 박학다식한 언변에 매료당하여 주기적으로 어울리곤 했다. 주변 사람들에게 빨갱이라는 인신공격을 받을 만큼 열변을 토하는 김 선생의 매력에 빠진 것이다. 박동길은 그에게 큰 도움을 받기도 했는데 복잡하게 얽혀진 해당화 작목 비용을 '기자가 어쩌구' 하면서 단박에 해결해준 경우이다. 그런가 하면 곤란한 적도 있었다. 소설 취재를 하겠다며 다방 여자에게 무례하게 성교 경험의 질문을 던지다가 뺨을 맞는 엉뚱한 상황을 목격한 것이다.

이후에도 김 선생과의 관계는 중독처럼 이어졌는데 그가 갑작스럽게 서울로 이사를 하며 이십 년 동안 소식을 모르다가 우연히 광화문에서 조우한 것이다. '박근혜 퇴진' 촛불 집회에 구경 삼아 어슬렁대다가 태극기로 온몸을 두른 김 선생을 만나 그의 달라진 근황을 확인하면서 소설은 끝을 맺는다. 김 선생이 20년 동안 어떤 세월을 보냈기에 태극기집회의 중심인물이 되었는지 어리둥절할 뿐이다.

이 대목에서 제목 「사람의 결」이 의미하는 바를 생각해볼 필요가 있겠다. 사전을 펼치니 '결'은 "나무, 돌, 살갗, 비단 따위의 조직이 굳고 무른 부분이 모여 일정하게 켜를 지으면서 짜인 바탕의 상태나 무늬" 또는 "성품의 바탕이나 상태"라고 풀어준다. '사람의 결'이 중요하다는 것은 사람 그 자체를 연민하고 믿어야 한다는 것이다. 추측이 가능하다면 박동길이 빈궁하게 살아가는 김 선생에게 느끼는 일말의 연민이 그 실마리가 되지 않을까 싶다.

'촛불과 태극기'로 대변되는 우리 시대 분열의 현장에서 박동길은 우연히 만난 김 선생이 건넨 태극기를 얼결에 받았고 변화된 그에게 실망하며 도망치듯 헤어진다. 태극기가 모여 있는 곳과 촛불이 있는 자리는 우리 시대 민초의 함성을 대변하는 분열의 현장이다. 당연히 선두에서 촛불을 들 것이라 믿었던 김 선생의 변절도 놀랍지만 정작 20년은 그만큼 질곡의 세월일 수도 있다. 김 선생처럼 정치적 성향이 극에서 극으로 바뀐 경우는 수도 없이 많다.

가을이 가고 해당화 피는 봄이 오고, 또 가을이 가는 동안 김 선생은 박동길의 일상에서 점점 사라지고 기억 창고 속에 변하지 않는 시간으로만 남게 됐다. 그를 통해 역사를 알았고 세상사에 관심을 두게 된 박동길은 전화번호마저 사라진 김 선생이 생각날 때마다 읽어보라고 건네준 책을 뒤적거리는 버릇이 생겼다. 몇 권의 시집과『해방 전후사의 인식』이라는 제목부터 낯선 책인데 여러 번 읽다 보니 남에게 설명은 못 해도 무슨 뜻인지 알 것 같 았다. 박동길은 그 책들을 김 선생이 주고 간 정표로 여기며 간직 했다. 그렇게 흐른 세월이 20여 년이다.

—「사람의 결」중

세계 유일의 분단국가인 한반도의 남쪽에 존립 기반을 둔 다는 건 사상과 이념에서 영원히 자유롭지 못하다는 것을 의 미한다. 6·25나 격변의 시대인 1970~1980년대 민주화의 소 용돌이를 벗어났다고는 하지만 여전히 보수와 진보 혹은 세 대 간 대립의 골이 깊다. 그러나 작가는 촛불과 태극기집회 를 소재로 이야기를 펼치면서 정작 이념 대립에 대해서는 가 타부타 언급하지 않으니 그게 맞을 수도 있다. 보수와 진보의 대립 같은 편가르기식으로 결집되는 군중과 이를 이용하는 정치인들의 작태를 환기하는 것이 중요한 것이다. 현실정치의 부조리, 그 권력투쟁의 현장이 더욱 문제인 것이다.

그런 의미에서 김 선생은 문제적 인물로서 주목할 만하다. 진보적 지식인들이 고결한 양심과 사회적 책무감을 역설하면서 지녔던 이념이 이제는 지난 흔적이 된 것이다. 물론 민주화 투쟁에 대한 평가를 함부로 들이대면 안 된다. 문제는 그들 중 일부가 현실의 역학 관계에 의해 왜곡된 모습을 보이고 있으며, 또 다른 인물은 스티그마로 생존하면서 자신의 신념과 모순된 태극기부대가 되었다는 것이다.

이기고 지는 결과론적 문제는 정치인들의 시소게임일 뿐이다. 태극기를 몸에 감고 애국 충절을 외치는 김 선생에게 연민의 시선을 보내는 이유는 그가 지닌 스티그마로서의 고충을 간파한 때문이다. 그러면서 우리네 민초들은 정치판에 휘둘리지 않고 서로를 배려하는 말 한마디가 중요하다고 곁들일 뿐이다. 김 선생이 태안에 머물 수 있도록 도와주었다면 어땠을까. 박동길은 자신이 그에게 베풀지 못했던 환대를 자각하는 것이다.

아, 김 선생의 시간이 이렇게 고단하게 흘렀구나. 박동길은 비로소 김 선생의 삶을 어렴풋이 짐작했다. 가슴이 저렸다. 그런 삶을 살면서도 20여 년 동안 자기 근황을 알리지 않았고 이번 만남에서도 내색하지 않았다니… 촛불집회에서 몸에 태극기를 두르고 호기를 부리던 얼굴이 자꾸 떠올랐다. 마포의 여관방에 그를 놔두고 도망친 게 몹시 부끄럽고 후회스러웠다. 고달픈 삶이 김 선생의 신념을 비루하게 바꿨을 수 있겠다는 생각이 자꾸 들었다. 서울에서는 정치적 견해가 뒤바뀐 그를 보고 실망했는데 이젠 이해할 수 있었다. 딱 한 번만이라도 전화가 연결되면 지금 당장 달려가 다시 만나고 싶었지만, 박동길이 할 수 있는 건 아무것도 없었다. 그에게서 전화가 올까 전화기를 항상 들고 다니는 것뿐이다.

—「사람의 결」 중

3. 연민과 믿음에 대한 탐색

읽는 재미가 가장 탁월한 작품은 단연 「말코 엄마」이다. 판소리처럼 '소리', '아니리', '발림', '추임새'가 어우러지는 이야기가 문장마다 걸판지게 흐른다. 명창은 말코이며 해설을 곁들이는 '아니리'는 나와 외삼촌이다. 말코의 딸은 '발림'이라

할 수 있으며 동네 사람들이나 아버지가 만난 여자들은 '추임 새'다. '고수'는 당연히 화자의 아버지이다. 어깨춤의 흥겨움 이 넘치면서도 그 바탕에는 묵직한 서러움이 깔려 있으며 내 심 통쾌할 수만은 없는 생의 비애에 젖어야 한다. 그래서 그 의 필체는 익살이 아닌 해학이 된다.

동네 사람들의 아버지에 대한 화제는 모두 음란한 성에 대한 것뿐이었다. 그들은 내가 듣거나 말거나 남자와 여자의 성기와 야한 성교 이야기에 꼭 아버지를 끼워 넣었다. 나는 그게 죽기보 다 싫었다. 어느 때는 내가 어른이 되면 아버지처럼 될까 봐 겁이 나기까지 했다. 그래서 내가 크는 게 기쁘지 않았고 오줌을 눌 때 도 일부러 눈을 감고 눴다. 그런 내게 말코는 떼어내고 싶은 혹이 었다. 아이들의 놀림도 어른들과 별반 다르지 않았다.

—「말코 엄마」 중

'나'는 철저하게 아버지를 부정하는 인물이다. '나'를 낳던 엄마가 죽은 이후 아버지는 카사노바처럼 수많은 여자를 상 대하면서 동네 사람들에게 손가락질을 받았다. 나 역시 그의 아들이라는 이유로 무시당하는 세월을 살았다. 술과 여자로 재산을 말아먹은 아버지의 마지막 여자가 말코이다. 외모가

기괴하나 재주가 많고 지혜로운 여인이었으며 '나'에게 처음으로 엄마와 같은 속정을 내비쳐준 인물이다

주막을 경영하던 "말의 형상을 한 괴이하게 생긴 여자"는 아버지와 사실혼 관계로 지내면서 나에게 속정을 보여준다. "선짓국을 설설 끓여 누린 것에 걸걸대는 동네 사람들에게 거저 비슷하게 퍼주었고, 대신 풍로에 숯불로 너비아니 굽는 냄새를 풍겨 돈푼이나 있는 소 장수나 건어물 장사치들을 홀렸다"는 진술처럼 말코가 무의식중에 행하는 환대의 이면에는 자본에 응대하는 지혜가 담겨 있다. 말코는 여자에 대한 무분별한 욕정으로 가산을 탕진한 나의 아버지와 살면서 자신의 이익을 챙긴 것 같지는 않다. 그보다는 나에게 엄마 노릇을 해준 유일한 여인이라는 점이 중요하다. 마지막 남은 집문서마저 남의 손에 넘어갈 상황임을 예견하고 나의 교육비를 빼돌려서 외삼촌에게 맡긴 것이다. 나는 말코와 피 한 방울 나누지 않은 관계로서 냉정하기만 했건만 마지막까지 어른의 도리를 해주었던 것이다. 그 말코 덕분에 현재의 내가 존재하고 있음을 에둘러 표현하고 있다.

4. 사회학적 상상력의 진화

「유령」이 지니는 의미는 스펙트럼의 각별한 다중성이다. 경찰서에 찾아와서 "유령의 아가리를 찢었"으니 나를 수사하라면서 시작되는 이야기는 기상천외한 사건을 예고한다. 사건 속으로 들어갈수록 '결론은 언론 문제구나' 자각하지만 그 과정이 흥미롭다. 지역신문 발행과 관련된 인물들이 호명되면서 부패 언론을 다루는 주제로 확장되니 사회학적 상상력으로 빚어낸 재치가 빛나는 작품이다. 정권을 잡아도 언론을 바꾸지 못하면 어떻게 되는지 첩첩산중의 막막함을 겪고 있는 세태에 '유령'이라는 문제적 접근이 주목할 만하다. 보수와 진보가 서로 귀를 닫은 작금의 세태에서 언론의 문제를 환기한 소설로서 정낙추의 뚝심이 돋보이는 작품이다.

'유령'은 정체를 드러내지 않으면서 영향력을 행사하는 존재를 빗대는 표현이다. 권력과 결탁한 언론에 대한 비판이 작가의 의도이리라. 작가는 '기레기'로 표현되는 무책임하고 무능하고 부패한 언론의 실체를 밝히기 위하여 김경수와 김현중 두 인물을 등장시킨다. 김현중이라는 언론인을 직접 지목하면서 '유령의 아가리를 찢었다'는 말을 던지는 김경수는 우리 시대의 드러나지 못한 양심일 수도 있다.

"박 형사님, 제가 말하는 인물이 누군지 짐작하시죠? 뜬금없게 들리시겠지만 조금만 더 들어보세요. 제 말속에 유령이 있습니다. 온 나라가 들썩이도록 정의와 공정에 대한 여론을 증폭시킨 건 언론이 크게 한몫했지요. 나는 검찰이 정의롭게 수사하고 언론이 공정하게 보도했다고 보지 않아요. 그렇지만 분명한 건 권력자들에게 정의와 공정을 잣대로 들이댔다는 것이죠. 박 형사님, 안 그래요? 중앙정부든 지방정부든 권력이 있는 곳엔 이와 유사한 일이 항상 존재하죠. 굳이 나눈다면 권력의 크기일 텐데 정의와 공정이 크고 작은 것으로 나눠집니까? 아니죠. 저는 작은 정의와 상식, 공정이 모여서 살맛 나는 세상이 된다고 봅니다."

그는 정의, 공정 상식을 언급하는 대목에서 중간중간 내 동의를 받으려는 듯 자꾸 반문했다.

—「유령」 중

작가는 무책임한 언론과 '진보 팔이 사기꾼', 두 부류를 하나로 묶어 이야기를 풀어낸다. 한때 운동의 전력이 있으나 지금은 입으로만 '정의와 공정'을 내세우는 사람 김현중, 그는 지역신문 발간을 매개로 주민들 주머닛돈을 털어 일을 벌여 놓고도 정작 신문 발행 날짜를 미루기만 한다. 진보와 정의를

빙자해 살아가는 자들에게 과거 민주화운동의 투신이 그렇게 지나간 이력서의 훈장인 경우도 있다,

김경수는 어떤 인물인가. 그의 됨됨이는 욕 한마디 못 하는 순둥이다. 그가 지역신문 창간에 적극적일 수 있었던 건 김현중을 교주처럼 여기며 기댈 수 있었기 때문이다. 그러나 편집장을 맡은 김현중은 기획과 의도대로 움직이지 않았고 권력을 상대로 비판의 붓도 휘두르지 않았다. 결국 정의와 공정을 말하면서 권력의 단물을 빨아먹고 살아가는 존재임을 확신했으나 증거를 밝혀낼 수 없다는 딜레마에 빠졌다.

김경수는 김현중의 사기에 맞서기 위해 10여 년 전에 기록해둔 비망록을 보여준다. 세상을 향해 미투를 폭로하거나 내부 고발, 양심선언이 아닌 일개 비망록이 정낙추 소설에서 의미하는 것은 민초들의 드러나지 않는 저항 의지일 것이다. 물론 그 내용은 우리들이 일상의 실천으로 완성해야 할 몫이다. 그렇게 서술자인 '나'가 결국 김경수에게 설득당하는 것으로 소설은 끝을 맺는다.

송은섭은 봉수를 은연중 하대했고 봉수는 그런 송은섭을 속으로 아니꼽게 여겼다. 동네 사람들은 송은섭 말이라면 똥이 된장이라고 해도 서로 먼저 찍어 먹을 정도로 신뢰했으나 봉수가 된

장을 된장이라고 말하면 똥 취급했다. 그는 봉수처럼 선거판에 기웃거리지 않을뿐더러 후보 평을 하는 자리에서도 다 괜찮은 인물들이라는 투로 인심 얻을 말만 골라 했다. 그래도 누구 하나 토를 달지 않는 것은 그가 언행일치하고 득인심을 했기 때문이었다. 봉수는 그게 부러우면서도 밉살스러워 송은섭을 마주치면 속이 뒤틀렸다.

"어이, 친구. 요새년 민 소재지서 얼굴 볼 수 읎데. 이장질 그만 뒀능가."

"아이구, 슨거 때라 당분간은 발걸음을 삼가허구 사네. 괜스리 얼쩡거리다 후보덜한티 누구 편이라구 오해받넌 것두 싫구."

봉수는 윤종길 후보의 말이 언뜻 떠올랐다. 송화리 이장 송은섭이 동네에서 인심을 얻어 표를 많이 달고 다닌다며 모든 후보가 그를 탐낸다고 했다. 윤 후보가 10만 원짜리 총알을 썼는데 제가 보태드리는 게 경우라며 한사코 거절했다는 것이다. 말로는 이번에 꼭 당선할 것이라고 했지만, 그가 총알을 피한 게 영 찝찝하고 아깝다며 윤 후보는 탄식했다.

—「피어라 돈꽃」 중

「유령」의 김경수가 우리 시대의 숨겨진 양심이라면 「피어라 돈꽃」의 김봉수는 기껏 선거판에서 소소한 이익을 도모하는 인간일 뿐이다. 선거는 무엇인가. 민주주의의 꽃이라고 우리는 배웠다. 실제로 선거는 의회민주주의의 합리적 기반이다. 하지만 언젠가부터 우리는 수십 장의 선거 홍보지에 나열된 인물들에 대한 정보를 구분할 수가 없다. 후보들의 선거공약 또한 차별화된 기준이나 질적 차이가 사라진 탓도 있다. 게다가 언론의 작태는 어떠한가. 여기에 '작가의 눈'이 있으니 그게 정낙추의 웅숭깊은 문장이 된다.

「피어라 돈꽃」과 「피었다 돈꽃」은 제목처럼 선거의 부조리를 지역 축소판으로 하는 연작소설로 앞으로도 계속 생산될 것이다. '총알'로 표현되는 적나라한 금권 선거의 현대판으로 읽어도 손색이 없는 건, 환유적 해석의 가능성과 해학의 위력이 작가 의식을 통해 발현되기 때문이다. 이 부분 역시 다른 지면에서 진지하게 논의해야 할 내용이다.

5. 정낙추 소설을 응원하는 이유

소설집 『노을에 묻다』에서 선보인 캐릭터들은 우리에게 사회를 성찰하는 계기를 마련해준다. 또한 저마다 발 딛고 살아가는 현장에서 과연 타자에 대한 조건 없는 환대가 가능한가의 물음으로 여운을 남긴다. 육체노동의 의미를 청년실업과 연관시키는 것이 부패 언론, 깃발을 흔드는 자들에 대한 문제 제기도 그만의 방식으로 참신한 담론 형성에 기여하는 바가 크다.

「사람의 결」의 김 선생과 「유령」의 김현중, 두 명의 교주를 처단하는 작가의 필력은 또 어떠한가. 작가는 그들의 차이를 디테일하게 그려낸다. 곤궁하게 사는 김 선생에게 스티그마를 향한 연민과 믿음을 보내지만 권력의 대변인으로 전락한 김현중에게는 비수를 들이대는 것이다. 풍자와 해학을 곁들여 풀어내는 「피어라 돈꽃」과 「피었다 돈꽃」의 선거꾼들에게도 작가는 애잔한 연민을 보낸다.

정낙추는 태안에서 살아가는 농부 소설가이다. 절기에 맞추어 농작물을 가꾸면서 태안 지역 민초의 서사를 담은 대하 역사소설을 준비하고 있다. 그가 복원한 자염은 주민들이 주주인 주식회사로 자리를 잡았다고 한다. 시집『그 남자의 손』과『미움의 힘』을 발간하고, 이미 소설집『복자는 울지 않았다』를 상재한 바 있다. 게다가 그는 태안문화원 대표를 맡고 있으면서 지역의 어업 역사를 복원하기 위해 주말마다 배낭을 챙겨 들고 떠나는 구술 채록사이기도 하다. 가히 초인적이다. 서해안이라는 장소와 그 터전에서 살아가는 사람들의 생업을 담은 진짜배기 애환이 문장으로 쏟아지는 건 지극히 당연한 일이다.

그의 소설에서 우리는 인간에 대한 믿음과 연민, 그리고 농투성이의 뚝심을 확인하는 즐거움에 빠져들게 된다. 정낙추의 소설에는 지나치게 낙관적이지 않으면서도 비관론으로 흐르지 않는 절묘한 균형 감각 같은 '중심의 결'이 살아 있다. 그 섬세하고 따뜻한 결의 힘으로 만들어나가는 또 다른 세상, 그의 소설을 응원한다. 가끔은 인간에 대한 무조건적인 믿음도 필요하다. 요즘 같은 세태에는 더욱 그러하다.

작가의 말

겨울 문턱이다.

내가 낳은 '소설'이라는 자식들을 한자리에 불러 모은다.
老產으로 겨우 세상에 나왔는데
터울마저 띄엄띄엄하다.

그 누구도 이름을 불러주지 않았고
나도 잊을 정도로 방치했었다.

할 말도 안 할 말도 때가 있다고

소설로 불러낸 인물들이 못마땅한 표정으로
나를 바라보는 것 같다.

오래된 시간으로 들어가서
나와 마주했던 그들에게
고단한 삶을 살았다고 인생이 하찮은 게 아니듯이
변하는 것이나 변하지 않는 것이나
시간이 지나면
다 오래된 것이 된다고
변명을 늘어놓는다.

내 자식들 이름을 불러주는 사람이 드물어도 괜찮다.
나 역시 내 자식들에게
칭찬도 연민도 하고 싶지 않다.

2021년 초겨울 태안에서

정낙추